꼬리가 없는

하얀 요호 설화

妖狐

꼬리가 없는 하얀 요호 妖狐 설화

제3·4회 타임리프 공모전 수상 작품집

해도연
자우
이나경
정재환
유버들
이경희
위래
남유하

황금가지

일러두기
본문에 실린 각주는 저자 주입니다.

안녕,
아킬레우스

제3회 타임리프 공모전 우수작

해도연

낮에는 일하고 밤에는 아이와 놀고 새벽에 일어나 카페인을 들이켜며 쓰고 싶은 글을 쓴다. 개인 SF소설집 『위대한 침묵』과 과학 교양서 『외계행성:EXOPLANET』을 출간했으며 다양한 장르의 앤솔러지와 잡지에 중단편을 게재했다. 웹진 《거울》의 필진이며 '한국과학소설작가연대'의 회원이다. 물리학을 공부하고 천문학으로 박사를 받아 연구원으로 일하고 있다.

1장

아킬레우스의 시간

오전의 낮은 햇살이 건물 위로 새어 나오자 게으른 그림자들이 광장 바닥에 길게 늘어졌다. 광장 구석에 자리 잡은 카페 러닝터를 앞에서는 카페의 주인이 느긋하게 파란 햇살을 받으며 손님을 맞을 준비를 했다.

조금의 낭비도 없는 움직임으로 야외 테이블 설치를 마친 그 남자는 아직 어두컴컴한 가게 안으로 들어가 자기가 마실 커피를 내렸다. 찬장에서 흘러내린 오래된 나무 내음이 커피의 하얀 증기 속에 섞이며 커피 향을 돋우었다. 카페 전면을 덮은 유리벽을 통해 카운터 테이블 안으로 햇빛이 조용히 쏟아졌다. 커피가 쪼르르 흘러내리는 소리를 제외하면, 오랫동안 시간이 멈춘 듯 고요한 공간이었다.

커피의 마지막 몇 방울이 하나씩 떨어지며 잔 속에서 검은 물결을 일으키고 있을 즈음, 흰색 티셔츠와 청바지를 입은 젊은 여자가 가벼운 발걸음으로 들어왔다. 카페에서 일하는 지니였다. 어깨까지 내려온 지니의 검은 머리카락은 조금 젖어 있었다. 지니는 카페 주인을 바라보며 팔을 높이 들어 올리고 인사했다.

"안녕하세요, 마스터!"

"지니, 오늘 늦잠이라도 잔 거냐."

지니는 애초에 감출 생각도 없었다는 듯이 헤헤 웃었다.

"봐요, 머리 말릴 시간까지 포기하고 시간 맞춰 일하러 왔잖아요. 그러니까 시급 좀 올려 줘요."

지니가 머리카락을 만지며 얘기하자, 그녀가 쓴 샴푸의 오렌지 향이 아스라이 퍼져 나갔다.

"시간 맞춰서 오는 건 당연한 거고. 밖에 나가서 햇살에 머리나 말려."

"와, 일광욕 시켜 주는 건가요?"

지니의 눈이 둥그렇게 팽창했다. 마스터는 그런 지니를 보며 피식하고 웃고는, 마른 수건과 낡은 앞치마를 꺼냈다.

"아니, 일하라는 얘기야."

지니는 얼굴을 반쯤 돌리고 마스터를 흘겨보며 웃었다. 그러고는 마른 수건과 앞치마를 받아들고 바깥으로 나갔다. 앞치마를 허리에 둘러맨 지니는 재빠르게 야외 테이블을 닦기 시작했다.

낮고 오래된 건물로 둘러싸인 광장에 조금씩 활기가 차오르고 있었다.

＊ ＊ ＊

　모든 것이 순조로웠다.

　피터는 광장 가장자리를 천천히 걸었다. 아침부터 광장에 나온 사람들의 움직임은 느긋했다. 피터는 그들의 행동 하나하나를 유심히 살폈다. 골목 바람에 펄럭이는 그들의 옷깃도 피터의 관심사였다. 그 어떤 것에서도 위화감이 느껴지지 않았다. 광장의 사람들은 어제와 마찬가지로 여전히 그들의 삶을 살아가고 있었다.

　피터는 카페 러닝터틀 앞에서 발걸음을 멈췄다. 카페 앞에 가지런히 놓인 철제 테이블들은 오랜 세월을 증명하기라도 할 것처럼 군데군데 녹이 슬어 있었다. 하지만 정겨운 카페 분위기와 잘 어울렸기에 피터는 그 야외 테이블들이 좋았다.

　피터가 테이블로 다가가 의자에 앉는 걸 본 지니는 설거지하던 손을 앞치마에 털고 총총거리며 바깥으로 뛰어나왔다.

　"오늘 날씨가 참 좋죠? 주문하시겠어요?"

　지니는 앞치마 주머니에서 작은 메모장과 펜을 꺼내 받아 적을 준비를 했다. 피터는 테이블 위에 놓인 메뉴판을 읽고는 가방에서 여행 정보지를 꺼내며 말했다.

　"아침식사 세트로 주세요. 차는…… 아쌈차이로 부탁해요. 아, 그리고 차이에 들어가는 우유는 저지방 우유로 해 주시고, 잔은 미리 데우지 말아 주세요."

　"이 마을엔 처음 오신 것 같네요."

　지니는 메모장 위에서 손가락과 펜을 재빠르게 움직이며 말했다. 피터가 지니의 얼굴을 올려다보자, 지니는 메모장과 펜을 주머니에 집어넣으며 시선으로 여행 정보지를 가리켰다.

"아, 네. 여기 근처에 출장을 왔거든요."

"근데 여기가 그런 책에 실려 있어요?"

지니는 놀란 표정을 조금도 감추지 않았다.

"아뇨, 일부러 이 책에 실리지 않은 곳을 찾아왔어요. 지도에 없는 길을 걷다 보니 여기가 나오더라고요."

"그거 재미있네요. 꼭 운명이 여기로 이끈 것처럼 들려요. 첫 손님이 재미있는 분인 걸 보면 오늘도 덕분에 좋은 하루가 될 것 같네요."

지니가 얼굴에 큰 웃음을 띠자 피터도 기분이 들떴다. 피터는 지니가 가볍게 눈인사를 하고 카페 안으로 들어갈 때까지 그녀의 모습을 지켜봤다. 이미 수십 번 본 광경이지만, 피터에겐 아침 햇살을 가로지르는 지니의 모습이 너무나도 아름다웠다. 펼친 적도 없는 여행 정보지를 꺼내는 것도, 좋아하지도 않는 차이 따위를 까다롭게 주문하는 것도, 모두 그 모습을 보기 위해서였다.

피터는 지니가 다시 나오기를 기다리며 그에게 주어진 일을 떠올렸다. 허가되지 않은 타임루프를 발견하면 그 루프를 끊고 등록되지 않은 타임루퍼를 회사로 영입할 것. 그리고 여의치 않을 땐 강제로 능력을 제거할 것.

피터는 카페의 커다란 유리창 너머로 타임루퍼의 모습을 다시 한번 확인했다. 타임루퍼는 물을 끓이는 지니 옆에서 샌드위치를 만들고 있었다. 타임루퍼의 거친 손에 잡힌 커다란 부엌칼이 양

상추와 토마토를 능숙하게 조각냈다.

몇 분 뒤, 피터의 기대와는 달리, 그리고 어제까지 반복되던 '오늘'과도 달리, 샌드위치와 차이를 가져온 것은 지니가 아니라 카페의 마스터였다.

* * *

"당신을 찾는 건 쉬운 일이 아니었어요."

피터는 반쯤 남은 샌드위치를 내려놓으며 말했다. 샌드위치는 맛있었지만, 이미 수십 번을 먹은 피터에겐 억지로 먹는 급식 같은 것이었다. 피터는 계속해서 말했다.

"물론 당신이 제 존재를 눈치채고 있다는 건 알았어요. 그야, 전 이 마을에서 당신을 제외하고는 어제의 '오늘'과 다르게 행동하는 유일한 사람이니까요."

마스터는 말없이 고개를 끄덕였다.

"하지만 이렇게 먼저 제게 다가올 줄은 몰랐네요. 제가 당신이 타임루퍼라고 눈치챈 걸 알고 있었나요?"

마스터는 크게 숨을 한 번 내쉬고는 뜸을 들이며 말했다.

"며칠 전부터 수상한 눈빛으로 가게 안을 그렇게 훑어보는데, 모를 리가 없지. 처음엔 지니에게 관심을 보이길래, 지니를 의심하는 줄 알았지만."

"그렇군요. 하지만, 뭐, 지니는 관심 밖에 두려야 둘 수 없는 존재이긴 하죠."

피터는 카페 안에서 둘이 대화하는 모습을 멀뚱멀뚱 지켜보고 있는 지니를 향해 눈길을 보냈다. 피터와 눈이 마주친 지니는 어색하게 웃으며 눈인사를 했고, 피터는 다시 마스터 쪽으로 고개를 돌렸다.

"하지만 지니를 볼 땐 그냥 젊은 여자를 바라보는 남자의 저질스런 눈빛인데, 나를 볼 땐 개미를 관찰하듯 날 선 눈빛이더군. 그래서 알았지."

"……지니도 절 저질로 생각하는 건 아니겠죠?"

피터는 농담 반 진담 반으로 물었다. 마스터는 이미 그런 눈빛에 익숙해진 지니는 당신 따위는 신경도 쓰지 않는다고 말해 주고 싶은 눈치였다. 하지만 피터가 이야기를 이끄는 것이 싫은 듯, 대답하지 않았다.

"당신 도대체 뭐야? 왜 여기 있는 거지?"

"타임루퍼는 당신만 있는 게 아니에요. 그리고 저는 당신 같은 타임루퍼를 관리하고 필요에 따라 채용하는 일을 하죠. 그래 봐야 말단 현장 직원이기는 합니다만……."

피터와 마스터 사이에 단단한 침묵이 잠시 흐르는 동안, 지니가 카페에서 나와 테이블로 다가왔다. 지니는 양손에 작은 컵케이크를 하나씩 들고 있었다.

"손님도 없고 해서, 연습 삼아 만들어 봤어요. 괜찮죠, 마스터?"

마스터는 고개를 끄덕였다. 지니는 피터와 마스터 앞에 컵케이크를 하나씩 놓으며 말했다.

"마스터 친구인지는 몰랐네요. 어쩐지 주문이 꼼꼼하다 했어요.

우연히 온 것처럼 말하더니, 멀리서 마스터를 찾아왔나 봐요?"

피터가 대답하지 않자, 마스터가 지니를 향해 고개를 돌리고 말했다.

"맞아. 아주 멀리서 온 친구야. 뜬금없이 찾아와서 나도 놀랐어."

"그렇군요. 그럼 제가 가게 보고 있을 테니까 두 분은 천천히 얘기하고 계세요. 식사 주문이 들어오면 말씀드릴게요."

지니는 피터와 마스터를 향해 한 번씩 웃음을 보내고는 카페를 향해 돌아갔다. 지니가 카페로 들어가면서 유리문에 달린 종이 울리자, 마스터의 시선은 다시 피터에게 돌아갔다.

"……타임루퍼에 대해 내가 모르는 걸 알고 있는 것 같군."

마스터는 팔짱을 끼며 자세를 가다듬었다.

"괜찮다면 얘기를 더 들어 보고 싶은데. 난 내가 특별한 줄 알았거든. 감히 내 시간 속에 허락도 없이 끼어들었으니 그 정도 얘긴 해 줄 수 있겠지."

피터는 능글맞게 웃으며 대답했다.

"뭐, '여기서 반복되고 있는 하루가 당신의 시간이냐'에 대해선 몇 가지 따지고 싶은 게 있지만, 뭐, 얘기는 해 드리죠. 전 싸우러 온 게 아니니까요."

허기가 다시 찾아오자 피터는 샌드위치를 집어 들고 입안 가득 물었다. 그리고 천천히 씹어먹으며 차이를 한 모금 들이켜고는 말했다.

"타임루프의 존재가 처음 알려진 건 10년 전이었어요. 어느 신문기자가 타임루프에 빠졌다가 탈출했죠."

* * *

　10년 전, 핀 콜러스는 타임루프에 빠졌다가 탈출하고 그 경험을 진지하게 기사로 썼다. 처음엔 사람들도 그저 픽션을 가미한 논픽션이라고 생각했지만, 핀은 모든 내용이 사실이라고 주장했다. 물론 그런 영화 같은 이야기를 믿을 사람은 없었고, 핀은 빌 머레이나 우드척* 따위의 별명으로 놀림받다가 결국 해고되었다.

　하지만 나중에 핀이 쓴 책이 화제가 되었다. 그가 타임루프에 빠졌다고 주장한 곳은 어느 유명한 과학자의 고향이었는데, 타임루프가 일어났다고 한 날에 그 과학자의 어머니가 아무런 유언도 없이 심장마비로 세상을 떠났다. 그런데 핀이 쓴 책에서, 그는 타임루프 속에서 그 과학자를 만났고, 그의 어머니를 살리기 위해 함께 노력했다고 주장한 것이다.

　핀의 고백에 의하면, 그는 타임루프를 통해 같은 하루를 수없이 반복하며 마을 곳곳을 뒤져서 니트로글리세린을 몇 개 찾아냈다고 한다. 결과적으로 심장마비를 막을 수는 없었지만, 과학자와 그의 어머니가 대화할 수 있는 몇 시간은 확보할 수 있었다. 그 하루가 끝나고 며칠 후, 타임루프는 시작될 때와 마찬가지로 아무런 예고도 없이 끝났다.

　핀의 책 속에는 당사자들이 아니고서는 알 수 없는 삶의 이야

---

* 빌 머레이가 주연으로 나온 「사랑의 블랙홀*Groundhog Day*」(1993)은 대표적인 타임루프 영화이다. 이 영화에서 빌 머레이는 어느 마을의 봄맞이 행사를 방문하는데 그곳에서는 대형 다람쥐과 동물인 우드척(woodchuck)에게 그해를 점치게 한다. 원제의 Groundhog는 우드척의 다른 이름이다.

기가 담겨 있었고, 그걸 본 과학자는 핀 콜러스의 말을 믿을 수밖에 없었다. 이후 정부에 의해 꾸려진 조사단을 통해, 핀이 그 마을 사람들 대부분의 인생사, 습관, 취미, 감추고 싶은 비밀을 알고 있고, 마을 건축물들의 사소한 특징까지도 완벽하게 외우고 있다는 것이 밝혀졌다. 그리고 핀이 적어도 11년 치의 '하루'를 반복했다는 것도 드러났다.

핀이 과학자의 어머니와 개인적으로 대화한 내용이 공개되자, 타임루프를 만든 사람, 즉 타임루퍼의 존재가 드러났다. 놀랍게도 타임루퍼는 다름 아닌 과학자의 어머니였다. 그녀는 핀에게 이 일에 끌어들여 미안하다고, 그가 자신을 살리기 위해 많은 시간을 쓰고 있다는 것을 알고 있다고 했다. 이런 경험을 몇 번 했었지만, 때가 되면 벗어날 수 있을 뿐, 자신도 이 세계를 스스로 벗어나는 방법은 모른다고 했다. 이후 그 경험을 기록한 오래된 일기가 발견되자, 그녀가 타임루퍼였다는 사실이 분명해졌다.

핀이 빠졌던 타임루프를 깨트린 것은 심장약으로 쓴 니트로글리세린이었다는 사실 역시 밝혀졌다. 일정량의 니트로글리세린을 투여하면 타임루퍼의 능력이 약해지고 결국은 루프가 이어지지 않았다. 그리고 투여량을 늘리는 것으로 능력을 완전히 없앨 수도 있었다. 타임루퍼를 다룰 방법이 생긴 것이다.

그렇다면 왜 핀 콜러스까지 타임루프에 빠졌는가? 핀 역시 평범한 존재는 아니었다. 그는 '시간의 두께'를 볼 수 있는 존재였다. 누군가가 타임루프를 반복하고 있으면, (핀의 표현을 빌리자면) 그 시간대의 시간이 '두꺼워진다'. 모르고 넘어가면 아무렇지도 않지만, 시간이 두꺼워졌다는 것을 알면 어느새 그 타임루프에 빠져 버린다.

그리고 피터 역시 '시간의 두께'를 볼 수 있었다.

* * *

"시간의 두께……를 본단 말이지."

마스터의 눈빛에는 묘한 동질감이 묻어났다. 피터는 마스터가 자신과 같은 사람들이 있다는 걸 알고는 조금 안심한 것이 아닐까 생각했다.

"그런 셈이죠. 우연히 이곳을 지나다가 시간이 두꺼워진 걸 알고는 바로 일을 시작한 거죠. 당신을 찾는 일이요."

"그럼 처음부터 이 시간에 있었나?"

피터는 고개를 저으며 말했다.

"아뇨. 제가 이 루프에 들어왔을 땐 이미 여러 번 반복된 다음이었을 겁니다. 제가 느낄 수 있을 정도로 시간이 두꺼워질 만큼 반복된 다음이죠."

"날 찾은 다음엔?"

피터는 재킷 주머니에서 정성스럽게 접은 종이 하나를 꺼내서 마스터에게 건넸다. 마스터가 펼치자 빼곡히 적힌 글자들이 모습을 드러냈다.

"당신에겐 두 가지 선택지가 있어요. 하나는 이 타임루프를 깨고 회사를 위해 일하는 것. 수요자는 정부예요. 타임루퍼만큼 편리한 첩보원은 없는데, 그게 드러나면 안 되거든요. 그래서 저희 회사가 루퍼를 대신 관리하죠.

다른 선택지 하나는 역시 타임루프를 깨고 이 능력을 영구히 제거하는 것. 참고로 특별히 제작된 니트로글리세린 알약을 삼키고 잠들면 루프는 바로 깨져요. 복용량에 따라선 능력을 지우는 것도 가능하죠."

피터는 차이를 한 모금 들이켜며 마스터의 반응을 살폈다. 대부분의 경우, 미등록 루퍼들은 의도치 않게 스스로 루프에 갇혀 빠져나오지 못한다. 그런 루퍼들에게 루프를 깰 방법이 있다는 것은 굉장히 중요한 사실이었기 때문이었다. 예상대로 마스터는 몸을 피터 쪽으로 기울이며 관심을 보였다.

"그 종이에는 이 두 선택지에 대한 자세한 설명이 쓰여 있어요. 천천히 읽어 봐요. 서두를 필요는 없으니까. 어차피 내일도 오늘이니."

조금 전까지 부엌칼을 휘두르던 사람 앞에서 차마 선택지가 있다고 하기도 힘든 제안을 하고 있었지만, 피터의 목소리에는 조금의 긴장도 담겨 있지 않았다. 피터는 여느 때와 마찬가지로 큰 문제 없이 해결되리라 기대했다. 마스터는 타임루프 속에 갇힌 사람치고는 매우 침착했고, 이런 경우 대개는 두 번째 선택지를 고르기 때문이었다. 서류를 꼼꼼히 읽는 마스터를 보며 피터는 그가 이성적인 사람이라 생각했다.

"회사는 이미 알고 있나?"

"아뇨. 어차피 하루가 반복되니 매일 연락하는 건 의미가 없어서 보통은 루프가 끝날 때 연락을 해요. 그리고 연락을 해도 여기 너무 오지라서 보충 인원이 하루 만에 우르르 몰려오거나 할 수는 없으니까 안심하세요. 이 루프 안에 있는 동안, 우리 관계를 방해할 사람은 없어요."

피터가 농담조로 말하자 마스터는 피식거리며 고개를 가볍게 저었다. 피터는 마스터의 기분을 읽으면서 말했다.

"그나저나…… 하나 물어봐도 될까요?"

마스터가 서류에서 눈을 떼고 피터를 바라봤다.

"대부분의 타임루퍼들은 자기가 그런 능력이 있다는 것도 몰라요. 그러다가 어떤 비극적인 사건을 계기로 루프에 빠지죠. 그래서 루프 안에서 그 비극을 반복하다가 결국 미쳐 버리는 경우가 많아요. 그냥 곱게 미치면 그나마 다행이죠. 가치관이 무너져서 루프 안에서 살인과 폭행, 강간을 끝없이 일삼는 놈들도 있어요."

피터는 따스한 늦은 오후의 햇살을 천천히 음미했다. 너무나 평화로운 곳이었다. 그가 지금까지 보아 온 루프 속 하루 중 어느 것과 비교해도 마찬가지였다.

"하지만 당신은 믿기 어려울 만큼 평화롭게 지내고 있어요. 수십 번 지켜봤지만, 당신은 루프라는 걸 알면서도 스스로 항상 같은 하루를 반복하고 있어요. 어떻게 그럴 수 있죠?"

"이런 거 처음 보나?"

"아뇨. 예전에도 비슷한 사례는 있었어요."

마스터가 다시 몸을 다시 앞으로 기울이며 관심을 보이자 피터는 잠시 호흡을 가다듬으며 뜸을 들였다. 그러고는 일부러 어두운 표정을 만들어 내며 조금 낮은 목소리로 말했다.

"아들의 자살 때문에 루프에 빠진 아버지였어요. 제가 루프에 들어간 건 이미 많은 '하루'가 지난 뒤였는데…… 루프 속에서 아들은 아버지가 가능한 모든 방법으로 말려도 결국 스스로 목숨을 끊은 것 같더군요. 그렇게 수십 년의 '하루'를 보낸 후, 결국 체념한 뒤에 찾아오는 우울한 평화였죠."

마스터의 시선이 피터의 머리보다 한 뼘 정도 높은 곳으로 향했다. 피터는 그가 자신의 과거를 떠올리고 있다고 생각했다. 지금까지의 경험으로는, 여기까지 왔다면 나머지 설득은 그리 어렵지 않을 터였다.

"자네…… 이름이 뭐야? 알려 줄 수 있나?"

마스터는 시선을 고정하고 말했다. 침착하고 담담한 말투였다.

"피터입니다. 피터 리."

이름을 듣자마자 마스터가 눈알을 아래로 굴려 피터를 바라봤다.

"피터 리……? 혹시 한국이나 중국계인가?"

"어머니가 한국계입니다."

마스터가 커다란 얼굴에 주름을 한가득 띄우며 재밌다는 듯 큭큭거리기 시작했다. 피터도 웃음을 참기 힘들다는 듯 어깨를 조금씩 들썩였다.

"그거…… 직접 지은 가명이지?"

피터는 대답하지 않았다. 대신 어깨의 긴장을 풀고 의자에 몸을 기대며 웃었다.

"리피터(repeater). 유치한 말장난이야."

드디어 두 사람 사이에 웃음소리가 터져 나왔다. 피터와 마스터의 목소리가 절묘하게 조화를 이루었다. 카페 안에 있던 지니가 웃음소리를 듣고는 무슨 일인가 하며 문을 살짝 열고는 얼굴을 빼꼼히 내밀었다.

"오늘 5시에 다시 찾아와. 그럼 내가 왜 이 세계에 머무르고 있는지 알려 주지. 아니, 보여 주지. 그리고 그때까지 이 종이 쪼가리도 좀 읽어 봐야겠어."

처음 피터 앞에 앉았을 때와 비교했을 때, 마스터의 목소리는 크게 달라져 있었다. 굵은 목소리 속에 가벼운 여유와 즐거움이 묻어났다.

"그나저나 피터, 오늘 몇 시에 일어났나? 루프 안에서는 항상 같은 시간에 일어나는 건 자네도 마찬가지지?"

"7시에 일어나요. 그리고, 네. 루프 안에선 항상 같은 시간에 잠에서 깨죠."

"난 하필이면 5시에 일어나는 날에 루프가 시작됐어. 덕분에 매일 잠이 부족해. 7시면 딱 좋네. 부러워."

마스터는 자리에서 일어나면서 지니가 만들어 온 컵케이크를 하나 집어 들었다.

"그나저나, 지니가 어제까지의 '오늘'엔 이런 걸 만들지 않았어. 당신 덕분에 지니의 하루도 다르게 흘러갈 것 같아."

마스터는 컵케이크를 한입 베어 물고는 피터 앞에 내려놓았다. 맛이 괜찮은 듯 고개를 끄덕이며 꿀꺽 삼키고는 가게 안으로 사라졌다.

　피터는 이 평화로운 장소와 시간을 곧 떠나야 한다는 것에 작은 아쉬움을 느꼈다. 기분을 달래기 위해 컵케이크를 한입 먹었지만, 기분이 좋아지지는 않았다. 하지만 컵케이크는 맛있었다. 피터는 케이크 반죽을 리듬감 있게 어루만지는 지니의 가느다란 손가락을 떠올리며 케이크를 삼켰다.

＊ ＊ ＊

　오후 5시를 넘긴 광장은 아침보다 더 활기가 넘쳤다. 과일과 빵을 사서 집으로 돌아가는 사람들, 기울어진 햇빛 아래서 체스를 두는 노인들, 두 시간 전부터 책가방을 바닥에 던져 놓고 뛰어다니는 아이들.

　이 광경을 수십 번 반복해서 볼 때마다 피터는 이 시공간이 잘 꾸며진 어항 같다는 생각을 했다. 어제와 같은 장소에서 물살을 따라 규칙적으로 흔들리는 플라스틱 낚시꾼과 잠수부 사이로, 금붕어만이 자유롭게 닫힌 세계를 노닌다.

　이제 그 금붕어에게 바다로 나가겠다는 약속을 받아야 할 때다.

　"어서 와, 피터."

　피터가 카페 앞으로 다가가자 마스터가 냉큼 달려와 문을 열어 줬다. 가게 안은 피터의 생각보다 북적거렸다. 책을 겨우 읽을 수 있을 정도의 조명 아래서 술잔을 든 사람들이 즐겁게 또는 우울하게 대화를 나누고 있었다.

"여긴 5시부터 술도 제공하거든. 카페&바 같은 거야."

마스터는 피터를 카운터 테이블로 안내했다. 가게를 가로지르면서 가끔 손님들과 인사를 나누는 것도 잊지 않았다. 피터를 구석에 앉히고 마스터는 손가락을 치켜세우며 말했다.

"여기서 조금 기다려. 그리고, 절대, 내게 먼저 말 걸지 마."

마스터는 차가운 맥주 한 잔을 피터 앞에 내려놓고는 테이블 반대편으로 사라졌다. 피터는 가게를 다시 한번 살펴봤다. 술과 커피를 마시며 즐거워하는 사람들의 목소리 사이로 재즈가 흘러나왔다. 작가라면 펜과 노트를 꺼내고 정신없이 글을 쓰고 싶어지게 될 분위기였다.

지니의 모습은 보이지 않았다. 아침에 출근했으니 이제 퇴근하고도 남을 시간이었다. 피터는 아침에 본 지니의 모습을 다시 떠올렸다. 오늘이 마지막 루프가 될 줄 알았으면 지니에게 좀 더 좋은 첫인상을 남겼어야 했는데. 피터는 루프가 깨진 다음 날, 지니에게 어떻게 다가가면 좋을지 궁리하며 맥주를 한 모금 마셨다.

문에 달린 종이 기분 좋은 소리를 내며 울렸다. 유리문을 열고 한 여자가 들어왔다. 빨간색 민소매 터틀넥을 입은 그녀는 어깨부터 드러난 두 팔을 힘차게 흔들며 마스터를 향해 걸어갔다. 그녀의 우아한 걸음걸이를 보며 피터는 잠시 넋을 놓을 뻔했다. 하지만 그녀를 바라보는 마스터의 표정이 완전히 달라졌다는 것을 알고는 바로 정신을 차렸다.

"안녕, 마스터. 오늘도 손님이 많네."

그녀는 입이 귀까지 찢어진 마스터 앞에 앉았다. 좁은 테이블을 사이에 두고 두 사람의 시선이 교차했다. 그녀와 마스터 사이에 뜨겁고 달짝지근한 감정이 흐르고 있다는 것에는 의심의 여지가 없었다. 하지만 차마 서로에게 손을 내밀지 못하게 만드는 보이지 않는 벽 역시 느낄 수 있었다. 마스터는 꽁꽁 얼린 유리잔에 맥주를 가득 담아 그녀 앞에 놓았다.

저 여자 때문이었군.

내일 그녀와 이어질 수 없다면, 오늘을 멈춰서라도 함께 있고 싶을 만큼 아름답고 매력적인 사람이라는 걸 피터도 인정할 수밖에 없었다. 하지만 사랑에 빠지는 것 정도로 타임루프는 일어나지 않는다. 엄청난 심리적 충격, 대개는 사랑하는 사람을 잃거나 자기 죽음 같은 비극이 타임루프를 만들어 낸다.

눈빛으로 서로의 사랑을 주고받는 두 사람의 모습을, 피터가 즐겁게만 지켜볼 수 없는 이유가 바로 그것이었다.

* * *

그녀와 마스터는 영화에서나 볼 수 있을 법한 연인의 대화를 거의 두 시간 동안 주고받았다. 주문이 들어올 때마다 대화가 멈추기는 했지만, 마스터는 재빠른 몸놀림으로 술잔을 채웠고, 그녀는 그런 마스터를 물끄러미 바라봤다. 두 사람에게 철저히 무시당한 차가운 맥주잔에는 물방울이 맺히다 못해 바닥에 빗물처럼 흘러내렸다. 이제 미지근해져서 제대로 마실 수 있는 상태도 아니었다.

지겨움에 지친 피터가 몸을 풀기 위해 의자에서 일어섰을 때, 둘 사이의 대화가 잠시 멈췄다. 피터는 다시 자리에 앉아 그 침묵을 조용히 지켜봤다. 이어서 마스터가 거칠고 주름진 손을 그녀의 손 위에 가볍게 얹었다. 마스터답지 않게 긴장한 몸짓이었다. 그러자 그녀는 재빠르게 손을 빼고는 자리에서 일어섰다.

"잠시 화장 좀 고치고 올게요."

가게 구석에 있는 화장실을 향해 천천히 걸어가면서도 그녀는 단 한 번도 마스터에게 시선을 보내지 않았다. 마스터는 얼굴에 아쉬움을 가득 담은 채 피터 앞으로 다가왔다.

"20분 뒤에나 나올 거야. 항상 그렇거든. 피터, 담배 태우나?"

앞치마에서 담배를 꺼내는 마스터의 팔은 가볍게 떨리고 있었다. 이마에는 식은땀이 송골송골 맺혀 있었다. 피터가 고개를 끄덕이자 마스터는 한 개비를 피터에게 건넸다. 마스터의 낡은 지포 라이터가 딸깍거리며 불을 피웠고, 어느새 짙은 담배 연기가 두 사람 사이를 뒤덮었다.

"……저 여잔 오늘 밤에 죽을 거야. 지금까지 그래 왔던 것처럼."

두 사람의 긴장된 호흡이 담배 연기를 기묘한 모양으로 흩트렸다. 마스터의 차가운 눈동자가 옅어진 연기를 가로질러 피터의 콧등을 때렸다.

"사고인가요? 아니면……."

"나도 몰라. 함께 잠자리까지 보내게 됐는데…… 잠시 다른 곳을 보다가 돌아보면 이미 바닥에 쓰러져 죽어 있었으니까. 무슨 병이라도 있었는지, 아니면 이상한 약이라도 먹은 건지."

"함께 밤을 보낸 뒤에 죽은 거군요. 그래서 타임루프에 빠졌고."

"아마도. 그 뒤로 기억이 끊어졌다가, 정신 차리고 보니까 같은 날 아침이었어. 그게 시작이야. 그리고 자네가 오늘 들려준 이야기처럼……."

"그녀의 죽음을 막으려고 했군요. 그리고 모두 실패했겠죠."

무거운 공기가 두 사람을 덮으며 술잔을 부딪치며 떠드는 사람들의 목소리를 완전히 가려 버렸다. 이후 3분 동안은 담배 연기를 뿜어내는 서로의 호흡만이 두 사람의 대화였고 소통이었다. 먼저 입을 뗀 사람은 마스터였다.

"그 애 아버지는 어떻게 됐어? 루프를 빠져나온 거야?"

"결국은 나왔어요. 하지만 바로 다음 날 빌딩 위에서 뛰어내렸죠."

아들이 없는 세상을 살 바엔 차라리 매일 아들의 죽음을 지켜보겠다. 그런 유서를 남겼지만, 피터는 유서 이야기는 목 아래 깊숙이 감췄다.

"적응하기가 쉽지는 않아요. 그 사람은 거의 40년을 루프 안에서 보냈거든요. 제정신으로 버티는 게 차라리 기적이죠."

"날 여기서 나가도록 설득하려고 하면서 그런 이야기를 내게 하는군."

"거짓말을 하고 싶지는 않아요. 전 진심으로 당신을 이 루프에서 내보내려고 하는 거예요. 이건 제가 월급 받으면서 하는 일, 그 종이 쪼가리와는 다른 얘기예요. 그 아버지와 같은 사례를 봐 왔기 때문에 당신이 가지고 있는 상처를 아물게 해 주고 싶어요.

그리고……."

피터는 담배를 힘껏 빨고 내쉬면서 가느다란 연기 기둥을 만들었다.

"그리고 이 루프 안에서 수십 번, 수백 번 죽음을 경험하는 그녀를 위해서라도. 루프가 반복될 때마다, 또 한 명의 그녀가 죽어요. 아무리 루프라지만, 어제의 그녀와 오늘의 그녀는 삶의 마지막 하루를 조금 다르게 보낸 다른 사람이니까요. 하지만 그녀는 여전히 오늘 밤 죽을 운명이죠.

전 지난 며칠 동안 당신을 지켜봤어요. 당신이 무엇을 하든 원래로 돌아올 텐데, 당신은 하루도 쉬지 않고 가게를 준비하고 손님을 맞이했죠. 누구에게도 상처를 주지 않고. 마치 루프가 아니라 그저 평화로운 일상을 보내고 있는 것처럼. 전 아직 당신에게 이성적인 판단을 내릴 능력이 남아 있다고 생각해요."

"어려운 이야기를 하는군. 왠지 매뉴얼 같기도 하지만 말이야."

"믿지 못해도 좋아요."

"내가 만약 거절한다면? 자네는 어떻게 되나? 혼자 루프에서 나갈 건가?"

"전 당신이 만든 루프에 올라탔을 뿐이에요. 당신이 루프를 끝내지 않는 한, 저도 여기서 나갈 수 없죠. 항구를 떠난 배에 올라탄 것과 비슷해요. 물론 보험은 있어요."

마스터는 담배를 재떨이에 비벼 끄며 피터를 바라봤다. 보험이란 게 뭔지 궁금한 눈치였다. 피터도 담배를 비벼 끄며 말했다.

"보험이 뭔지는 말씀드릴 수 없어요. 어쨌거나 강제로 루프를 깨는 도구가 있어요. 그러면 당신도 저도 내일을 맞이할 수 있게 되겠죠. 그리고…… 그렇게 되면 정부에서 당신을 연행하러 오고, 관리 대상이 되겠죠. 한두 번 설득한 뒤, 당신이 그들을 따르지 않는다면 루프 능력을 없애버릴 거예요."

"내가 어떤 결정을 하든 루프는 깨질 거란 얘기군."

피터는 대답하지 않았다. 그가 생각해도 공평한 선택지는 아니었기 때문이었다.

"하지만 자네 말이 맞아. 난 매일 그녀와 조금씩 다른 대화를 했고, 그녀의 반응도 매일 조금씩 달랐어. 결국, 매일 다른 사람이었지. 그리고 난 지금까지 수많은 그녀들이 죽어 가게 내버려 뒀고."

"당신 잘못이 아니에요. 무슨 대화를 했든지, 오늘 밤 세상을 떠나는 게 그녀의 운명이에요. 당신은 그저 조금이라도 그녀를 붙잡고 싶었던 것뿐이죠. 게다가 당신 스스로 루프를 깰 수 있었던 것도 아니고."

둘 사이의 담배 연기가 서서히 걷혔다. 마스터는 조금 전까지 지니가 앉아 있던 자리를 지그시 바라봤다. 그리고 말했다.

"내게 하루만 더 줘. 오늘은 언제나처럼 보내고, 내일은…… 가게 문을 닫고 그녀에게 작별인사를 하고 싶어."

"물론이죠. 서두를 필요는 없어요."

피터는 놀라움을 감추기 위해 애썼다. 마스터가 아무리 이성적인 사람이라지만, 이렇게 금방 설득이 되리라고는 생각지 못했기 때문이었다. 피터가 웃음을 유지하게 의해 노력하는 동안, 마스터는 몸을 일으켜 세우며 벽시계를 확인했다. 2~3분 정도 지나면 그녀가 돌아올 것이다.

"피터, 내가 선물 하나 주지."

"선물?"

"아니, 선물이라는 말은 좀 무례하군. 지니에 대한 거야. 자네가 지니에게 관심이 있다는 건 너무 알기 쉽거든."

피터의 귀가 솔깃해졌다.

"자넨 좋은 사람이야. 지니도 좋은 녀석이고. 내 생각엔 잘 어울리는 한 쌍이야."

마스터는 피터의 빈 잔에 차가운 맥주를 다시 따르면서 이어 말했다.

"지니는 오늘 밤 서점 건물 옥상에서 유성우를 볼 거야. 아마 10시쯤. 그리고 그 전에 근처에 있는 레스토랑에서 혼자 저녁을 먹고 책을 읽을 거야. 지니도 좀 외로운 녀석이거든."

"광장 건너편에 있는 서점 말하는 건가요?"

"맞아. 거기서 어슬렁거리고 있으면 만날 수 있을 거야. 만나서 같이 밥도 먹고 책 이야기도 해. 지니가 읽고 있는 건 칼 세이건의 『과학적 경험의 다양성』이란 책인데, 내용은 나도 몰라. 아무튼, 그렇게 다가가서 같이 별이나 보라고. 그러고도 연인이 되지 못한다면 자넨 멍청이야."

"굉장한 선물이네요."

"다시 말해 두는데, 지니를 선물로 주는 게 아니야. 그 애에게 다가갈 기회를 주는 거지."

지금까지 본 적 없는 인자한 미소가 마스터의 얼굴에 떠올랐다. 피터도 한결 안심되었다. 지금까지 느껴 본 적 없는 보람이 피터의 가슴에 차올랐다. 게다가 지니에 대한 정보까지 얻었으니 일거양득이었다.

"그것만 마시고 지니를 만나러 가 봐."

그리고 마스터는 원래 자리로 돌아갔다. 그가 자세를 가다듬자 때를 기다렸다는 듯이 그녀가 다시 모습을 드러냈다. 휴식이라도 취했는지, 그녀의 발걸음은 들어갈 때보다 더 힘이 찼고, 한 걸음씩 발을 내디딜 때마다 건강하게 기름진 머리카락이 찰랑거렸다.

그리고 그녀는 오늘 죽는다.

안타까웠지만, 그것이 그녀의 운명이었다. 피터는 이제 그녀의 반복되는 죽음이 곧 끝나기를 진심으로 바랐다.

* * *

마스터의 말은 사실이었다. 서점에 들어가 마스터가 이야기한 책을 사고 주변을 어슬렁거리고 있었더니 지니를 만날 수 있었다. 게다가 지니는 피터가 든 책을 보고는 자기도 같은 책을 읽고 있다며 흥분을 감추지 못하고 말을 쏟아냈다. 그리고 자연스럽게 함께 저녁을 먹고, 대화를 나누고, 가까워졌다.

"오늘 유성우 있는 거 알아요?"

지니는 냅킨으로 주홍빛 입술을 닦으며 말했다. 피터는 침을 한번 삼켰다.

"페르세우스자리 유성우 극대기가 오늘 밤이에요."

피터와 눈이 마주치자 지니는 숨을 멈추듯 말을 끊었다. 그리고 두 사람의 얼굴에 깊고 따뜻한 미소가 떠올랐다.

"같이 보러 갈까요?"

서로의 목소리가 완벽하게 겹치자, 두 사람은 누가 먼저랄 것도 없이 쿡쿡거리며 식탁 아래에서 장난스럽게 발을 서로의 발을 가볍게 두드렸다. 이제 피터와 지니 사이에서 손과 발이 마주치는 것 정도는 아무런 위화감도 없었다.

피터와 지니는 버려진 신문지를 주워 와 서점 옥상에 깔고 누워서 한 시간을 기다렸지만, 유성우는 기대만큼 떨어지지 않았다. 쏟아지는 별똥별 아래에서 소원을 빌며 이루어지는 로맨스 따위는 없었다. 하지만 가을밤의 냉기는 두 사람이 서로의 체온을 원하게 하기에는 충분했다.

피터에겐 모든 것이 완벽했다. 서점에서 책을 사고 나오는 시간, 식당에서 눈이 마주치는 순간들, 둘의 목소리가 겹친 타이밍, 옥상에 누운 두 사람의 거리, 그리고 지니의 집으로 가는 길의 대화.

피터는 이 모든 것을 기억하기 위해 노력했다. 지금 무슨 일이 벌어지든, 아침이 되면 오늘이 또다시 반복될 것이고 마지막 루프인 그때야말로 완벽하게 해내야 한다. 지니를 그의 운명으로 만들기 위해서는 그렇게 해야 했다.

방에 들어가자마자, 지니는 피터를 침대에 눕히고 그 위에 올라탔다. 그러고는 망설임 없이 피터의 상의를 벗기고, 자신의 옷도 한 벌씩 벗었다. 어느새 두 사람 사이를 가로막는 천 조각은 완벽하게 사라졌다.

지니가 피터와 얼굴을 맞대었다. 지니의 머리카락이 피터의 얼굴을 감싸자, 오렌지 샴푸의 부드러운 향기가 피터의 호흡을 적셨다. 지니는 오른손 검지와 중지를 피터의 입속에 집어넣었다. 피터는 혓바닥으로 지니의 손가락을 어루만졌다. 거칠게 엇갈리는 남녀의 숨소리, 그리고 땀에 젖어 부딪히는 살갗의 소리가 방 안을 가득 메웠다. 이윽고 두 사람의 체온이 섞이기 시작하는 그 순간, 피터는 이 완벽한 하루를 내일 다시 한번 재현할 수 있을지 조금 걱정이 들었다.

* * *

가게 내부 수리 때문에 오늘 오전은 쉽니다.

—카페 러닝터틀

가게 안은 어두웠다. 이른 아침의 낮은 햇살이 카페의 목조가구들에 부딪혀 깨지면서 칙칙한 공기를 조용히 감쌌다. 마스터와 피터는 카운터 테이블을 사이에 두고 조용히 앉아 있었다. 마스터는 피터를 바라보고 있었지만, 피터의 시선은 테이블 위에 놓인 작은 상자를 향했다.

"이게 뭔지 아는 걸 보니, 어제는 지니와 황홀한 밤을 보냈나 보군."

마스터가 싸늘한 미소를 띠며 말했다. 피터는 여전히 상자를 내려다보고 있었다.

상자 안에는 물에 젖은 기다랗고 새카만 머리카락이 들어 있었다. 머리카락에는 여기저기 샴푸거품이 잔뜩 묻어 있었고, 샴푸거품은 군데군데 새빨갛게 물들어 있었다. 그리고 진한 오렌지 향기가 상자 바깥까지 흘러내렸다.

피터의 입술이 더듬더듬 움직였다.

"지니를……."

"죽였어, 오늘 새벽에. 망치로 머리를 깨 버렸지. 자네 주려고 머리카락도 좀 잘라 왔고. 그래, 이거야말로 진짜 선물이지."

재미있다는 듯 껄껄거리는 마스터의 웃음소리가 피터의 몸을 둘러쌌다. 식은땀이 피터의 등을 타고 쏟아졌다.

"도대체 왜……?"

"죽였냐고?"

마스터는 앞치마에서 담배 한 개비를 꺼내 입에 물었다. 그리고 지포 라이터를 꺼내 불을 피웠다. 하지만 담배에 불을 붙이지는 않았다. 마스터의 반대쪽 손에는 피터가 건네준 글자 빼곡한 종이가 들려 있었다. 마스터는 그 종이에 불을 붙였다.

"자넨 날 바보 취급했어."

종이를 뜨겁게 갉아먹는 불길이 마스터의 담배에 불을 붙였다. 마스터는 불타는 종이를 철제 쓰레기통에 버리고는 뚜껑을 덮어 버렸다.

"선택지가 뭐 어쨌다고?"

마스터는 피터를 향해 담배 연기를 뿜었다. 담배 연기가 어제와는 달리 미치도록 무겁게 느껴졌지만, 피터는 그 느낌이 사실인지 아니면 기분 탓인지 구분할 수 없었다.

"자넨 이 세계의 침입자야. 불청객이고 지저분한 세균이지. 근데 그런 놈이 건방지게 루프를 깨트린다니 뭐니 지껄이고 있어!"

피터는 그제야 설득에 실패했다는 것을 깨달았다. 그의 발아래에는 작은 서류가방이 하나 있었다. 피터는 가방에 든 물건을 떠올렸다. 니트로글리세린이 담긴 주사기총. 타임루퍼를 설득하는 데 실패했을 때 사용하는 보험.

"알려 주지. 왜 지니를 죽였는지. 그 종이 쪼가리에 적혀 있더라고. 타임루프는 예정 외의 희생자가 없는 상태에서 깨져야 한다고 말이야. 루프가 깨지면 다시 살아날 수 없을 테니. 그래서 죽였어. 자네가 루프를 깨지 못하도록."

겨우 그거 때문에? 피터는 믿을 수 없다는 눈으로 마스터를 바라봤다. 피터의 표정은 이미 딱딱하게 굳어 있었다.

"하지만 그것만으로는 부족할 거 같더라고. 뭐, 사람 한두 명 더 죽는다고 일을 포기할 것 같지는 않았어. 그래서 자네에게 지니를 줬지. 둘이 몸을 섞을 수 있을 만한 조건도 만들어 주고. 지니가 퇴근할 때, 유성우 소식을 알려 주고 식당을 추천한 것도 나야. 자네가 마신 맥주에 최음제도 살짝 섞었지. 자네나 지니처럼 운명이 어쩌고 하는 사람들은 조금만 조건이 갖춰지면 금방 사랑이 어쩌고 하거든."

피터는 벌어지는 입을 다물기 위해 안간힘을 썼다. 완전히 농락당했다.

"오늘부터 매일 5시에 일어나자마자 지니를 죽이러 갈 거야. 지니가 욕실에서 죽는 건 5시 30분 정도가 될 거고. 지니 머리카락을 자르고 돌아오면 6시쯤. 난 샤워를 하고 가게를 열 준비를 할 거야. 지니가 없어도 가게는 충분히 돌아가니까. 그리고 자넨 언제나 7시에 일어나겠지. 모든 것이 끝난 뒤에. 자네가 루프를 깨면, 지니도 다시 살아날 수 없어. 불쌍한 지니. 원랜 오늘 죽을 운명이 아니었는데."

마스터는 카운터 아래에서 커다란 부엌칼 하나를 꺼냈다. 그러고는 테이블에 세게 내리치며 꽂았다. 갑자기 울려 퍼진 쾅 하는 소리에 피터의 몸이 움찔거렸다.

"이젠 내가 자네에게 선택지를 주지. 하나, 내가 매일 지니를 죽인 다음, 자네를 죽이러 갈 거야. 자네가 어디에 묵는지는 금방 알아낼 수 있어. 이 마을에서 외지인이 묵을 수 있는 것은 몇 군데 없으니까. 루프 몇 번 반복하면 금방 찾을 거야. 그다음부턴 매일 아침 눈을 뜨자마자 칼이 폐를 뚫는 기분을 수십 번 수백 번 느끼게 해 주지."

해가 조금 높이 떠오르고 빛이 어두운 카페로 스멀스멀 기어올랐다. 두 사람 사이로 끼어든 한줄기 햇빛이 칼날에서 갈라졌다.

"둘, 루프를 깨는 도구를 내게 넘겨. 어디에 있는지 알려 주면 내가 매일 아침 자네가 깨기 전에 그걸 회수하지. 그럼 지니도 죽지 않을 거야. 자넨 영원히 지니와 첫 데이트를 즐기면 되는 거고."

마스터가 테이블에서 부엌칼을 뽑았다. 어지간히 깊이 박혀 있었는지 힘이 잔뜩 들어간 움직임이었다.

"나와 그녀가 그러고 있는 것처럼. 뭐, 자넨 첫 데이트고 난 마지막 데이트지만 말이야."

껄껄거리는 마스터의 웃음소리가 피터의 생각을 마구 흔들었다. 어쩌다 이렇게 되었을까. 애초에 루프 속에서 제정신인 상태로 아무렇지도 않게 시간을 보내고 있다는 점을 의심했어야 했다. 그런 사람이 겨우 한 번에 설득될 리가 없다. 하지만 너무 늦은 후회였다. 어떻게 해야 할까. 피터는 고민했다.

마스터가 부엌칼을 제자리에 집어넣기 위해 뒤로 돌았다. 피터는 그 틈을 이용해 이를 악물고 가방에서 주사기총을 꺼내서 마스터를 조준했다. 니트로글리세린 캡슐은 미리 장전되어 있었기 때문에 방아쇠만 당기면 주사기 바늘이 마스터의 몸에 박힐 것이다. 주입량은 최대로 맞춰져 있다. 명중만 한다면, 마스터의 능력을 완전히 지워 버릴 것이다. 지니에 대한 생각이 여전히 그를 붙잡았지만, 무언가 행동을 해야 했다. 부디 마스터와 협상을 할 수 있기를, 오늘 루프를 깰 일이 없기를 기도했다.

"미리 얘기해 두는데."

마스터는 다시 피터를 향해 몸을 돌리고 넓게 벌린 양팔을 테이블 위에 얹었다. 지금까지 피터가 본 적 없는 거만한 몸동작이었다.

"자네가 어제 마신 술잔, 지니 집에 두고 왔어. 설령 루프를 빠져나가도, 자넨 첫 번째 용의자야."

"뭐……?"

피터의 얼굴에 떠오른 당혹감을 확인한 마스터는 재빠르게 피터의 손을 위로 튕겨 내며 주사기총을 빼앗았다. 그리고 팔꿈치로 피터의 콧등을 있는 힘껏 내리쳤다. 뼈가 부러지는 소리와 함께 피가 튀었다.

"크흡……."

"멍청하긴. 루프를 돌았는데 어제 마신 컵이 남아 있을 리 없잖아."

피터가 충격으로 정신을 차리지 못하는 사이, 마스터는 테이블을 뛰어넘더니 장화를 신은 발로 피터의 복부를 걷어찼다. 피터는 처절한 신음 소리를 내며 바닥에 쓰러졌다. 마스터의 발길질은 계속 이어졌다. 뼈가 부러지고 살이 찢어지며 바닥이 피가 흥건히 고였다.

피터의 몸이 스스로 일어나지 못할 만큼 만신창이가 된 걸 확인한 마스터는 피터의 가방을 뒤집어 내용물을 전부 쏟았다. 가방을 몇 번 더 흔들자 찰랑, 하는 금속음과 함께 열쇠 하나가 바닥에 떨어졌다. 열쇠고리에는 여관 이름과 방 번호가 적혀 있었다. 마스터는 열쇠를 집어 들며 말했다.

"잘 생각해. 매일 지니와 데이트를 하며 얌전히 지내든가, 아니면 매일 죽든가."

마스터는 장화에 붙은 작은 주머니에서 칼을 하나 꺼냈다. 피터는 힘겹게 고개를 들어 칼을 바라봤다. 금속 손잡이는 지저분하게 녹이 슬어 있었지만, 칼날은 거울처럼 빛났다. 오늘 사용하려고 일부러 손질을 하고 왔다는 뜻이었다.

오, 안 돼, 제발.

피터의 심장이 요동치기 시작했다.

"지니와의 데이트는 한번 맛봤으니, 이젠 난도질당해 죽는 게 어떤 건지 알려 줄게. 그래야 바른 판단을 할 수 있을 거니까. 걱정 마. 어차피 오늘 하루가 끝나면 다시 침대에서 깨어날 거야."

마스터는 피터의 목덜미를 잡고는 가게 뒤로 끌고 갔다. 피터는 끌려가면서 몸부림을 쳤지만 아무런 도움도 되지 않았다. 피터의 신발 뒤꿈치가 얕게 고인 피 웅덩이를 가로지르면서 나무 바닥에 빨간 선을 두 가닥 그었다.

두 사람은 어둠 속으로 사라졌다.

2장
<u>거북이의 시간</u>

7시가 되자 탁상시계가 자명종을 때리며 비명을 지르기 시작했다.

피터는 눈을 뜨자마자 침대에서 뛰어내리고 화장실로 향했다. 거울을 보며 몸 이곳저곳을 확인했지만, 어디에도 상처는 없었다. 살과 뼈를 파고드는 칼날의 느낌이 다시 떠오르자 구역질이 났다. 변기에 머리를 집어넣고 헛구역질을 해 봤지만, 아무것도 토해내지 못했다. 눈물과 콧물이 피터의 얼굴을 뒤덮었다. 심장은 가슴이 답답할 만큼 격렬하게 뛰었다. 눈은 시뻘겋게 충혈되어 있었고, 지금까지 느껴 본 적 없는 통증이 머리를 뒤덮었다.

나는 거기서 죽었던 거다. 칼로 난도질당해서.

피터는 세면대에 찬물을 잔뜩 담그고 얼굴을 담갔다. 견디기 힘들 때까지 숨을 참았다. 냉기가 뼛속에 스며들기를 기다렸다.

하지만 지금은 분명 살아 있다.

거친 숨을 내쉬며 얼굴을 물 밖으로 꺼낸 피터는 물기를 닦지도 않고 화장실을 나왔다. 얼굴과 머리카락에서 떨어지는 물방울이 어깨와 목을 적셨다.

방 안은 엉망이었다. 모든 수납장이 꺼내져 뒤집혀 있었고, 피터의 짐도 모두 바닥에 뿌려져 있었다.

"……마스터."

니트로글리세린 주사기총이 없어진 것은 확인해 볼 필요도 없었다. 피터의 두통약과 회사가 제공한 항히스타민제*도 사라진 걸 보니, 주사기총 외에도 마스터가 위험하다고 생각한 물건은 전부 가져간 것이 분명했다. 그리고 앞으로 매일 루프가 새로 시작될 때마다 마스터는 주사기총을 가져갈 것이다. 7시까지는 절대 깨어날 수 없는 피터를 비웃으면서.

마스터의 흔적을 제외하면 모든 건 어제와 같았다. 피터가 화장실에 간 사이 자명종은 바닥에 떨어졌고, 창틀엔 비둘기 두 마리가 앉았다. 바깥에선 청소부와 여관 주인이 말싸움을 했다.

"지니……!"

피터는 침대 주변을 불안하게 서성거렸다. 마스터가 여기에 왔다면 아마 지니까진 찾아가진 않았을 것이다. 두 곳을 오가는 데 걸리는 시간도 있고, 이미 주사기총을 가져간 상황에서 굳이 지니를 죽일 필요는 없다. 그렇다면 아마 지니는 이번 '오늘'은 평

---

* 알러지 약.

소처럼 출근했을 것이다.

가야 할까?

어젯밤 칼을 수십 번 쑤셔서 자신을 죽인 남자의 가게에 아침부터 찾아가는 것은 쉬운 일이 아니었다. 하지만 그곳에 지니가 있다. 지니의 안전을 확인하기 위해서는 그곳에 가야 한다.

피터는 마스터의 두 번째 제안을 떠올렸다. 주사기총은 마스터에게 넘어갔다. 그렇다면 피터가 지니를 만나는 건 아무런 문제도 되지 않을 터였다. 적어도 마스터의 하루를 방해하지 않고 예전처럼 행동한다면.

바닥에 뿌려진 옷을 주섬주섬 주워 입으며 몸을 가다듬는 데는 5분이 걸리지 않았다. 시계를 보니 2분 뒤면 언제나 문을 나서던 시간이다. 예상외의 일이 일어나는 것을 최대한 피하기 위해서는 완벽해야 했다. 피터는 2분 동안 문 앞에서 꿈쩍도 하지 않고 기다렸다.

시간이 되자 호흡을 가다듬고 문을 열었다. 복도 창문 너머에서 낮게 떠오른 태양이 눈부시게 빛났다.

* * *

피터는 광장 가장자리를 불안하게 걸었다. 아침부터 광장에 나온 사람들의 움직임은 시간이 멈춘 것처럼 느렸다. 피터는 그들의 행동에 관심을 두지 않기 위해 애썼다. 골목 바람에 펄럭이는 그들의 옷깃 소리마저 불쾌했다. 판화에 묻은 잉크처럼 끈적끈적

한 위화감이 피터를 괴롭혔다. 광장의 사람들은 아무것도 모른 채, 어제와 같은 지겨운 삶을 살아가고 있었다.

피터는 카페 러닝터를 앞에서 발걸음을 멈췄다. 카페에 놓인 녹슨 테이블은 한눈에 봐도 비위생적이었지만, 피터는 거기에 앉을 수밖에 없었다.

피터가 테이블로 다가가 의자에 앉는 걸 본 지니는 설거지하던 손을 앞치마에 털고 총총거리며 바깥으로 뛰어나왔다.

"오늘 날씨가 참 좋죠? 주문하시겠어요?"

지니는 앞치마 주머니에서 작은 메모장과 펜을 꺼내며 말했다. 지니는 펜을 손가락 사이에 끼워 흔들며 피터를 바라봤다. 피터도 지니를 올려다봤다. 그렇게 잠시 시간이 흘렀다.

"……아직 정하지 않았으면 조금 있다가 올까요? 죄송해요, 제가 메뉴를 볼 시간도 드리지 않은 것 같네요."

지니는 쾌활하게 웃으며 메모장과 펜을 주머니에 다시 집어넣었다. 피터는 그제야 정신을 차리고 입을 열었다.

"아, 아니. 주문할게요."

피터는 떨리는 손으로 테이블 위의 메뉴판을 만지작거렸다. 하지만 메뉴에 적힌 글씨들이 눈에 들어오지 않았다. 지금까지 어떻게 해 왔었는지, 기억을 꺼낼 수가 없었다.

"아, 저…… 토스트랑 차이 주세요."

"토스트랑 차이. 다른 건 필요 없으세요? 샐러드나 과일잼 같은 거."

아, 이게 아닌데. 피터의 이마에 땀이 맺혔다.

"아침식사 세트는 어떠세요? 샌드위치에 샐러드, 치즈 세 조각이 나와요. 음료도 하나 선택할 수 있어요."

"……네, 그걸로 주세요."

"그럼 아침식사 세트에 음료는 차이, 따끈따끈하게 만들어서 가져다 드릴게요."

피터가 여행 정보지를 떠올린 것은 지니가 주머니에서 다시 메모장과 펜을 꺼내려고 할 때였다. 메모에 몇 글자 적는 데는 5초도 걸리지 않을 것이다. 피터는 그사이에 여행 정보지를 테이블 위에 올려야 했다. 지니가 그걸 보고 "이 마을엔 처음 오신 것 같네요."라고 물어야 했다. 펜이 종이 위를 달리는 소리를 놓치지 않으면서, 피터는 몸을 숙여 가방 속을 뒤졌다. 앞으로 2초.

여행 정보지는 가방에 없었다. 지니는 뒤돌아서 카페 안으로 사라졌다. 절망감이 피터를 엄습했다. 숙인 허리를 펼 힘도 없었다. 피터는 테이블 위에 머리를 박고는 눈을 감았다. 어떻게 해야 할까.

피터의 의식이 꿈의 가장자리를 넘으려고 할 때 즈음, 지니의 목소리가 그를 다시 붙잡았다.

"음식 나왔습니다."

지니는 테이블 위로 샌드위치 접시와 찻잔을 능숙하게 내려놓았다.

"차이를 주문하셨는데…… 오늘 마스터가 만들어 준 아쌈차이 맛이 괜찮아서 손님 차이도 아쌈으로 만들어 봤어요. 혹시 마음에 들지 않으시면 바로 새로 만들어 드릴게요."

설마 마스터가 도와주고 있는 걸까? 피터는 정신 똑바로 차리기 위해 노력했다.

　"아뇨, 좋아요. 괜찮아요. 사실 아쌈차이도 좋아해요."

　"다행이네요! 근데 마스터가 아쌈차이는 잔을 미리 데우지 말라고 하시더라고요."

　"저도 들은 적 있어요. 아쌈차이는 조금 빠르게 식어야 먹기 좋다고 하던데…… 사실 저도 잘은 몰라요."

　피터는 찻잔을 들어 올려 향을 맡았다. 사실 아쌈이 뭔지도 몰랐다. 그저 메뉴에 있는 이름을 적당히 골랐을 뿐이었다.

　"이 마을은 처음인가요?"

　피터의 눈동자가 흔들렸다.

　"아침엔 주로 단골이 오거든요. 하지만 손님은 오늘 처음 보는 것 같아서."

　"아…… 네. 일이 있어서 근처를 지나는데…… 그냥 발걸음 따라 와 봤어요."

　"재밌네요. 그것도 운명이겠죠. 별거 없는 곳이지만 느긋하게 즐기고 가세요."

　지니는 작게 소리 내며 웃었다. 피터의 기분도 조금씩 밝아졌다.

　"수건 한 장 드릴까요? 머리가 아직 젖었어요. 급하게 나오셨나 봐요."

　"아, 아니, 괜찮아요."

　"부끄러워할 거 없어요. 저도 오늘 머리도 제대로 안 말리고 나왔다가 마스터한테 혼났거든요. 잠깐만 기다려요."

지니는 카페 안으로 돌아갔다. 피터는 지니의 뒷모습을 보며 묘한 흥분에 휩싸였다. 조금 전까지 모든 게 엉망이었다. 하지만 지금은 무언가 달랐고 왠지 진정되었다. 그녀와의 거리감도 평소보다 가깝게 느껴졌다.

피터는 문득 마스터가 한 말을 떠올렸다.

'난 매일 그녀와 조금씩 다른 대화를 했고, 그녀의 반응도 매일 조금씩 달랐어.'

설마 마스터를 이해하기 시작한 걸까? 피터는 고개를 저었다. 현실을 직시해야 한다. 지니가 피터와 어떤 밤을 보내든, 다음 날이면 피터를 잊을 것이다. 천 일 밤을 함께해도, 지니에게 피터는 언제나 오늘 처음 만난 사람이다. 서로의 기억 속에서는 하루하루 멀어질 뿐이다.

무슨 수를 써서라도 루프에서 탈출해야 했다.

* * *

마스터는 약속을 지켰고, 지니는 언제나 서점 앞에서 만날 수 있었다. 데이트는 행복했다. 루프가 반복되면서 대화 내용은 조금씩 달라졌고 눈과 손이 마주치는 순간도 달라졌다. 지니의 침대 위에서 서로의 몸을 탐닉하는 몸짓도 달라졌다. 침대 위에서 유일하게 반복되는 것은 피터의 입에 손가락을 집어넣는 지니의 독특한 습관이었다.

하지만 지니를 향한 피터의 사랑이 짙어질수록, 하룻밤밖에 이어지지 않는 지니의 감정은 더 왜소하게 느껴졌다. 그럴 때마다 피터는 루프에 안주하지 않기 위해 고심했다. 시간이 날 때마다 루프를 탈출할 방법을 생각했다.

중요한 것은 니트로글리세린이었다. 핀 콜러스는 니트로글리세린이 포함된 심장약을 과학자의 어머니에게 몇 차례 먹인 덕분에 루프에서 빠져나왔다. 이곳은 오래된 마을이었다. 늙은이도 많았다. 분명 누군가 니트로글리세린이 들어간 심장약을 가지고 있을 것이다. 마을을 돌아다닐 시간은 많았다. 어차피 시간은 다시 돌아올 테니까. 그저 마스터에게 들키지 않도록 매일 지니와 만나기만 하면 충분했다.

러닝터틀에서 아침식사를 하고 여관으로 돌아온 뒤, 그날 밤 지니를 만날 때의 동선을 고민하며 복도를 걷고 있을 때였다. 여관 주인이 자기 방을 청소하면서 내놓은 약상자 속에서 니트로글리세린을 발견했다. 이미 수십 번의 루프를 근처 노인네의 집을 뒤지는 데 썼지만, 피터는 개의치 않았다. 등잔 밑이 어두울 수도 있는 거니까.

문제는 이걸 어떻게 마스터에게 먹이느냐였다. 피터가 다시 마스터에게 접근하는 것은 위험했다. 설령 루프로 다시 살아난다고 해도, 칼이 몸을 찢는 고통은 두 번 다시 느끼고 싶지 않았다. 지니는 당연히 안 된다. 마스터는 이미 지니를 한 번 죽였다.

그렇다면 한 사람밖에 없다. 마스터가 결코 상처를 주지 않을 사람. 피터는 반복되는 시간 속에서 마스터의 그녀를 찾기 시작했다.

＊ ＊ ＊

"생각보다 찾는 게 힘들었어요."

마스터의 그녀는 채소가게에서 여유롭게 담배를 태우고 있었다. 담배 연기가 정오의 뜨거운 햇살과 섞이며 아름답게 퍼졌다. 그녀는 난처한 표정으로 피터를 바라봤다.

피터는 그녀에게 한 발짝 더 다가가며 말했다.

"잠시…… 얘기 좀 할 수 있을까요? 부탁드립니다."

정중함이 묻어나는 피터의 요청에 그녀는 잠시 고민하더니 고개를 끄덕였다. 두 사람은 근처의 나무 그늘 아래로 이동했다. 저녁 카페의 어두운 조명 아래에서 그녀를 처음 본 게 벌써 몇 년 전처럼 느껴졌다. 그동안 얼마나 많은 '오늘'이 지나갔을까. 밝은 하늘 아래에서 보는 그녀는 첫 만남 때보다 더 아름다웠다. 세련된 움직임 하나하나가 너무나도 새롭게 느껴져서, 그녀를 찾기 위해 피터가 반복한 60일의 시간 따위는 그대로 묻혀 버릴 것 같았다.

피터는 고민했다. 무슨 말을 해야 할까. 마스터가 심장병이 있는데 약을 먹으려고 하지 않으니 몰래 먹여 달라. 말도 안 된다. 이게 비아그라인데……. 정신 나간 소리다. 사실을 말할 수밖에 없었다. 핀 콜러스, 타임루퍼, 시간의 두께, 그리고 마스터가 타임루퍼라는 사실. 하지만 그녀가 오늘 밤 죽을 것이라고는 차마 말하지 못했다. 그저 어떤 이유에서인지 마스터가 한밤중에 감정이 격해졌고, 그래서 타임루프가 시작되었다고 거짓말을 했다.

"믿기 힘드네요."

아주 당연한 대답이었다. 하지만 그 속에 관심도 섞여 있다고 확신한 피터는 타임루프의 클리셰를 쓸 때가 왔다고 생각했다.

"건너편 벤치에 담배 피우는 남자가 있죠? 조금 있으면 뒤에서 부인이 나타나 뒤통수를 칠 거예요. 그리고 말싸움을 하는데 남자 틀니가 빠지고 둘 다 낄낄거릴 거예요."

피터의 말은 그대로 실현되었다. 피터는 손목시계를 보며 그다음 증거들을 차례로 보여 줬다. 풍선을 들고 달리다가 넘어지면서 풍선을 터뜨리는 아이, 물건을 사려다 돈을 바람에 날려 버리는 남자, 담배를 피우려는데 라이터가 고장 나서 욕을 쏟아 내는 여자.

처음엔 그 정도로 충분하다고 생각했지만, 문득 피터는 모두 사람들의 행동이라 충분히 의심할 수 있다고 생각했다. 그래서 기억을 뒤지며 조금 다른 사례를 끄집어냈다.

"채소가게 위층에 창틀 보이죠? 조금 있으면 저기서 검은 고양이 하나가 나올 거예요. 가슴 털은 희고, 눈 하나에는 상처가 있어요. 창틀에 잠시 앉았다가 난간을 타고 채소가게 오른쪽으로 걸어갈 거예요."

고양이는 피터가 예상한 정확한 시간에 고개를 빼꼼 내밀었다. 그리고 잠시 창틀에 앉아 털을 다듬었다. 하지만 고양이는 움직이지 않았다. 계속 털을 다듬을 뿐이었다. 피터는 순간적으로 할 말을 잃은 채 고양이를 바라봤다. 그녀에게 말을 건 행동이 영향을 미친 걸까?

"이제 그만해요."

그녀는 피터의 팔을 붙잡았다.

"이미 충분해요."

그녀가 피터를 향해 한 걸음 다가왔다. 이제 서로의 호흡을 느낄 수 있는 거리였다.

"당신은 시간의 두께를 볼 수 있다고 했죠? 나를 봐요. 제 시간의 두께는 얼마나 돼요?"

그녀가 말을 할 때마다 뜨겁고 습한 공기가 피터의 목덜미를 휘감았다.

"시간의 두께를 볼 수 있는 건 타임루프에 빠지기 직전뿐이에요. 그러니까, 당신의 시간이 두께는…… 얇아요. 시간 한 장의 두께랄까요."

"그럼 당신과 저는 겹겹이 쌓인 시간 속에서 지금 같은 시간 한 장을 지금 이곳에서 공유하고 있는 거군요. 내일도 루프가 반복된다면, 지금 이 순간은 오늘 밤 사라질 시간 한 장 위의 운명이네요."

그녀는 조금 더 다가왔다. 그녀의 몸에서 뿜어져 나오는 복사열이 느껴질 만큼. 피터의 눈을 보며 향해 그녀가 말했다.

"전 카메노, 카메노 하시리예요."

"……피터입니다. 피터 리."

"제가 약을 마스터에게 먹여서 루프가 깨진다면, 당신은 제게 뭘 해 줄 거죠?"

당신은 오늘 밤 죽을 거고, 당신의 주검 앞에서 제가 해 줄 수 있는 건 없어요. 피터는 뭐라고 대답해야 할까 고민했다.

"아니, 대답하지 말아요. 성공하면, 제가 원하는 걸 들어주겠다. 그렇게만 약속해요."

카메노는 가느다란 팔로 피터를 밀며 뒤로 한 걸음 물러났다. 피터의 반응을 살피고 있었다.

"대답해요. 그러겠다고."

"네. 일단 마스터에게 약을 먹여 주세요. 그렇지 않으면……."

"안 그러면 당신은 루프 속에서 영원히 혼자 살아야겠죠. 혹시나 마스터가 알게 되면, 매일 아침 살해당할 거고."

피터는 고개를 끄덕였다.

마스터에게 약을 먹이는 것은 심장약이나 카메노를 찾을 때처럼 반복하며 시행착오를 거듭할 수 없다. 오늘 그녀가 무사히 성공한다면, 내일 모든 걸 잊은 카메노에게 똑같은 방법으로 접근해서 마스터에게 약을 먹이도록 해야 한다. 몇 번이나 먹여야 하는지는 알 수 없었지만, 핀 콜러스 케이스를 생각하면 그리 길지는 않을 것이다. 하지만 한 번이라도 실패하면 끝이다. 마스터가 카메노와의 대화를 조금씩 바꾸고 있다는 것이 걸림돌이었지만, 그 부분은 마스터를 휘어잡은 카메노의 매력에 맡길 수밖에 없었다.

여전히 창틀에서 털을 다듬는 고양이를 올려다보며 카메노가 물었다.

"루프 속에서 '오늘'이 몇 달 몇 년씩 이어진다면, 그런 루프가 과거에도 있었다면, 때로는 깨지지 않는다면, 루프에 빠지지 않은 사람들의 시간은 어떻게 흐를 수 있는 거죠? 내일이 올 수가 없는데."

"아킬레우스와 거북이예요."

카메노는 피터가 계속 말하길 바라는 표정을 지으며 기다렸다.

"아킬레우스와 거북이가 경주를 하는데, 거북이는 50미터 앞에서 출발하는 거죠. 상식적으론 아킬레우스는 금세 거북이를 따라잡고 완주할 거예요. 하지만 시간을 나누어 생각해 봐요.

아킬레우스가 조금 전까지 거북이가 있던 50미터까지 전진하면, 거북이도 그동안 앞으로 이동하겠죠. 5미터를 갔다고 하죠. 그걸 또 아킬레우스가 따라잡으면, 거북이는 또 0.5미터를 앞으로 가요. 다음 순간 아킬레우스가 따라잡으면, 거북이는 0.05미터 앞에 있겠죠. 이게 끝없이 반복돼요. 아킬레우스는 거북이를 추월할 수 없고, 경주도 영원히 끝나지 않아요."

카메노의 얼굴에 호기심 어린 웃음이 떠올랐다. 피터는 계속해서 설명했다.

"물론 현실은 그렇지 않죠. 추월하기 전까지 무수한 시간 간격이 있지만, 결국은 아킬레우스는 거북이를 추월하고 결승점에 이르겠죠. 조금 수학적인 이야기이기는 하지만……. 아무튼 타임루프가 몇 번 반복되든, 실제의 시간, 그러니까 타임루프 바깥의 시간은 정상적으로 흘러가요. 물론 타임루프 나름의 특징도 있어서 자세히 설명하기는 힘들어요."

"마스터에게 약을 먹이지 않는 한, 아킬레우스는 영원히 거북이 꽁무니만 봐야 하겠네요. 혹시 제논도 루프에 빠진 적이 있었던 건 아닐까요.”

“……제논의 역설을 알고 계셨군요.”

“어릴 적 수업 시간에 들은 적 있어요.”

카메노가 새하얀 손바닥을 피터 앞으로 내밀었다.

“함께 거북이를 따라잡아요, 아킬레우스.”

피터는 약병을 카메노의 손바닥 위에 올려놓았다. 카메노의 손
가락이 우아하게 말려 들면서 약병을 감쌌다. 카메노는 피터를
향해 환한 미소를 보이고는 뒤돌아 걸어갔다.

* * *

마스터에게 약을 먹이기 시작한 지 열흘이 지났다. 카메노는
마스터 옆에서 죽을 때, 무슨 생각을 했을까? 자신이 죽을 거란
사실을 말하지 않은 피터를 원망했을까? 아니면 자각도 없이 죽
었을까?

피터는 그런 고민 속에 오늘도 채소가게에서 카메노를 만나 똑
같은 이야기로 그녀를 설득하고, 약병을 건넸다. 카메노는 언제
나 긴장될 만큼 피터에게 다가와 이야기를 했다. 그때마다 공기
를 타고 전해지는 카메노의 숨결과 체온이 조금씩 다르게 느껴
졌다. 모든 걸 완벽히 재현할 수는 없기 때문에 피터도 어느 정
도 예상은 하고 있었다. 하지만 이대로 가다가는 카메노가 그의
제안을 거절할 때가 올지도 모른다.

피터는 저녁 식사의 디저트로 나온 케이크를 먹으면서, 오늘

본 카메노의 모습을 떠올렸다. 평소와 다른 것은 없었을까?

"오늘 유성우가 있다는데."

지니는 냅킨으로 주홍빛 입술을 닦으며 말했다. 루프 속에서 수십 번 수백 번 키스를 한 입술이었지만, 오늘은 아직이었다. 지금 피터의 눈앞에 있는 지니에게 피터와의 키스는 단 한 번도 일어나지 않은 일이었다.

"유성우가 오늘 밤 10시에 극대기래."

수줍은 미소가 지니의 얼굴에 떠올랐다. 지니는 침을 한번 삼키고 말했다.

"……같이 보러 가지 않을래?"

지니는 피터의 표정을 살폈다. 피터는 웃고 있었지만, 거기에 실린 감정은 불안이었다. 카메노는 제대로 일을 하고 있는 걸까? 마스터는 정말 니트로글리세린을 먹고 있는 걸까? 이렇게 기다리기만 해도 되는 걸까?

"……피터? 무슨 생각해?"

"안 될 것 같아."

"응?"

"미안. 오늘 밤엔 다른 일이 있어서."

지니의 귀가 새빨개졌다.

"아, 아니. 미안. 우리 오늘 첨 봤는데 밤에 별을 같이 보거나 하는 건 좀 이상하지?"

"내일 가자. 유성우는 며칠 이어지니까. 오늘만큼은 아니겠지만, 내일도 떨어질 거야."

피터는 의자를 밀고 일어나 지갑을 꺼내 돈을 식탁 위에 올렸다. 지니도 따라서 일어섰다.

"피터, 내가 혹시 뭐 실수했어……? 미안, 처음 만나서 이렇게 금방 친해진 게 처음……."

피터가 지니에게 입을 맞추자 지니의 눈이 휘둥그레졌다. 피터의 손은 지니의 허리를 감쌌다. 입맞춤이 이어지자, 지니는 피터의 팔에 손을 얹고 천천히 눈을 감았다.

"오늘은 꼭 가야만 해. 약속할게. 내일 또 기회가 있을 거야."

피터는 입술을 떼고 지니에게 말했다.

"……응."

빠른 걸음으로 식당 문을 나서는 피터를, 지니는 멍하게 바라봤다.

* * *

피터는 지니의 시야에서 벗어났다는 확신이 들자, 달리기 시작했다. 마스터가 카페를 닫고 카메노와 사라지기 전에 그곳에 도착해야 했다. 마스터가 카메노와 밤을 보낸 곳이 어딘지는 듣지 않았기 때문이었다. 걸어서 30분 거리이니, 조금씩 쉬면서 달리면 15분이면 도착할 수 있었다.

카페의 모습이 보이기 시작했을 때, 여전히 조명이 들어와 있었다. 가까이 가서 보니 마스터와 카메노는 아직 가게 안에서 대화를 나누고 있었다. 피터는 마스터의 시선이 닿지 않는 곳에 숨어서 두 사람이 가게를 나오기를 기다렸다.

오후 10시 30분이 되자, 마스터는 손님들에게 양해를 구하며 가게를 정리했다. 카메노는 카페 밖으로 나와 혼자 담배를 피웠다. 손님들이 모두 사라지자 마스터는 카메노의 손을 잡고 어디론가 걸어가기 시작했다. 피터는 적당한 거리를 두고 두 사람의 뒤를 따라갔다.

마스터의 집은 그리 멀지 않은 곳에 있었다. 작은 방 몇 개가 다닥다닥 붙어 있는 허름한 2층 월세방이었다. 마스터와 카메노가 들어간 방을 확인한 피터는 바로 옆방을 살폈다. 다행히 옆방엔 아무도 없었고 문이 잠겨 있지도 않았다. 아무도 세를 들어오지 않은 것 같았다. 피터는 조심스레 옆방으로 들어가 벽에 귀를 붙였다.

"이날을 오래 기다렸어."

마스터의 목소리였다. 하지만 자연스럽지 않았다. 긴장이 잔뜩 흘러내리는 말투였다. 피터는 귀를 벽에 좀 더 바싹 붙였다. 하지만 카메노의 목소리는 정확히 알아들을 수가 없었다.

이대로는 안 될 것 같다는 생각이 들자, 피터는 건물 뒤편으로 난 베란다로 나갔다. 뒤뜰엔 아무도 없었고, 마스터의 베란다와는 피터가 서 있는 베란다는 얇은 플라스틱 칸막이로만 구분이 되어 있었다. 마스터의 베란다는 쓰레기로 가득했다. 빗물에 탈색된 옷가지들을 보니 평소에 베란다로 나오지 않는 것이 분명했다. 오늘도 그 평소에 포함되길 기도하며, 피터는 난간을 타고 올라 마스터의 베란다로 천천히 넘어갔다. 커튼이 내려져 있었지만,

창틀 가장자리에 있는 작은 틈으로 내부를 훔쳐볼 수는 있었다.

방에 들어간 지 얼마 되지 않았는데도, 마스터와 카메노는 이미 침대 위에서 알몸으로 뒹굴고 있었다. 마스터의 손질되지 않은 거친 몸과 카메노의 조각 같은 아름다운 몸이 직소 퍼즐처럼 완벽하게 조화를 이뤘다. 카메노는 언제 약을 먹이려는 걸까?

시간이 다시 얼마나 지났을까, 피터는 조심스럽게 내부를 살폈다. 카메노는 침대 위에 누워 있었다. 머리카락은 땀에 젖어 얼굴에 덕지덕지 달라붙어 있었다. 그리고 마스터는 카메노 위에 올라타 있었다. 그리고…… 그의 손에는 오래전 피터의 몸을 난도질했던 칼이 들려 있었다.

마스터는 카메노의 목을 조르며 그녀의 몸 위에서 엉덩이를 들썩였다. 카메노는 숨을 쉬지 못해 괴로운 표정이었다. 번쩍이는 칼날이 카메노의 목 아래로 천천히 다가갔다.

피터는 그제야 마스터의 또 다른 거짓말을 깨달았다. 카메노는 마스터가 잠든 사이에 죽은 것이 아니었다. 마스터가 카메노를 살해했다. 그리고 어떤 이유에선지 마스터는 그걸 절실히 후회했고, 거기서 루프가 시작된 것이다. 마스터가 생각보다 훨씬 무서운 상대라는 것을 깨닫자 식은땀이 피터의 등을 적셨다.

카메노는 약을 마스터에게 먹이지 못하고 매일 이렇게 살해당한 걸까? 피터는 망설였다. 어떻게 해야 할까. 지금 여기서 나서면 마스터는 다음 루프 때부턴 매일 아침 피터를 죽이러 올 것이다. 하지만 눈앞에서 사람이 죽는 광경을 지켜보는 것도 쉬운 일이 아니었다. 그것도 자신을 돕기 위해 위험을 무릅쓴 카메노가.

피터는 카메노와 한 약속을 떠올렸다. 카메노는 무엇을 부탁하려고 했던 걸까?

피터는 조용히 숨을 죽이고 생각을 다듬었다. 카메노는 원래 죽을 운명이었다. 그녀의 운명을 바꾸는 것보다 루프에서 빠져나가는 것이 더 중요했다. 그리고 지니. 설령 오늘 밤이 끝나고 모든 것이 다시 오늘 아침으로 돌아가더라도, 조금 전 식당에서 지니와 했던 약속을 지키고 싶었다. 반드시 루프를 끝내고 지니와 첫 번째 내일을 보내리라.

마스터의 칼은 카메노의 목을 깊숙이 파고들었다. 피터는 긴장감에 눈을 감을 수 없었지만 그나마 커다란 베개가 시야를 가려 준 덕분에 끔찍한 장면을 직접 보지 않을 수 있었다. 하지만 피가 기도에 차오르며 컥컥거리는 소리와 붉게 변해 가는 침대의 모습은 상황을 충분히 짐작케 했다. 마스터는 그런 와중에도 카메노의 몸 위에서 허리를 흔들었다. 카메노가 고통과 공포에 찬 손길로 마스터의 가슴을 두드릴수록, 마스터의 움직임은 더욱 격렬해졌다. 땀과 피로 범벅이 된 마스터의 몸이 검붉게 번쩍거렸다. 지금까지 어디서도 본 적이 없는 생명력이었다. 피터의 심장은 경이로운 두려움에 폭발하기 직전까지 마구 뛰었다.

마스터가 영원처럼 느껴지는 굵은 신음 소리를 천천히 풀어 놓으며 몸을 멈췄다. 그와 동시에 침대를 적시던 핏줄기도 힘없이 가라앉았다. 피터는 가슴이 아파 왔다. 카메노에 대한 죄책감 때문이길 바랐지만, 순수한 두려움 때문이라는 것을 부정할 수 없었다.

마스터는 고개를 쳐들고 긴 숨을 내쉬었다.

피터는 천천히 뒷걸음질 쳤다.

카메노는 실패했다.

"거기 있는 거 알아, 피터."

피터의 몸이 굳었다. 마스터는 서서히 몸을 일으키며 카메노에서, 그리고 침대에서 내려왔다. 마스터가 한 발짝씩 걸을 때마다 피 묻은 발바닥이 마루에서 떨어지며 축축하고 기분 나쁜 소리를 냈다.

"들어와. 거기서 할 수 있는 것도 없잖아. 도망가도 어차피 네놈 침대 옆에서 내가 기다릴 거야."

마스터는 베란다로 다가오더니 커튼을 열어젖혔다. 베란다에서 얼어붙어 있던 피터의 모습이 드러났다. 마스터는 그대로 침대로 돌아오더니 힘없이 늘어진 카메노의 몸을 침대 옆으로 밀어 차가운 바닥에 떨어뜨렸다. 그러자 침대 위에 깔려 있던 마스터의 바지가 드러났다. 겨우 바지를 챙겨입기 위해 가여운 카메노를 그렇게 바닥에 버릴 줄이야. 피터는 정신이 아득히 멀어지는 것을 느꼈다. 마스터는 그가 생각할 수 있는 범주의 인간이 아니었다.

"당신이 죽였어요. 그렇게 사랑에 빠진 듯 연기하더니."

피터는 방 안으로 들어갔다. 마스터가 인간이 아니라고 생각하니 현실감은 사라지고 묘한 용기가 솟아났다.

"이렇게 매일 그녀와 대화하고 몸을 섞고, 그리고 죽이고 있었나요?"

"글쎄."

마스터는 바지를 입고는 주머니를 뒤졌다.

"이게 나온 다음부터는 확실히 그랬지."

마스터의 붉은 손에는 피터가 카메노에게 줬던 약병이 들려 있었다.

"처음부터 알았어. 오늘이 열흘째지? 피터, 난 이 하루를 수백 번 반복했다고. 그녀의 가방이 10그램만 무거워져도 난 알 수 있어. 그래서 네놈이 여기 오기를 기다렸지. 생각보다 이르긴 했지만 말이야."

"……이제 당신 말은 믿기 어려워요. 정말 그걸 발견해서 그녀를 죽인 건가요? 언젠가 내가 찾아왔을 때 충격이라도 주려고? 루프가 시작할 때부터 그녀를 죽인 게 아니라?"

"똑똑하긴. 맞아. 처음엔 그녀가 날 거부했거든. 그렇게 황홀감에 휩싸여 몸을 비틀더니만, 내가 함께 살자고 하니 바로 정색하며 거절하더라고. 그래서 나도 모르게, 그래, 처음엔 정말 나도 모르게, 그녀를 죽여 버렸어. 세상에, 우주에서 가장 사랑스러운 여자를 만났는데 내 손으로 죽이다니. 나는 절규했지."

"루프는 그렇게 시작된 거군요."

마스터는 고개를 끄덕였다.

"그런데 넌 참 대담한 놈이야. 감히 내 여자에게 접근하다니. 그녀를 가까이서 봤을 테니 그럴 때마다 네놈 가랑이도 달아올랐겠지. 난 알아. 그녀의 숨결을 맡으면 그럴 만도 하지. 하지만 난 분명 대체품을 줬는데 말이야……."

마스터가 침대 위에 있던 칼을 다시 집어 들었다.

"……당신한텐 루프 속 사람들이 대체 가능한 물건 같은 건가요?"

피터는 마스터의 손에 잡힌 칼날의 움직임에 주목하면서도, 밀리지 않기 위해 또박또박 말했다. 이미 상황은 되돌릴 수 없을 만큼 나빠졌다. 아마 오늘 여기서 죽을 거다. 운이 좋으면 마스터가 다른 제안을 할 거고, 그렇지 않으면 매일 아침 칼에 찔려 죽는 하루를 반복하겠지.

"적어도 지니는 그런 존재야."

마스터는 피터의 반응을 살피는 듯 잠시 뜸을 들이더니 계속해서 말했다.

"……지니 말이야, 너랑 할 때도 입속에 손가락을 넣으면서 시작해?"

마스터가 오른손 검지와 중지를 자기 입에 집어넣고 기분 나쁜 소리를 내며 빨기 시작했다. 피터의 머릿속에 지니와의 잠자리가 떠올랐다. 지니는 항상 두 손가락을 피터의 입속에 집어넣으며 시작했다. 그리고 피터는 언제나 혓바닥으로 그 손가락을 받아들였다.

"지니가 네 운명이라도 되는 줄 착각했나? 내가 어떻게 지니를 그렇게 자연스럽게 너한테 붙일 수 있다고 생각했어? 내가 해 봤으니까. 내가 똑같이 지니를 잡아 봤으니까. 아직도 기억이 생생해. 지니의 조그만 침대, 내 몸 위에 올라탔을 때의 무게감, 오렌지 샴푸, 짭짤한 손가락……."

마스터의 입이 귀까지 찢어졌다. 얼굴의 모든 근육이 피터를 철저히 비웃고 있었다. 피터는 이제 마스터를 인간으로도 괴물로도 볼 수가 없었다. 그 이상의 사악한 무엇이었다.

"피터. 난 네가 상상도 할 수 없는 수많은 세월을 반복되는 하루 속에서 보냈어. 이 하루 동안 일어나는 모든 일이 이미 나의 일부라고. 네가 무슨 짓을 하든, 넌 내 발 아래에 있는 개미나 마찬가지야."

피터가 아무 말 없이 지켜보고만 있자 마스터는 껄껄 소리 내며 웃기 시작했다.

"내 비밀을 하나 알려 줄까?"

마스터는 피터를 향해 다가오며 말했다. 피터는 그의 칼날이 향하는 방향을 주시했다. 아래로 향한 칼끝에선 카메노의 피가 아직도 뚝뚝 떨어지고 있었다.

"내가 그녀를 죽였다면 말이야, 내가 살릴 수도 있는 거잖아? 하지만 네가 얘기한 그 애 아버지처럼, 결국 그녀는 루프 속에서 단 한 번도 살지 못했어. 왜일까?"

칼끝이 조금씩 위로 올라오다가 피터의 눈높이에서 멈췄다. 칼은 이제 피터를 향해 다가오기 시작했다.

"인간이 느낄 수 있는 가장 큰 쾌락이 이 속에 있기 때문이야, 피터. 루프와 운명을 수긍했기 때문에 발견할 수 있었지."

칼이 조금씩 다가올 때마다 피터는 뒷걸음질 쳤다. 피터의 등이 벽에 이르기까지 그리 긴 시간은 걸리지 않았다.

"그 애 아버지가 말이야, 루프를 반복한 끝에 아들을 구할 수 있었다면 어떻게 됐을까? 평화롭게 살았을까? 아니, 그럴 순 없어. 애 아버지 머릿속엔 그동안 구할 수 있었는데 구하지 못했던 수많은 아들의 죽음이 영원히 반복될 거니까."

칼이 피터의 콧등 바로 앞까지 다가왔다.

"그래서 루프를 몇 번을 반복하든 구할 수 없어야 해. 아들의 죽음은 그 어떤 방법으로도 회피할 수 없는 운명이어야 했지. 그러지 않고서는 그동안 반복된 아들들의 죽음이 아버지의 목덜미를 조를 거니까. 그런 죄책감에서 벗어날 방법은 영원히 아들을 구하지 못하는 거야. 그게 그 아비가 바랐던 것일 테고."

피터는 재빠르게 몸을 아래로 숙이고 바닥을 기어 반대편으로 달렸다. 하지만 마스터는 뒤따라와 피터의 바지를 잡아당기고는 허벅지에 칼을 박았다. 피터의 찢어지는 비명이 방 전체를 울렸다.

"그리고 난 그녀를 죽여야 했어. 그게 나와 그녀의 운명이었으니까. 그녀가 살아남는다면, 그건 그 운명을 거절하는 거나 마찬가지였지."

마스터는 피터를 쓰러뜨리고 등 위에 올라탔다. 피로 데워진 칼날이 피터의 목에 닿았다.

"제발 그만……."

"그랬더니 말이야, 운명이 내게 선물을 주더라고."

마스터는 칼로 피터의 쇄골을 꾸욱 눌렀다. 얇은 피부가 찢어지면서 피가 흘러나왔다. 통증과 두려움에 피터의 목이 힘없이 풀렸다.

"끄아아아……."

"죽어 가는 그녀와 사랑을 나눌 때, 지금까지 느껴 본 적 없는 환희가 느껴졌어. 헐떡이는 숨소리, 뜨끈한 피, 퍼덕이는 팔, 모든 게 천사의 손길처럼 느껴졌지. 내 삶의 모든 것을 바치고라도 영원히 손에 넣고 싶은 감각이었어."

눈물과 콧물로 범벅이 된 피터의 얼굴 옆으로 마스터의 얼굴이 다가와 말했다.

"그런데 네놈이 내가 준 기회를 걷어차고 내 여자에게 접근했어. 내 세계를 깨려고 했고. 운명이 내게 준 순응의 보상을 빼앗으려 했지."

"아니, 잠깐……."

마스터는 피터가 말을 이을 틈을 주지 않았다. 갈비뼈 사이로 파고드는 날카로운 통증에 피터는 정신이 아득해져서 비명조차 지를 수 없었다.

얼른 끝났으면. 얼른 숨통이 끊어졌으면. 그렇게 다시 오늘 아침으로 돌아가 침대에서 눈을 뜰 수 있기를. 어차피 마스터가 침대 밑에서 칼을 들고 기다리고 있겠지만, 상관없었다. 매일 그렇게 얼른 죽어서 잠시라도 고통에서 벗어날 수 있기를 바랄 수밖에.

피터는 그 순간 눈앞에 다가온 죽음이 너무나도 황홀하게 보였다. 지금까지 느껴 본 적 없는 기대와 충만감이 가슴에 차올랐다. 이 고통스러운 순간에서 자신을 구해 줄 수 있는 것은 죽음밖에 없었다. 죽음을 절실히 바라게 되자, 조금씩 선명해지는 죽음의 빛이 마치 처음 입을 맞출 때의 지니처럼 보였다. 이 환희에 찬 고통스러운 죽음을 반복하게 된다고 생각하자 정체를 알 수 없는 쾌락이 피터의 신경을 불태웠다.

마스터는 피터의 가슴에 박은 칼을 천천히 비틀면서 말했다.

"내가 이 세계의 신이야, 피터. 이 세계의 하루는 영원히 나의……."

화약이 터지고 무언가가 공기를 가르는 소리가 들렸다. 마스터의 몸이 휘청거리더니 힘없이 뒤로 쓰러졌다. 피터는 팔을 뻗어 침대를 붙잡고 힘겹게 몸을 일으켰다. 무슨 일이 일어난 걸까.

바닥에 쓰러진 마스터의 목에는 노란 주사기가 박혀 있었다.

피터는 침대 반대편을 향해 고개를 돌렸다. 그곳에는 시뻘겋게 피로 물든 수건을 목에 둘둘 감은 채, 힘겹게 침대에 기대어 있는 카메노가 있었다. 그리고 그녀의 손에는 주사기총이 들려 있었다.

……안 돼……!

피가 폐로 흘러들어 오기 시작하면서 피터는 극심한 고통에 휩싸였지만, 필사적으로 마스터의 몸 위에 올라탔다. 그리고 목에 박힌 주사기를 확인했다. 니트로글리세린이 모두 주입되었다는 걸 알리는 녹색 태그가 보였다.

안 된다. 이대로 루프가 끊어지면 안 된다.

피터는 지금 죽어 가고 있었다. 루프가 끊어진 상태에서 죽으면 당연하게도 두 번 다시 살아 돌아올 수 없다.

피터는 다시 카메노를 봤다. 카메노는 침대에 머리를 늘어뜨리고 힘없이 늘어져 있었다. 카메노도 죽어 가고 있었다. 카메노는 피터를 바라보며 힘없이 미소 지었다.

아니아니아니, 당신은 날 구한 게 아니야. 웃을 상황이 아니라고. 당신은 벌써 죽었어야 했어. 왜 아직 살아 있는 거야. 주사기 총은 또 어디서 난 거야. 멍청한 마스터, 주사기총을 설마 침대 밑에 숨겨 뒀던 거야?

카메노의 숨이 끊어졌다.

피터는 시계를 확인했다. 11시 59분. 내일이 오는 것이 두려웠다. 내일 아침을 볼 수 없다는 것이 두려웠다. 폐가 피로 가득 차자 피터는 숨을 쉴 수 없었다. 몸에 경련이 일어나기 시작했다.

피터는 그대로 바닥에 쓰러졌다.

* * *

탁상시계가 자명종을 때리며 비명을 질렀다.

뜨끈하고 물컹한 무언가가 얼굴에 닿자, 피터는 화들짝 놀라며 몸을 일으켰다. 아침이었고, 피터는 침대 위에 있었다. 곧 자명종이 바닥에 떨어졌다. 얼마 지나지 않아 창틀에 비둘기 두 마리가 앉았다. 바깥에선 청소부와 여관 주인이 말싸움을 했다.

그리고 침대 위에 검은 고양이 한 마리가 혓바닥을 할짝대며 앉아 있었다. 가슴 털은 희고, 눈 하나에는 상처가 있는 고양이였다.

"일어났어요?"

목소리가 난 곳을 향해 고개를 돌리자, 벽에 몸을 기대고 서 있는 카메노가 모습을 드러냈다. 카메노는 처음 봤을 때와 같은 빨간색 민소매 터틀넥을 입고 있었다. 셔츠 위로 솟아오른 카메노의 긴 목과 조화를 이루면서 마치 목을 내민 거북이처럼 보였다. 물론 미치도록 아름다운 거북이였다.

피터가 아무 말도 하지 못하고 있자 카메노가 피터 앞으로 다가왔다.

"다시 만나서 반가워요, 피터."

"……어떻게 된 거죠?"

카메노는 고양이를 침대에서 들어 올려 바닥에 내려놓았다. 그리고 피터의 다리 옆에 앉으며 말했다.

"오늘 아침으로 돌아온 거죠. 여전히 루프 안이에요."

"하지만 마스터는 분명 주사기총에 맞아서……."

피터는 카메노의 눈을 바라봤다. 나이를 알 수 없는 갈색 눈동자가 반짝였다. 피터가 말을 이었다.

"타임루퍼는 당신이었군요. 그럼 마스터는……."

"당신 말을 빌린다면, 시간의 두께를 보는 사람이었죠. 뭐, 워낙 멍청한 양반이라 자기가 루퍼라고 믿고 있었지만."

"……무슨 일이 있었던 거죠?"

카메노가 피터에게 좀 더 다가와 앉았다.

"마스터가 한 말, 일부는 맞아요. 처음 루프가 시작되던 날, 마스터와 함께 밤을 보냈고, 함께 살자는 제안을 전 거절했어요. 그리고 마스터는 제 목을 칼로 찔렀죠."

카메노는 고개를 들고 목을 어루만졌다.

"아, 이렇게 어이없이 죽는구나, 했었죠. 그런데…… 그렇게 죽음을 받아들이는 순간에 불타오르는 듯한 황홀감이 몸을 감싸는 거예요. 그때까지 단 한 번도 느껴 본 적이 없는 쾌감의 절정이었어요."

"마스터가 말한 것처럼…… 운명에 순응했더니, 뭐, 그런 이야기인가요?"

"아니, 그 양반은 멍청해서 아무것도 몰라요. 아무 데나 운명을 갖다 붙이거든요. 어제도 도무지 들어 줄 수가 없어서 쏴 버린 거였어요."

카메노는 그렇게 말하며 집게손가락을 살짝 까닥거렸다.

"이건 섹스에서 오는 오르가슴과 죽음에서 오는 오르가슴의 시너지 효과예요. 순교자의 환희, 사후사정(死後射精)이나 사후배란(死後排卵) 같은 거, 들어 본 적 없어요?"

피터는 처음 들어 보는 이야기였지만, 그냥 입 다물고 있었다.

"제가 루프 속에 있다는 걸 깨달았을 땐…… 무서우면서도 기뻤어요. 마치 신의 영역에 있는 쾌락을 훔친 느낌이랄까."

"그러다가 마스터가 루프를 깨달은 거군요."

"네, 맞아요. 루퍼인 저와 가장 가까이 있었으니 그럴 만도 했죠. 근데 너무 멍청했어요. 제가 루퍼란 것도 몰랐으니까요. 처음엔 자기가 루퍼라고 떠들다가 다음 날엔 아무렇지도 않게 어설픈 대사로 유혹하려 들고. 하지만 그것도 나름 재미있었어요. 즐길 만했죠."

카메노는 피터의 가슴에 손을 얹었다.

"하지만 마스터는 결국 자기 요구를 거절했다고 폭력을 휘두르는 지질한 남자였어요. 그래서 점점 지겨워지기 시작했을 때, 당신이 나타났어요. 카페에서 슬쩍 봤을 땐 좀 귀찮은 존재로만 생각했는데…… 당신이 처음 날 발견했을 때부터는, 당신이 갖고 싶어졌어요."

피터는 아무 말도 하지 않았다.

"지금 고백하는 거예요. 피터, 전 당신이 좋아요."

카메노가 피터의 몸 위에 올라탔다. 그리고 가볍게 입을 맞췄다. 카메노의 가느다란 손가락이 피터의 몸을 감쌌다.

"마스터는 걱정하지 마요. 전 매일 4시에 잠에서 깨요. 한 시간이면 마스터의 집에 가서 가슴에 칼을 꽂고 오기 충분한 시간이에요. 조금 전에 직접 해 보고 왔으니까 틀림없어요. 정작 자기가 죽을 땐 얼마나 무서워하던지, 당신도 보면 기가 찰 거예요."

카메노는 자기 엉덩이 아래에 깔린 피터의 가랑이가 단단하게 달아오르는 걸 느끼고는 피터의 귀에 속삭였다.

"이 시간 속에서, 나와 함께 지내지 않을래요? 부탁 들어주기로 약속한 거 기억나요?"

찰칵.

카메노가 피터의 오른손에 수갑을 채웠다. 찰칵. 그리고 침대 기둥에 연결했다. 피터가 당황한 틈을 타서 다른 한 손에도 수갑을 채워 침대에 고정했다.

"제가 매일 쾌락의 새로운 경지를 보여 줄게요. 나와 함께 즐겨요."

"아니, 전……."

"지니 때문에 그래요? 마스터한테 들었어요. 괜찮아요. 누구나

간식은 필요하니까. 저도 마찬가지고. 여기 서점 주인이 몸도 성격도 좋고 잘생긴 거 알아요? 숫총각이긴 하지만, 그건 그거 나름대로 좋은 점이죠."

지니. 마스터가 죽었다면, 지니는 어떻게 될까? 문이 잠긴 카페 앞에 서서 무슨 생각을 할까? 야외 테이블에서 아침식사 세트와 아쌈차이를 주문받고 미소를 보내던 지니는 이대로 사라지는 걸까?

"아니, 그렇게는 안 돼요. 카메노, 제발, 모든 걸 원래대로 돌려놔요. 쾌락 때문에 죽음을 반복하는 짓 따위는 못 해요."

익숙한 통증이 피터의 가슴을 덮쳤다. 카메노가 송곳을 피터의 갈비뼈 사이로 쑤셔 넣었다. 폐 속에 피가 차오르기 시작했다.

세상에, 또 이거야?

피터가 콜록거리는 사이, 카메노는 옷을 벗어 던지고 피터의 바지를 벗긴 다음, 그 위에 올라탔다. 카메노의 능숙한 몸놀림에 피터의 몸은 금방 땀에 젖었다.

"오, 피터. 다시 한번 기회를 줄게요. 직접 느껴 봐요."

카메노가 양팔을 피터의 가슴에 얹고 하체를 앞뒤로 움직이자, 피터의 신경 곳곳에 전율이 흘렀다. 카메노는 이걸 말한 것일까? 아니다. 피터는 아직 죽음을 받아들이지 않았다. 하지만 곧 그렇게 될 것이다. 카메노가 말하는 신에게서 훔친 쾌락을 느낀 뒤라면, 돌이킬 수 없을 것 같았다. 그 전에 벗어나야 했다.

피터는 있는 힘껏 몸을 뒤집었다. 카메노의 가벼운 몸이 밀려나자, 피터는 카메노를 조금의 자비도 없이 침대 밖으로 걷어차

버렸다.

"꺅!"

카메노가 바닥에 굴러떨어지자, 피터는 이번엔 수갑이 걸린 침대 기둥에 발길질했다. 하지만 기둥이 빠질 기미는 보이지 않았다.

"강요하진 않을게요, 피터."

찢어진 입술의 피를 닦으며 일어난 카메노는 실망감이 역력한 얼굴로 피터를 바라봤다. 카메노의 손에는 니트로글리세린 주사기총이 들려 있었다. 쿨럭거리는 피터의 입에서는 피가 조금씩 흘러나왔다.

"그렇다고 당신을 데리고 가지도 않겠어요."

카메노는 주사기총의 다이얼을 만지작거리며 주입량을 조절했다.

"마스터가 이걸로 쓰러지는 걸 보고는 좀 무서웠어요. 게다가 잘못하면 루프 능력 자체가 사라진다면서요? 체중에 맞게 쏴야 하는 거였네요. 피터, 내 체중 알아요?"

카메노가 씁쓸하게 웃었다. 피터는 카메노에게 다가가기 위해 안간힘을 썼지만, 결국은 침대 위에 피를 토해 낼 뿐이었다.

"당신이 자는 동안에 짐을 좀 뒤졌어요. 미안해요."

카메노가 주사기총을 들어 올려 카우보이처럼 총구를 훅 불었다.

"그리고 당신 업무 노트를 조금 봤는데……, 타임루퍼가 히스타민을 죽을 만큼 투약하면 강제로 루프를 시작할 수도 있단 말이죠? 그래서 항히스타민제 같은 걸 가지고 있었던 거네요. 전 알러지라도 있는 줄 알았죠. 좋은 정보 고마워요."

카메노는 주사기총을 자기 무릎에 쏘았다. 주사기가 박히자 카메노의 표정이 잠시 일그러졌지만, 금세 미소가 다시 돌아왔다. 니트로글리세린이 설정한 양만큼 주입된 걸 확인한 카메노는 주사기를 뽑아서 바닥에 버렸다. 카메노는 잠깐 눈을 감고 손으로 이마를 누르며 고개를 흔들었다. 니트로글리세린의 부작용으로 인한 두통이란 걸 피터는 알 수 있었다. 카메노의 몸에 충분히 퍼진 것이다.

이제 내일이 찾아온다. 이렇게 타임루프는 깨졌다.

카메노는 옷을 챙겨 입고는 고양이에게 손을 내밀었다.

"제논, 이리 와. 집에 갈 시간이야."

고양이는 망설임 없이 카메노의 품에 안겼다. 카메노는 고양이를 쓰다듬으며 피터를 향해 고개를 돌렸다. 그리고 말했다.

"안녕, 아킬레우스. 거북이는 오늘도 먼저 떠납니다."

피터는 가느다란 신음 소리를 내며 침대 위에 쓰러졌다. 카메노가 문을 닫는 소리와 함께 피터의 숨이 끊어졌다.

* * *

해 질 녘이 되자 지니는 문득 산책을 하고 싶어졌다.

아무 생각 없이, 그저 발길이 이끄는 데로 이동했다. 오늘은 평소보다 외로운 하루였다. 아침에 늦잠을 자고 허겁지겁 카페에 아르바이트를 하러 갔더니, 가게에는 아무도 없었다. 개점 준비를 마친 마스터가 자기가 마실 커피를 내리고 있을 시간이었는데도. 왠지 새로운 사람을 만날 것 같은 기분이 들었었는데. 마스터는 어디로 간 것일까? 카페가 문을 열었다면 어떤 손님들이 왔을까? 그때의 허전함이 아직 지니의 마음에 남아 있었다.

어느새 해가 지고 하늘이 어두워졌다. 지니는 한참을 걷다가 서점 앞에서 발걸음을 멈추고 하늘을 올려다봤다. 새카만 밤하늘에 뿌려진 별빛이 반짝거리며 자리를 지키고 있었다.

밝은 별똥별 하나가 밤하늘을 가로질렀다. 누군가의 체온이 그리워지는 차가운 가을밤이었다.

심계항진

제3회 타임리프 공모전 우수작

자우

예쁜 글을 쓰고 싶은 사람. 빗소리와 로우파이 음악,
그리고 침대에 누워 책 읽는 시간을 좋아한다.

* 심계항진: 가슴의 두근거림이 느껴지는 현상.

5월 12일이었다.

* * *

01.

미나가와 히로미는 잠에서 깨었다.

빗소리가 없는 비가 내렸다. 희미한 빛 속에서 옆방의 라디오가 일기예보 소리를 흘렸다. 오늘은 하루 종일 비. 공강이어서 다행이었다.

우산 챙겨야겠다. 히로미가 작게 중얼거리며 창밖을 보았다. 분홍색 이불이 흘러내렸다. 그녀는 하품을 하고 기지개를 편 뒤에 머리맡에 놓았던 핸드폰을 집었다. 구름과 블라인드가 만든 어

둠 속에서 파르라니 빛나는 액정엔 '5월 12일 오전 11시 09분'이라는 말밖에 없었다. 조금 더 잘까, 생각하다 밀린 숙제를 기억해내고는 일어나기로 결심했다. 약간의 투덜거림과 함께 완전히 침대에서 내려오자 잠이 작게나마 달아났다.

레퍼스 홀에 도착했을 때는 12시의 절반이 넘어 있었다. 식당은 넓었고 한산했다. 바쁜 사람들은 허겁지겁 밥을 욱여넣고 강의실로 달려갔고, 바쁘지 않은 사람들은 아직 일어나고 싶어 하지 않았다. 히로미는 그 중간의 한산함을 겪었다. 메뉴는 닭가슴살 스테이크와 샐러드. *꽤 괜찮네.* 그녀는 한 손으로 핸드폰 스크롤을 내리며 그렇게 생각했다. 스크롤 너머로 홋카이도의 마지막 벚꽃 축제와 북한의 국지적 도발 같은 뉴스가 사라졌다. 그녀에게는 둘 다 멀었다. 한없이 멀고 막연해서 오히려 익숙해진 것들. 그녀는 그러한 것을 자주 보았다.

밥을 다 먹은 뒤에 자연스럽게 핸드폰 케이스에서 약을 하나 꺼내 삼켰다. 심장의 언저리가 자르르, 아파 오다 불현듯 멈추었다. 그녀는 핸드폰을 켜 *여름방학 홋카이도*라고 메모했다.

공부를 하러 찾은 도서관은 사람이 많았다. 밖에는 비가 왔기에 어쩔 수 없었다.

책상 위에 늘어놓은 에세이나 교과서 따위를 들여다보던 히로미는 아무런 결과도 내지 못했다. 도무지 집중이 되지 않는 하루였다. *그냥 놀까.* 유혹은 뿌리치면 뿌리치는 대로 강해져서 돌아왔다. 히로미는 핸드폰을 켰고, 달력을 한번 보았고, 다시 닫았고, 다시 달력에 써진 에세이 제출 날짜를 확인했다. 그리고 고개

를 푹 숙였다. 그래, 내일 쓰자. 내일 강의 5시면 땡인데 뭐. 밤새
우면 되지. 가방에 자료를 넣고―그래도 미련이 조금은 남아 표
시만 해 두고―우산을 폈다.

피아노를 치고 밥을 먹고, 즐거운 하루였다고 생각하니 시간은
11시에 가까웠다. 기숙사 방에서 노트북을 켜고 작업해 봤지만
여전히 작업은 되지 않았다. 히로미는 결국 인스타그램이나 메신
저를 하다 잠을 잘 수밖에 없었다. 12시 30분. 히로미는 침대에
누워 뒤척이다 잠이 들었다.

5월 13일 오전 1시에 미나가와 히로미는 병으로 죽었다.

* * *

미나가와 히로미는 잠에서 깨었다.

창밖에는 비가 내렸다. 얇고 가는 부슬비였다. 소리도 모습도
없이 단지 흔적만이 남는, 가녀리고 병약한 비. 옆방의 라디오에
서도 같은 이야기가 새어 나왔다. 오늘은 비가 내립니다. 하루 종
일 비가 내릴 예정입니다. 라디오 소리가 생각보다 커서 히로미
는 *우산 챙겨야겠다*, 라는 말과 함께 잠에서 일어나야만 했다. 그
나마 공강이라는 점이 위안이 되어 주었다. 그녀는 핸드폰 케이
스에서 꺼낸 약을 삼키며 밖으로 나갈 준비를 했다.

이른 점심을 먹고 도서관에 갔다. 히로미가 지친 표정으로 계
단을 올라가려 했을 때, 소파에 늘어진 유학생이 부르는 소리가
났다. 그는 멍한 표정으로 히로미를 보더니

"히로미 씨."

하고, 손을 흔들었다. 그녀도 마주 손을 흔들었다. 그는 소파에 늘어진 채 다시 핸드폰을 보았다. 히로미는 가방을 고쳐 멘 뒤 그대로 계단을 올라갔다. 어쩐지 방금 인사했던 그녀의 친구는 평소보다 더 늘어져 있는 것 같았다. 개도 에세이로 힘든 모양이지, 오질 않던 도서관을 다 오고. 학기의 끝은 다 그런가 보다, 하며 상념을 끊은 그녀는 책상에 앉았다. 한 시간, 두 시간. 히로미가 보던 문장이 점점 단어가 되고, 단어가 이내 각각의 검은 잉크 조각으로 바뀌고, 이내 히로미는 자신이 종이 위에 써진 검정 문양을 보는 것인지 아니면 책을 보는 것인지 알 수 없게 되었다. 책을 읽고 있는 게 아니라는 것만은 확실했다. 오늘은 글렀네. 스스로 그렇게 합리화를 한 뒤에 히로미는 자료를 가방에 넣었다.

내려오는 길에는 여전히 소파에 파묻혀 핸드폰을 쳐다보는 그녀의 친구가 보였다. 멀리서 이름이라도 불러 줄까 하다 그냥 나가기로 했다. 히로미는 가벼운 마음으로 우산을 펴 옆 건물에 가서 피아노를 찾았고 곡을 몇 번 쳤다. 시간이 흘러 배가 고파지자 레퍼스 홀에서 저녁을 먹었다. 기숙사 방에 돌아와서 조금 뒹굴거렸고, 책을 다시 펴서 공부하려고 해 봤고, 잘 되지 않아 다시 침대에 누웠다. 5일이나 남았는데, 뭘. 어쩔 수 없어.

불을 끄고 SNS를 기웃거렸다. 트위터나 인스타그램에는 그다지 재미있는 일들이 없었다. 히로미는 핸드폰 케이스에 약이 있나 체크한 뒤 무난한 삶의 무난한 사진들을 보다 스르르 잠이 들었다.

5월 13일 오전 1시에 미나가와 히로미는 병으로 죽었다.

* * *

　미나가와 히로미는 잠에서 깨었다.

　소리도 없는 비가 길을 적셨다. 라디오에서 일기예보가 들렸다. 하루 종일 비가 옵니다. 히로미는 문득, 이런 날씨를 좋아할 만한 사람을 떠올렸다. 겨울이 분명 이런 날씨를 좋아한다고 했던 것 같은데. 지금쯤 꽤 즐거워하고 있지 않으려나. 히로미는 고개를 절레절레 젓고, 자기는 아무리 생각해도 비를 좋아할 수 없다는 결론을 내렸다.

　다시 잠을 자려고 했지만 쉬운 일은 아니었다. 이불 속에서 뭉그적대며 이리저리 늑장 부리던 히로미는, 결국 채 5일밖에 남지 않은 에세이에 대해 떠올렸고, 공강인 날에도 도서관을 가야 한다니 참 끔찍한 삶이라고 생각했고, *우산 챙겨야겠다,* 하는 말로 결론을 피하며 침대에서 나왔다.

　점심은 닭고기 스테이크였다. 발사믹 소스가 뿌려진. 히로미는 뉴스 사이트나 SNS 따위를 기웃거렸지만 특별히 재미있는 것은 발견할 수 없었다. '홋카이도에서 마지막 벚꽃 축제가 열립니다.'나 '북한이 다시 미사일을 발사했습니다.' 따위의 소식들이 이따금 주의를 끌 뿐이었다. 히로미는 홋카이도라는 단어에서 잠시 멈추었다. 홋카이도. 어린 시절의 히로미는 커서 홋카이도에 가고 싶어 했었다. 그때의 그녀는 많은 것을 미루곤 했다.

히로미는 핸드폰에서 버킷 리스트를 찾아내 수정했다. *여름방학 홋카이도.* 히로미는 약을 삼켰다. *갈 수 있다면,* 이라는 말도.

도서관 가는 길에 히로미는 겨울을 만났다. 겨울은 이상하게도 조금 불안해 보였다. 히로미는 살짝 놀란 채 가볍게 인사를 했다.

"안녕."

겨울이 화들짝 이쪽을 보더니 고개를 끄덕였다.

"히로미 씨. 오늘 어디 가시나요?"

"응? 아니. 하루 종일 에세이 써야 하는데."

"아."

겨울은 잠시 침묵하더니,

"네. 다행이네요."

하고 그 자리에 섰다. 히로미는 겨울에게 인사하고 도서관으로 들어갔다. 밖에 비가 온 탓인지 사람은 많았다. 히로미는 조금 의아해하며 자리에 앉았다. 겨울에게 무슨 일이라도 생긴 게 틀림없었다. 그녀에게 말해 주지는 않았지만.

그래도 친구인데, 알려 주지.

에세이를 쓰기 시작했지만 집중은 잘 되지 않았다. 비가 와서 그런 걸까. 공부가 도무지 되지 않아서 노트북을 덮었다가 다시 폈다가 하던 히로미는 애써 자기합리화를 하며 일어났다. 아직 많이 남았는데, 뭘. 4일이면 충분하다고. 가방에 노트북과 책들을 대충 넣었고, 도서관을 나섰고, 뭘 할까 잠시 고민하다 피아노를 치기로 결심했다. 나가는 길에 겨울이 서 있던 곳을 보았지만 겨울은 없었다.

히로미는 연습실에서 아무 방이나 골라잡아 들어갔다. 노래를 두 곡 정도 연습했다. 피아노는 생각보다 실력이 붙고 있었고, 그래서 즐거웠다. 적어도 저번 달보다는 훨씬 잘 치는 것 같았다. 그녀는 만족한 채 저녁을 먹었다.

방에 돌아와서 침대에 누워 이리저리 생각을 하다 오늘 못 쓴 에세이가 떠올랐다. 내일은 진짜로 많이 써야지. 히로미는 그렇게 생각했고, 잤다.

5월 13일 오전 1시에 미나가와 히로미는 병으로 죽었다.

* * *

미나가와 히로미는 잠에서 깨었다.

히로미는 녹슨 창틀에 빗방울이 부서지는 모습을 보았다. 비명을 지르지도 않고 스러지는 빗방울들은 어째서인가 무기력하게 느껴졌다. 문득 옆방의 라디오가 그 틈을 스며들고 그녀의 잠을 깨웠다. 비입니다. 오늘은 비가 옵니다. 비가 오는구나. 그러면, 우산 챙겨야겠다. 히로미는 중얼거림과 함께 기지개를 켰다. 공강 특유의 잠기운이 조금은 달아나는 것 같았다.

히로미는 닭고기 스테이크와 샐러드를 접시에 담았다. 레퍼스 홀엔 사람이 많이 없었기에 그녀는 원하는 자리에 앉을 수 있었다. 히로미는 한 손으로는 핸드폰을 들고, 다른 한 손으로는 포크를 닭고기에 찌르고 입에 넣었다. 간간이 물을 마시며 히로미는 뉴스를 흘려보냈다. 홋카이도의 마지막 벚꽃 축제와 북한의 도발

따위가 데이터 너머로 사라졌다. 그리고 히로미의 탁자에 겨울이 앉았다. 겨울은 자연스럽게 샐러드를 먹었다.

히로미는 조금 당황한 채 물었다.

"너 수업 있지 않아?"

"쨌어요."

"무슨 일 있어?"

겨울은 망설였다.

"없어요."

"응."

한동안 대화는 없었다.

"히로미 씨, 오늘 뭐 할 거예요?"

"에세이 써야지. 기말이 5일 남았는데."

"에세이만 쓸 거죠?"

히로미가 망설였다.

"응."

겨울은 고개를 끄덕였고 다시 밥을 먹었다. 히로미는 되게 어색하다는 생각을 하며 밥을 먹었다. 나가기 전에 히로미는 겨울에게 "어디 아파?"라고 물었고 겨울은 "아뇨."라고 대답했다. 겨울은 집으로 돌아갔다.

도서관에는 사람이 많았다. 히로미는 책을 폈지만 집중할 수 없었고 이내 공부를 포기했다. 히로미는 대신 피아노를 치기로 했다. 도서관 옆 건물에는 연습실이 많았으니까.

피아노를 쳤다. 즐거웠다.

방에 돌아와 책을 펴고 침대에 누웠다. SNS로 겨울이 '뭐 해요?' 하고 물어와 대화를 조금 했다. 피곤해서 오래 할 수는 없었지만. 히로미는 미뤄 놓은 에세이에 대한 생각을 다시 무의식 저편으로 미루고 잤다.

5월 13일 오전 1시에 미나가와 히로미는 병으로 죽었다.

* * *

미나가와 히로미는 잠에서 깨었다.

가느다란 부슬비가 내렸다. 오는 듯 마는 듯한 얇은 빗줄기가 창가에 와 닿았다. 한동안 히로미는 푹신한 이불을 덮어쓰고 창문을 보았다. 귓속에 조용히 라디오 소리가 스며들었다. 오늘은 하루 종일 비. 그런 날인가 보다. 히로미는 가라앉은 기분을 투덜거림으로 떨쳐 내었다. 비 맞기 싫은데, *우산 챙겨야겠다.*

점심을 먹던 중에 겨울이 왔다. 겨울은 몸을 떨고 있었고 불안해 보였다. 히로미는 당황해서 말을 걸었다.

"너 수업 있지 않아?"

겨울은 울 것 같은 표정으로 말했다.

"괜찮아요?"

히로미는 이해할 수 없었다. 어젯밤에 무언가 아주 끔찍한 일이 생긴 분명했다. 우선은 안심을 시키고 어제 겨울과 같이 있었던 사람들에게 물어보는 것이 제일 나을 것이다. 히로미는 '무슨 일이야?'라고 직설적으로 묻는 대신 같이 밥을 먹었다. 겨울은 이따금 불안감에 떨고, 또 슬픈 표정을 짓던 걸 제외하면 점차 나아지는 것처럼 보였다.

밥을 먹고 나서는 길에 히로미는 말했다.

"괜찮아. 나는 네 친구니까 고민 같은 거 있으면 얘기해도 돼. 알겠지?"

겨울은 대답하지 않았다. 겨울은 히로미를 돌아보았고, 고개를 끄덕였고, 그대로 계단을 내려갔다. 히로미는 겨울이 완전히 사라지자 살짝 덧붙였다.

"괜찮아."

핸드폰 케이스에서 약을 꺼냈다. 쓴맛이 목구멍을 타고 넘어갔다.

도서관에 가서 노트를 꺼냈지만 공부를 할 수 있을 리가 없었다. 히로미는 노트를 펴고 공부하기 싫다는 생각과 겨울에 대한 걱정을 흘려보냈다. 다른 사람들에게 얘기해 보았지만 아무도 어떤 일이 생긴지 몰랐다. 공유할 수 있던 건 겨울에 대한 걱정뿐이었다. 무슨 일일까. 특별한 일이 생긴 것 같지는 않았는데.

도무지.

히로미는 자리에서 일어났다. 가방에 책을 넣었고 계단을 내려왔다. 겨울의 친구들에게 맡겼으니 그걸로 좋았지만 집중할 수 없는 일은 별개였다. 히로미는 공부 대신 좋아하는 걸 하여 불안감을 잊기로 했고, 그래서 도서관 옆 건물에 갔다. 연습실의 피아노는 꽤 좋았다.

피아노를 치고 밥을 먹었다. 방에 들어와 겨울의 일을 다시 물었다. 여전히 겨울은 상태가 좋지 않았다. 내일은 좀 나아지면 좋겠다고 생각하며, 히로미는 잠에 빠졌다.

5월 13일 오전 1시에 미나가와 히로미는 병으로 죽었다.

* * *

미나가와 히로미는 잠에서 깨었다.

졸린 눈꺼풀을 밀어 올리자 창밖의 비가 보였다. 소리가 없는 부슬비였다. 얇게 내리는 비가 어째서인지 익숙하게 느껴졌다. 옆방의 라디오 소리가 흘러들었다. 히로미는 하루 종일 비가 내린다는 소식을 들으며 *우산 챙겨야겠다,* 하고 작게 중얼거린 뒤에 일어났다.

점심은 발사믹 소스를 뿌린 닭가슴살이었다. 나쁘지 않았다. 히로미는 뉴스를 조금 보았고 홋카이도에 가고 싶다는 생각을 버킷 리스트에 적었다. 버킷 리스트를 아주 오랜 시간 들여다본 것 같은 느낌이 들었다. 리스트. 히로미는 리스트가 싫었다. 병원에서 들은 말에 지는 것 같아서. 이미 6개월은 넘긴 지 오래였지만, 이겼다는 기분은 전혀 들지 않았다. 히로미는 여전히 리스트와 약이 싫었다.

공부를 하려 했지만 나태심이 밀려왔다. 노트북 위에 엎어져 있던 히로미는 5일이라는 제출 기한이 멀고 아득하게 느껴졌다. 내일 할까. 내일 할까.

내일 하자.

오늘은 피아노나 쳐야지. 가져왔던 공부거리를 가방에 넣었다.

계단을 내려와서 비를 피해 연습실로 가서 아무 피아노 앞에 앉았다. 가느다란 손가락이 건반 위에 얹혔다. 연습할 노래는 정해 두지 않았지만 그것도 그런대로 좋았다. 히로미는 부드럽게 피아노를 치기 시작했다.

1년 전에는 피아노를 잘 치지 못했었다. 어릴 적에는 그토록 치고 싶었는데 시간을 낼 수 없었다. 병원에서 나오던 날에 곡을 하나 치고 싶어져서 연습하던 것이 이제는 꽤 능숙해졌다. 노래도 한 곡을 전부 칠 수 있다. 다음 노래는 무엇으로 할까, 고민하던 찰나에 히로미는 노크 소리를 들었다. 누구일까, 하고 문을 여니 그곳에는 겨울이 있었다.

겨울은 허겁지겁 뛰어온 듯 비에 푹 젖어 있었고, 몸을 덜덜 떨고 있었다.

"괜찮아?"

겨울은 울음을 참으려는 것처럼 보였다. 그러다 고개를 한 번 젓고, 눈을 감았다.

"아니요."

히로미는 친구들의 말이 생각났었다. 오늘 겨울이 좀 이상하다고 했었더랬다. 히로미는 피아노를 칠 수 없게 된 게 살짝 아쉬웠지만 겨울에게 왜 이러는 것인지도 궁금했다. 그래서 히로미는 물었다.

"무슨 일이야?"

"……."

겨울은 대답이 없었다. 히로미는 답답한 표정으로 다시 물었다.

"무슨 일이야."

"……."

확실히 겨울은 제정신이 아니었다. 히로미는 겨울을 잡아끌고 앉힌 뒤에, 겨울이 진정할 때까지 기다리려고 했다. 하지만 겨울은 시간이 지날수록 더 불안해하는 것 같았다. 6시, 7시. 한 시간 동안 겨울은 두서없이 히로미의 상태를 반복해서 물었고 히로미는 반복해서 괜찮아, 괜찮아 하고 말해 주었다. 악몽을 심하게 꾸기라도 했던 건지도 몰랐다. 아니면 타지 생활을 오래 해서 신경쇠약에라도 걸린 걸까. 히로미는 더 이상 피아노 같은 건 생각나지 않았기에, 조금 더 얘기하기 편한 곳으로 옮기자고 했다.

레퍼스 홀에서 겨울과 저녁을 먹었다.

"괜찮아요?"

"응."

겨울은 밥 먹는 내내 말이 없다. 밥을 다 먹자 히로미의 안부를 물었다. 히로미는 대답을 하고 커피를 두 잔 타 왔다. 이제는 물어봐도 되겠지, 하고 생각한 히로미가 물었다.

"너는 괜찮아?"

"네."

겨울이 고개를 끄덕였다. 떨림도 멈춰 있었다.

"고마워요."

"응."

겨울이 커피를 한 모금 마시고 중얼거렸다.

"안 좋은 꿈을 꿨어요."

"안 좋은 꿈?"

"좋아하는 사람이."

겨울이 커피를 다시 마셨다.

"죽는 꿈이요."

"많이 좋아했나 보네."

"네."

히로미가 창 너머를 쳐다보았다.

"그 사람은 왜 죽은 거야?"

"모르겠어요."

"꿈속에서 죽은 걸 본 게 아니었어?"

"못 봤어요. 저는 전해 듣는 거예요. 죽었대, 하고."

"저런."

"아침에 일어나면 메시지가 와 있어요. 누가 죽었대."

"그 사람이?"

"그 사람이 죽었대, 하고 알려 주는 메시지가 와 있어요."

겨울이 멍하게 히로미를 쳐다보았다.

"저는 당황해서 방황하죠." "그리고 다시 눈을 감아요." "눈을 뜨면 메시지가 와 있어요." "그리고."

두서없이 내뱉는 겨울의 말을 히로미가 끊었다.

"그리고?"

"저는 다시 당황하고 슬퍼하다가 눈을 감아요."

겨울의 눈이 조금은 탁해 보였다.

"슬퍼하고 눈을 감고 또 슬퍼하고, 눈을 감고, 그렇게. 많이."

"그런 꿈이었구나."

"네. 그래서 불안했어요."

겨울은 그 말을 마지막으로 입을 열지 않았다. 히로미는 한숨을 쉬었다.

"나쁜 꿈을 꿨네."

"……."

"그래도 꿈이어서 다행이다. 지금은 괜찮아진 거지?"

겨울이 한 번 더 고개를 끄덕였다.

"됐어, 그러면."

히로미가 기지개를 켰다. 다행이라는 마음으로. 그녀는 가볍게 웃으면서 겨울에게 말을 건넸다.

"꿈은 꿈이니까. 현실에서는 아무도 안 죽었잖아?"

겨울은 빈 접시를 내려다보았다. 그는 떨리는 목소리로 물었다.

"안 죽겠죠?"

"당연하지."

"내일도?"

"얘는, 참."

히로미는 한 번 더 웃고 케이스에서 약을 꺼내 삼켰다. 겨울은 여전히 빈 접시를 쳐다보았다.

꽤 오래.

밥을 먹고 도서관에서 겨울과 같이 공부했다. 히로미는 겨울을 지켜볼 생각이었다. 겨울은 악몽을 꾼 것치고는 많이 불안해 보여서 걱정이 되었던 탓이었다. 도서관 3층 탁자의 양쪽에서 히로미와 겨울은 말없이 에세이를 썼다. 시간이 흘렀고 밤이 아주 깊었다. 히로미는 원했던 분량을 끝냈고 겨울에게 인사를 건넸다.

"끝. 잘 있어."

"네. 히로미 씨도 잘 자요."

히로미는 가방을 주섬주섬 챙겨 넣었다. 문득 겨울이 말했다.

"미안해요."

히로미가 대답했다.

"응."

그리고 덧붙였다.

"그래도 괜찮아."

히로미는 활기차게 고개를 끄덕였고, 탁자에서 멀어져 갔고, 별안간 덜컥 멈추더니 쓰러졌다. 겨울은 황급히 히로미를 향해 달려갔다. 시간은 새벽 1시. 히로미는 다시 일어나지 못했다.

5월 13일 오전 1시에 미나가와 히로미는 병으로 죽었다.

* * *

미나가와 히로미는 잠에서 깨었다.

.

5월 13일 오전 1시에 미나가와 히로미는 병으로 죽었다.

* * *

미나가와 히로미는 잠에서 깨었다.

.

.

5월 13일 오전 1시에 미나가와 히로미는 병으로 죽었다.

* * *

미나가와 히로미는 잠에서 깨었다.

부슬비가 작게 왔다. 히로미는 옆방의 라디오를 흘려들으며 한동안 이불 속에 누워 있었다. 일어나고 싶지 않아. 일어나기 싫어. 하지만 너무 늦었다. 공강인 날이지만 이미 잠은 깨었고 열린 귀는 닫을 수 없었다. 히로미는 약간 투정을 부린 뒤에 기지개를 켰다. *우산 챙겨야겠다*, 하는 정도의 미약한 투정이었다.

아침을 먹고 도서관에 에세이를 쓰러 갔다. 신축한 도서관은 날씨 때문인지 사람으로 가득했다. 히로미는 한두 명 아는 사람을 만날 거라 생각했지만, 의외로 전혀 예상하지 못했던 사람을 가장 처음 만났다.

"히로미 씨."

"응? 겨울이가 도서관에 다 오네?"

평소라면 가와리마치 기숙사의 자기 방에 틀어박혀 있을 한겨울이 소파에 푹 파묻힌 채 자신에게 손을 흔들었다. 이런 곳에 올 애는 아닌데. 겨울은 핸드폰의 무언가를 들여다보고 있었다.

"뭐 봐?"

"네?"

"핸드폰으로 뭘 그렇게 매일 보나 궁금해서."

"이거요."

겨울이 아무 말 없이 스크린을 내밀었다. 꽤 유명한 의학 저널이었다.

"너 의대 가려고?"

"아니요. 그냥 예전에 공부했던 거나 복습할까 하고."

"암 치료법을 공부했었어?"

히로미는 다시 화면을 보았다. 알아듣기도 힘든 수준의 내용이 둥둥 떠다녔다. 겨울이 대답했다.

"예전에는요."

"응, 그래. 열심히 해."

겨울이 히로미를 쳐다보았다.

"궁금해서 그런데 뭐 하나만 물어봐도 돼요?"

"뭔데?"

"시간을 하루만 돌릴 수 있는 사람이 바꿀 수 없는 게 뭐라고 생각해요?"

"글쎄. 두 달 전에 끝난 중간고사?"

겨울은 피식 웃고 핸드폰을 향해 고개를 숙였다. 히로미는 다시 계단을 올라갔다. 멀리서 미약하게 "내일 봐요."라는 울림이 들렸다. 히로미는 그 말이 약속이 아니라 희망 사항 같다는 느낌을 받았다.

운 좋게 자리를 찾을 수 있었다. 책장과 책장 사이에 있는 비좁은 곳이었다. 하지만 얼마 지나지 않아 히로미는 이내 에세이에서 손을 떼었다. 탁자 위에 자료를 늘어놓고 노트북을 이리저리 만져 보았지만 집중이 잘 되지 않았다. 참고해야 할 책도 읽히지 않았다. 히로미는 조금 쉬었다 할 심산으로 1층으로 내려갔다. 겨울이 아직 소파에 있으려나. 히로미는 그렇게 생각하며 내려갔지만 겨울을 찾을 수 없었다. 먼저 돌아간 모양이었다.

공쳤다.

투덜대며 다시 올라온 히로미는 여전히 자료를 쳐다보았고 여전히 집중을 할 수 없었다. 그녀는 책을 덮고 엎드렸다. 남은 제출 기한은 5일. 5일. 하릴없이 핸드폰을 이리저리 들여다보던 히로미는 '9페이지인데 5일은 너무 많지 않아?' 하고 자기최면을 열심히 건 뒤에야 비로소 책을 가방에 넣을 수 있었다. 오늘은 끝. 이걸로 좋아.

1층에는 여전히 겨울이 없었다. 원래 도서관에 잘 오지 않는데 넘어지면서까지 올 일이 있었나, 하고 생각한 뒤에 옆 건물로 갔다. 피아노가 있는 연습실은 텅 비어 있었다. 히로미는 아무 방에나 들어가 의자에 앉아 피아노를 쳤다. 즐거웠다.

저녁을 먹은 뒤에 약을 삼켰다. 기숙사에 들어오자 8시가 다 되었다. 그래도 그냥 자기에는 조금 걸려서, 책상에 책을 펴 두었다. 몇 분 들여다본 게 전부였지만. 그 뒤에는, "나머지는 내일 하자, 내일."이라며 중얼거리고 SNS를 했다. 그녀가 잠에 빠지기까지는 오래 걸리지 않았다.

5월 13일 오전 1시에 미나가와 히로미는 병으로 죽었다.

* * *

미나가와 히로미는 잠에서 깨었다.

.

.

.

.

5월 13일 오전 1시에 미나가와 히로미는 병으로 죽었다.

* * *

미나가와 히로미는 잠에서 깨었다.

바깥에 부슬비가 왔다. 오늘은 날씨가 맑았으면, 했는데 틀린 모양이었다. 히로미는 옆방에서 흘러오는 라디오의 소리를 들었다. 오늘은 비가 내립니다. 하루 종일 내립니다. 공강이어서 그나마 다행이었다. 히로미는 기지개를 켜서 잠을 쫓았다. 텅 빈 방에 *우산 챙겨야겠다*, 는 소리만이 남았다.

점심을 먹으며 핸드폰을 보았다. 마지막 벚꽃 축제. 홋카이도의 마지막 벚꽃 축제. 히로미는 자기의 마지막 벚꽃 축제를 떠올렸다. 초등학교 6학년의 봄이 생각났다. 친구 몇 명과 같이 가서 유희왕 카드를 샀던 기억이. 그것 이외에는 아무것도 없는 어렴풋한 무언가가. 그날 이후의 봄은 병실 창가 너머의 것들이었다.

가자.

히로미는 약을 삼키며 핸드폰에 메모했다. 여름방학 홋카이도. 일정은 빡빡했고 리스트는 싫었다. 하지만 아직 해야 할 일이 많다는 건 즐거웠다.

공부를 하다 피아노를 쳤다. 기말고사를 앞둔 오후의 연습실에서 히로미는 혼자였고 또 그래서 마음껏 칠 수 있었다. 오래된 드라마의 OST가 건반 위에서 흘러나왔다. 노래를 들은 지는 5년, 피아노를 연습한 지는 9개월. 선생님도 없이 혼자서 더듬더듬 치기 시작해서 여기까지 왔다. 괜찮아, 괜찮아. 히로미가 웃었다. 피아노를 치는 건 이래서 즐거웠다. 예전의 자신과 지금의 자신을 비교할 수 있어서. 히로미는 노래를 두어 번 치고 건물을 나왔다.

그리고 그곳에 겨울이 있었다.

"안녕."

"안녕하세요."

"밥 먹었어요?"

겨울이 히로미에게 물었다. 히로미는 마침 저녁을 먹으려던 참이었다.

겨울은 느닷없이 저녁을 먹자고 한 이유를 밝혔다. 저녁을 먹던 도중에 겨울은 히로미에게 할 말이 있다고 했고, 아주 진지한 표정이었다. 히로미는 당혹스러움을—어째서인지, 익숙한—느끼며 알겠다고 대답했다. 하지만 겨울은 쉽게 입을 열지 않았다. 두 명이 자리를 조용한 곳으로 옮길 때까지.

가와리마치 기숙사의 지하에는 큰 라운지가 있었다. 기말고사를 앞둔 지금은 사람이 없었다. 도서관이나 방 안에서 공부하는 게 대부분이었으니까. 히로미와 겨울은 그곳에 자리를 잡았다.

"조용하네."

"조용하네요."

침묵을 깬 건 히로미였다. 히로미는 이런 분위기를 좋아하지 않았다.

"고민 있어?"

"네."

"연애?"

"아니요."

겨울이 피식 웃었다.

"아는 사람이 많이 아파서요."

"아."

"많이 친한 사람인데 몸이 안 좋아요."

"안됐네."

"어떻게 하는 게 좋을까요?"

히로미가 턱을 괴었다.

"시간을 같이 보내."

히로미는 지금의 자신을 생각했다.

"시간을 같이 보내. 많이. 그 사람이 만약 네 또래라면 그걸 더 좋아할 거야. 티는 내지 마. 그냥, 같이 시간을 많이 보내."

"역시 그래야겠죠?"

겨울이 고개를 떨궜다.

"그 사람이랑 여름방학을 같이 지내 보고 싶어요."

"어떻게?"

"여행을 좋아하거든요. 같이 여행 가려고요."

"어디로 갈지는 정해 놨어?"

"네."

"저는 가고 싶은 데가 없지만, 그 사람은."

겨울이 말을 이었다.

"홋카이도에 가고 싶어 하죠. 여름방학에."

그리고 바닥을 쳐다보며 입술을 달싹였다. 갑작스러운 혼잣말
이 이어졌다.

"피아노를 잘 치고."

"벚꽃 축제를 좋아해요."

"웬만해서는 병원에 가는 걸 싫어하고."

"다른 사람들이 자포자기하는 것도 싫어해요."

히로미는 느닷없이 머리가 새하얘진 것 같다는 생각이 들었다.

"그리고."

겨울이 울기 직전의 표정으로 히로미를 쳐다보았다.

"1년 전에 병원에서 퇴원했어요."

"어떻게?"

"병원에서 얼마 가지 못하리란 말을 들었으니까. 자유롭게 살

고 싶어서."

"어떻게 알아?"

"그렇지만 이미 기한은 많이 넘겼죠."

"……."

히로미가 겨울을 노려보았다.

"언제 쓰러져도 이상하지 않아요. 언제 픽, 하고 쓰러져서, 돌아오지 못할지도 몰라요."

"……."

"그래서 계속 리스트를 쓰고 있어요. 죽기 전까지 최대한 많은 걸 하고 싶어서."

히로미는 침묵했다.

"하루에 세 번 약을 먹죠."

말이 끊겼다.

"당연하지만 공부에는 흥미가 많이 없고."

말이 다시 끊겼다.

"그리고."

"그리고?"

"비 오는 날을 싫어해요."

히로미는 뭐라도 쏘아붙이고 싶었지만 겨울은 울고 있었다.

"비 오는 날을 싫어해서, 되도록 맑은 날을 많이 보고 싶다고 했어요."

"어떻게 알아?"

"들었어요."

겨울이 흐느끼며 말했다.

"히로미 씨."

히로미는 굳었다.

겨울의 주머니에서 핸드폰이 나왔다. 핸드폰 고리에는 작은 버튼이 하나 매달려 있었다. 겨울은 그 버튼으로 손가락을 가져갔다. 화면에 비친 시간은 12시 59분을 가리키고 있었다.

"시간을 하루만 돌릴 수 있는 사람이 바꿀 수 없는 게 뭐라고 생각해요?"

겨울은 웃으면서 울고 있었고

히로미는 그 표정을 볼 수 없었다.

5월 13일 오전 1시에 미나가와 히로미는 병으로 죽었다.

* * *

미나가와 히로미는 잠에서 깨었다.

·

·

·

5월 13일 오전 1시에 미나가와 히로미는 병으로 죽었다.

* * *

미나가와 히로미는 잠에서 깨었다.

날씨는 비였다. 부슬비. 어딘가에 와서 부딪히지 않는, 느리고 무력한 비. 히로미는 오늘 하루 종일 그런 비가 내릴 거라는 라디오 소리를 들었다. *우산 챙겨야겠다.* 히로미는 그렇게 내뱉으며 몸을 일으켰다.

점심을 먹으러 가는 길에 히로미는 학교 안에 구급차가 들어오는 것을 보았다. 흔하지 않은 일이었다. 히로미는 '뭐라도 벌어진 모양이지.' 하고 생각하며 문을 열었고, 생각보다 한산한 레퍼스 홀을 즐기며 스테이크를 썰었다. 인터넷 뉴스를 훑으며 샐러드를 입에 넣었다. 히로미가 점심을 다 먹고 식기를 반납할 무렵, 히로미의 핸드폰에 이메일 알림이 떴다. 가와리마치 기숙사에서 학생 한 명이 중태. 히로미는 그곳에 살고 있는 사람을 몇 명 떠올려보았다. 별일은 없겠지. 히로미는 레퍼스 홀을 나왔다.

히로미는 도서관에서 공부하려고 했지만 집중을 할 수 없었다. 그래서 시간이나 때우려는 생각으로 SNS를 켰고, 생각지도 못한 이야기가 흘러 다니고 있는 것을 보았다. 길에서 보았던 기숙사. 가와리마치 기숙사의 학생 한 명. 그리고 히로미가 알고 있는 사람.

한겨울이 자살을 시도했고 병원에 실려 갔다.

히로미는 머리가 복잡해져서 도서관을 나왔다. 핸드폰을 열어 겨울에게 문자를 보냈지만 답은 없었다. 친구들과 병문안에 대해서 이야기를 조금 했고, 도대체 왜 그런 것인지 이해해 보려고 노력했고, 조금 화가 났다. 히로미는 저녁을 먹는 둥 마는 둥 하고 기숙사 방에 돌아왔다. 어제까지만 해도 겨울은 멀쩡했는데. 왜 그랬을까.

침대에 누워 그런 생각을 했다. 알지 못하는 피로가 밀려들어왔다. 히로미는 잠이 들었다.

　5월 13일 오전 1시에 미나가와 히로미는 병으로 죽었다.

＊ ＊ ＊

　미나가와 히로미는 잠에서 깨었다.

　.

　.

　5월 13일 오전 1시에 미나가와 히로미는 병으로 죽었다.

＊ ＊ ＊

　미나가와 히로미는 잠에서 깨었다.

　.

　5월 13일 오전 1시에 미나가와 히로미는 병으로 죽었다.

＊ ＊ ＊

　미나가와 히로미는 잠에서 깨었다.

　창문이 보였다. 그리고 창가에 비친, 이불을 뒤집어쓴 히로미가 보였다. 히로미의 모습은 드문드문 내린 빗방울들 옆에 공허하게 떠 있었다. 옆방의 라디오 소리가 히로미의 영상과 빗방울

사이로 흘러갔다. 하루 종일 비가 내릴 예정입니다. 히로미는 그 말을 듣고 이불 속에서 중얼거렸다. *우산 챙겨야겠다.*

점심으로 닭고기 스테이크가 나왔다. 히로미는 스테이크와 샐러드를 챙겨 자리에 앉았다. 한 손으로는 핸드폰을 보며 밥을 먹었다. 매일 나오는 이야기들, 혹은 이맘때쯤 올라오는 이야기들. 재미있는 기사는 없었다. 히로미는 접시를 비우고 약을 삼켰다.

도서관에는 사람이 많았다. 바깥에 비가 오는 탓이었다. 히로미는 노트북에 글을 적기 시작했지만 얼마 지나지 않아 그것도 포기했다. 아무것도 하고 싶지 않아. 아무것도 하기 싫어. 오늘은, 뭔가 그런 날인가 보다. 그렇게 납득한 히로미는 한동안 책상에 엎드려 있었다. 핸드폰 바탕화면에 적어 놓은 기말 기한이 보였다. 5일 남짓. 9페이지 남은 에세이는 5일이면 충분히 쓸 수 있을 거라고 생각했었다. 그럼 4일도 충분하겠지.

히로미는 가방을 다시 싸서 옆 건물로 들어갔다. 피아노를 치고 나니 조금은 의욕이 생기는 기분이었다. 7시, 해는 지기 시작할 때였고, 히로미는 저녁을 먹기 위해 건물에서 나섰다. 그리고 우연히 기숙사로 돌아가는 겨울을 보았다. 겨울은 기계적으로 걷고 있었다.

"안녕."

인사라도 해 보자, 라는 마음으로 히로미는 겨울에게 말을 걸었다. 겨울은 반사적으로 히로미의 쪽을 돌아보았다. 그리고, 그리고, 겨울이 얼굴을 일그러뜨리더니, 그대로 주저앉았다. 히로미는 당황한 채 그대로 겨울 쪽으로 달려갔다.

"히로미 씨……"

겨울은 길가에 주저앉은 채 히로미를 멍하니 쳐다보고 있었다. 고개를 저으며 두서없이 말을 반복했다. "안 돼."나 "최선을 다하고 있으니까." 따위의 말이었다. 히로미는 어쩔 줄을 몰라하며 겨울에게 다가갔고, 겨울은 히로미에게 안겨서 울기 시작했다.

"더 이상 못 하겠어요. 못 하겠어…… 안 할래."

"괜찮아, 괜찮아."

"안 괜찮아요. 포기하지 못하겠어. 할 수 있는 게 없는데도, 아무것도 못 하는데도."

"괜찮아."

"그런데도, 그냥 매일 시간을 돌리기만 하면 되는데, 느닷없이 마주치면 너무 아파서."

"괜찮아."

"얼굴을 보면 너무 아파서……."

히로미는 겨울의 등을 두드렸다. 반복적으로 '괜찮다'라고 말하는 것만이 그녀가 할 수 있는 전부였다. 그래서 그녀는 말했다.

"다 괜찮아."

겨울의 중얼거림이 멎었다.

"잊고 넘길 수가 없어요."

울음이 잦아졌다.

히로미는 겨울이 진정할 때까지 곁에 있어 주었다. 같이 밥이라도 먹으면서 무슨 일인지 들어 보고자 했지만, 겨울이 한사코 거부해서 하는 수 없이 집으로 돌려보냈다. 히로미는 겨울의 룸

메이트에게 문자를 보냈고, 상황을 설명했고, 방에 돌아와 복잡한 마음으로 공부를 좀 하다 잠에 들었다.

5월 13일 오전 1시에 미나가와 히로미는 병으로 죽었다.

* * *

end.

미나가와 히로미는 잠에서 깨었다.

히로미는 창밖에서 내리는 부슬비를 보았다. 문득 히로미는, 이 모습이 꽤나 익숙하다고 생각했다. 옆방에서 들려오는 라디오 소리도. 히로미는 잠시 그 이상한 익숙함을 즐겼고, 머리에서 지웠고, 공강임에도 불구하고 공부해야만 하는 자신을 한탄했다. 기지개를 피며 히로미는 말했다.

우산 챙겨야겠다.

히로미는 자신이 어째선가 그 문장을 아주 오랫동안 말해 왔던 것 같다고 느꼈다.

사랑손님과 나

제3회 타임리프 공모전 당선작

이나경

단편 「다수파」가 2016년 독자 우수 단편 최우수작으로 선정되며 웹진 《거울》 필진에
합류했다. 앤솔러지 『공공연한 고양이』, 『아직은 끝이 아니야』, 『한국 추리 스릴러 단편선4』에
단편을 수록했다. 평범한 사람들이 알쏭달쏭하거나 희한하거나 무서운 일에 휘말리는
이야기를 즐겨 쓴다.

1

   누님은 오늘도 길목을 막아선다. 아무리 기척을 죽이고 쥐걸음으로 나가려 해도 이내 들통이 나니 환장할 노릇이도다.

"모연이 어데 가니?"

   하고 은근한 목소리가 들릴라치면 가슴이 철렁 내려앉는다.

"볼일이 있어 잠깐 다녀와요."

"그러지 말고 선생님 들어오시는 거 보고 나가라."

"쫌. 오늘은 폭죽놀이 한다고 분주한데."

   그런다고 어디 사정을 봐줄 위인이던가. 도리어 소매를 더욱 팽팽히 당긴다.

"야, 선생님 저녁상 들일 사람이 없잖니."

"입때껏 안 들어왔으면 먹고 오거나 거르겠다는 얘기지. 거 누님도 개의치 마요."

"어찌 그래?"

"그럼 이번만 눈 딱 감고 누님이 상 들고 나가구려. 요새 세상에 내외합니까?"

하고 쏘아붙이니 대꾸하는 대신 누님은 어깨만 새근새근 들썩인다. 더 골려 주고 싶지만 그랬다간 금세 눈가가 그렁그렁해질 테지. 그런 건 사절이다.

흥이 식었다. 나는 아무렇게나 신을 벗어 차고서 방에 들어와 드러누웠다.

"제길, 그 선생은 수업을 마쳤으면 재까닥 올 것이지 끼니때마다 어델 그리 쏘다닌대."

중학생이 되어 거처를 따로 옮겼을 때만 해도 내 생활은 퍽 풍요로웠다. 아주 홀로서기를 한 것은 아니고 바로 옆집인 누님 댁 사랑방에서 잔심부름하며 지내는 조건이 붙었지만 그것만도 어디냐. 비록 누님이나 어머니나 잔소리는 매일반이고 조카딸까지 가세해 이것저것 눈치 볼 일은 많을지언정 내 단연히 행복했노라.

그런데 금년 들어 상황이 달라졌다. 저 남준의라는 자가 내 영역을 침범한 탓이다.

남 선생은 오랜 유학 생활을 접고 이번에 우리 동리에 교사로 부임하게 되었단다. 선생을 처음 소개받았을 때에는 형님의 벗이라기에 조금쯤 우러르는 태도 같은 것이 내게 있었다. 그러나 굳이 나를 불러다 인사를 시킨 내막이 드러나매 나는 대번 그에게 앙심을 품게 됐겠지.

"당분간 여기 사랑에서 지내게 됐으니 모연이 네가 성의껏 챙겨 드려라."

"네…… 네?"

말인즉 내가 지내는 사랑방을 절반으로 갈라 윗방에 선생을 모시고 나더러는 아랫방에서 지내라는 것이다. 결벽이 유난한 선생께서 차마 더러운 하숙에서는 기거할 엄두가 안 난다나. 물론 나는 즉각 항의했으나 형님의 표정을 살피니 더 까불었다간 본가로 도로 내쫓길 공산이 있어 보이므로 적당한 선에서 꼬리를 말았더랬다.

하지만 그래서는 안 되는 것이었다. 쫓겨나 본전도 못 찾는 한이 있을지언정 주장을 끝까지 관철했어야 했다. 그때 비굴하게 타협한 결과 지금껏 부조리에 시달리고 있으니.

펑! 펑!

들릴 리 없는 폭죽 소리가 귓전에 어룽댄다. 아닌 게 아니라 지금쯤 저들끼리 시작했으려나. 오늘 저녁엔 태화도 나온다고 했는데……. 태화의 발그레한 뺨이며 콧등의 점이며 둥근 어깨를 떠올리다가 불현듯 벌떡 일어섰다.

"뭐라도 조치를 해야지, 원."

나는 장지문을 열어젖히고 선생의 방으로 돌진했다. 등을 밝히니 가지런히 개켜진 침구와 정돈된 책상이 눈에 들어왔다. 한쪽 구석에는 과자도 몇 봉지 있는데 그것은 아마도 옥희에게 주려는 것일 테지.

내 그저 염탐질이나 할 요량으로 주인 없는 방에 들어온 건 아니고 따로 목적이 있다.

'우리 모연 군이 용무가 다망해 언제까지고 붙들어 두기 딱하오니 선생님께서 끼니때가 지나도 귀가치 않으시면 밖에서 식사를 하고 오시는 걸로 알겠습니다.'

라는 식으로 누님의 필체를 흉내 내어 쪽지를 남기면 선생의 방자한 태도도 다소 누그러지리라고 꾀를 낸 것이었다.

하여 선생의 책상 앞에 앉을 때까지도 순조로웠으나 그만 선생의 결벽 병증을 미처 고려하지 못했으니……. 책상 위에는 쪽지 구실을 할 종이는커녕 한 점 티끌도 남아 있지 않았다. 책 귀퉁이라도 찢어 조달하자니 책상 모서리에 세워진 것들이란 원래 이 방에 있던 책들뿐이다. 매형 손을 탄 물건은 내가 감히 훼손할 수 없다.

사정이 여의찮으니 내 방에서 종이를 가져와야겠다. 이런 사태가 아니었어도 애초에 쪽지를 미리 작성해 오는 편이 현명했겠지만 그때는 워낙 경황이 없어서 그런 묘책이 있는 줄도 몰랐다. 일어나려다 말고 나는—나중 생각해 보니 비범한 예지력을 발휘하여—잠시 정돈을 한답시고 비뚜름히 흐트러진 책들을 바로 세웠는데 마침 책과 책의 작은 틈새에서 수상쩍은 수첩을 발견한 것이다. 검정색의 얇은 수첩이 그림자처럼 숨어 있었다. 나는 그것이 선생의 물건임을 직감했다. 옳지, 그러잖아도 굼닐기 번거롭던 차에 잘됐군.

보려고 본 것은 아니고 적당한 쪽을 찢고자 대강 훑다 보니 불가피하게 눈에 들어온 것인데 어쨌든 그것은 일기장인 모양이었다. 첫 장에 약속 장소에서 탈 없이 형님을 만났다는 내용이 있는 것으로 미루어 이 동리에 와서 일기를 새로이 쓰는 듯했다. 나는 수첩을 조금 더 뒤적거릴지 원래 목적에 충실할지를 고민하다가 수첩을 마저 읽기로 했다. 혹여 나를 평가한 대목이 있다면 알아 둘 필요가 있지 않겠는가.

내 짐작에 선생은 본디 일기를 쓰던 사람이 아니었을 게다. 대저 일기란 자신의 생각과 느낌을 정리하는 것이 무엇보다 소중할진대 선생의 수첩에는 온통 오늘은 무슨 일이 있었고 무엇을 보고 들었다는 이야기뿐인 까닭이다. 이래서야 우리 꼬맹이가 삐뚤빼뚤 쓴 것보다 나은 점을 찾지 못하겠다. 더욱이 선생과 일절 관계없는 소문들까지 두서없이 적어 놓기도 했으니 이 얼마나 한심한 작태인지.

그런데 앞에서부터 순서대로 빠르게 훑던 눈이 문득 멈추었다. '일주일 뒤. 실수 없이. 정신 똑바로 차릴 것.'

거의 유일하게 자신의 속내를 드러낸 대목이었다. 작성된 날짜는 9일. 오늘이 14일이니 닷새 전에 쓴 것이다. 전후 맥락에 무관하게 툭 튀어나온 구절이라 그 의미는 도통 짐작 가는 바가 없지만 어쩐지 신경이 쓰였다. 이틀 뒤잖아? 무슨 꿍꿍이야?

밖에서 옥희의 들뜬 목소리가 들렸다. 필시 방 주인이 돌아온 것이다. 선생이 마당에서 옥희에게 바짓가랑이를 붙들려 시달리는 틈을 타 나는 수첩을 제자리에 꽂아 두고 부랴부랴 방을 빠져나왔다. 잠시 후 모르는 척 저녁상을 가져다주니 선생도 나를 이상히 여기지 않았다.

이후 이틀간 나는 선생을 보다 면밀히 관찰했다. 표면적으로 선생은 여느 때처럼 시시풍덩한 모습이었다. 아침에는 일찌감치 집을 나섰고 저녁에는 밥때가 지나 슬금슬금 돌아왔으며 밤에는 옥희를 방에 불러 이것저것 묻고 답하며 아기자기한 시간을 보냈다. 자정 무렵까지 책을 읽거나 일기를 쓰거나 하다가 소등하고 자리에 누운 듯했다. 도무지 정신을 똑바로 차린 사람의 일상이라 보기 어렵다. 그래도 나까지 해이해져선 안 될 일이다.

뜬눈으로 사흘째 아침을 맞았을 때 비로소 나는 안도했다. 우려한 사태는 일어나지 않았다. 선생의 뭔지 모를 계획이 무위에 그친 것이다. 어쨌든 선생도 누님도 꼬맹이도 무사태평하게 각자 자리에 있는 걸 확인했으니 홀가분하게 등교할 수 있겠다.

그런데 교실 분위기가 심상치 않았다. 묘하게 어수선한 게 아마 무슨 사건이 있었던 모양이었다.

"얘기 들었어?"

묻기도 전에 뒷자리의 현호 녀석이 먼저 아는 체했다.

"어저께 석정명이 죽었대. 누가 칼로 찔렀다나 봐."

"석정명?"

"그 왜, 내지인 앞잡이 말이야. 대저택에 사는."

"어저께 몇 시에?"

"글쎄, 귀갓길에 변을 당했다니까 저녁쯤이겠지 뭐."

"누……누가 그랬대?"

"모르지. 아직 안 잡혔을걸."

내 생각이 틀렸다. 선생은 실수하지 않았다. 계획을 성공시킨 것이다. 내가 예상한 것과는 다른 계획을.

2

　과연 동리가 발칵 뒤집혔다. 석정명에게 닥친 불운에 대해서는
죽어 마땅한 자가 죽었다는 것이 중론이며 동정하는 이는 딱히
없다. 반면 사람들은 미상의 살해범에 대해 호걸입네 구국영웅입
네 하며 낯간지러운 칭송들을 남발하고 있다.
　설상가상으로 몇몇 철없는 학급 동무들은 금번의 호기를 놓쳐
선 안 된다며 목소리를 높이는 실정이다. 명명백백 기사년 광주
시위를 염두에 둔 의견일지어다. 당시 전국적 항일운동으로 번진
대규모 시위는 우리 또래의 다툼에서 촉발되었더랬다. 즉 그날의
영광을 우리도 재현할 수 있다는 것이다. 어디서 어떻게 비약해
야 그러한 결론에 도달할 수 있는지 당최 모를 일이지만서도.
　이렇듯 우리들이 망령된 공상에 빠진 사이 저들은 저들대로
망상에 사로잡혔다. 일본인과 그 하수인들은 두 번째 습격이 있
을 것이라 확신하는 듯하다. 평소 석정명과 교류한 고위 관료들
은 경비 인력을 보강했고 순사들은 골목마다 어슬렁거리며 마구
잡이로 불심검문하고 있다. 보통은 사람 하나가 죽었다고 이렇게
유난을 떨지는 않으니 꼭 석정명을 탓할 일은 아니겠다. 기실 이
소동의 중심에는 출처 불명의 소문이 자리하고 있었다.
　"애기 들었어?"

이번에도 현호 녀석이 쿡 찌른다.

"범인 말이야, 각시탈이라데."

"각시탈?"

"못 들어 봤어? 동섬서홀 신출귀몰하며 왜놈들을 척결하는 애국지사인데 특이하게도……."

"탈을 썼다는 거지. 그건 알아. 한데 석정명을 죽였다니?"

"듣기론 그래. 근래에 경성이 삼엄해져서 이곳저곳으로 옮겨 다니면서 활동하나 보더라. 전국 순회 공연인 셈이지. 아무리 그래도 이리 외진 지방까지 올 줄이야."

"그래서 그자가 어떻게 생겼대? 그러니까, 탈 말고 얼굴이 어떻게 생겼느냐는 얘기야."

"알 방도가 없지. 가면 뒤 진짜 얼굴은 아무도 못 봤으니."

"흠."

내가 봤다. 무표정한 가면 뒤에는 눈꼬리가 슬쩍 처지고 콧날이 오뚝하며 입술이 종잇장처럼 얇은, 생채기 하나 없이 각시처럼 희멀건 얼굴이 있다. 어느 날 돌연 나타나 호기심 많은 교사 행세를 하는 자다. 그가 석정명을 죽였다.

일제에 협력하고픈 마음은 추호도 없다. 표독한 부일협력자가 살해되었다는 소식을 듣고서 처음엔 나 역시 가슴이 쿵쾅거렸었다. 이곳에도 압제에 저항하는 자가 있다니! 그때 내가 느낀 장쾌한 기분을 모조리 부정하지는 않겠다. 다만 범인의 정체를 안 뒤로 그를 무작정 성원할 수 없게 되었을 뿐이다. 선생은 우리 식구와 너무도 가깝다. 그것이 문제다. 독립투사라는 족속은 야생의 호랑이와도 같아서 그 존재가 참으로 귀하고 아름답지만 그렇다고 바로 코앞에서 맞닥뜨리고 싶지는 않은 존재이기도 하다. 자칫하면 우리가 다칠 수도 있는 것이다.

설혹 선생이 체포된다면 그것은 애석한 일이다. 애석한 정도로 끝나면 차라리 다행일 것이다. 그 이상의 끔찍한 일이 우리 식구를 기다리고 있을 테니. 선생을 단순히 하숙인으로 치부할 수는 없다. 애초에 어릴 적 친구랍시고 데려온 것이 우리 형님이기 때문이다. 형사들은 집안 어른들을 데려가 여죄를 캐물을 테고 그 과정에서 무자비한 고문이 가해질 것이다. 그것을 노쇠한 우리 어머니가 견뎌 낼 수 있을까.

남준의 선생으로 말하자면, 선생은 정말이지 자기 정체를 숨기는 데 탁월하다. 동리 사람들은 다들 선생을 좋아한다. 하기야 상시 입가에 미소를 띠고 단정한 말투로 인사를 건네며 공순하게 다가오는데 밀쳐 낼 까닭이 없겠다. 개를 쓰다듬고 화단을 굽어보거나 담벼락을 매만지고 느긋이 완보하며 걸핏하면 책방을 들락거리는 선생과 유혈 참극을 동반하는 애국지사를 연관 지어 생각하는 이는 감히 없으리라. 나부터도 선생을 글이나 들여다볼 줄 알지 저리 유약해서야 어디 사내 구실이나 하겠나, 하고 얕잡아 보았으니 말이다.

거사가 있은 뒤로도 선생의 생활은 태연자약이라 옥희를 데리고 산책을 나가는 데 거리낌이 없다. 아침마다 복작대는 순사들 곁을 지나칠 때엔 내가 다 조마조마할 지경이지만 선생은 동요조차 없다.

그렇지만 영원히 정체를 숨기는 게 가능할 리 없다. 멀리 갈 것도 없이 당장에 나부터도 그 본색을 알고 있지 않은가.

3

형님은 밤이 깊어서야 집에 돌아왔다. 늦게까지 형님을 기다린 것은 선생에 관해 상의하고자 함이었다. 선생이 어려서는 어땠는지 몰라도 지금은 위험한 인물이라고, 조속히 누님 댁에서 내보내고 관계를 청산하는 편이 이롭겠다고 말할 참이었다.

"그래, 모연아. 옆집에 사는데도 얼굴 보기 힘드네. 어찌 지내냐? 방이 좁아져서 불편하지?"

"그럭저럭 지낼 만합니다. 형님, 그보다 오늘은 꼭 좀 드릴 말쏨이 있어서요."

형님이 움직일 때마다 그림자가 기괴한 모양으로 일렁였고 그때마다 나는 움찔거렸다. 형님은 두툼한 손으로 이마에 흐르는 땀을 연신 훔쳤다. 날이 부쩍 더워진 탓이다. 언뜻 보기에 별로 이상한 모습은 아니겠으나 일순 위화감이 들었다. 한낮에야 더웠지만 이 밤에 땀이라니? 뛰어오지 않고서야 저토록 땀이 솟진 않을 텐데? 이슥한 밤거리를 뛰어다닐 만한 사정이 무에 있었을까? 이를테면 들개와 맞닥뜨렸다든가, 유령을 보았다든가, 괴한에게 쫓겼다든가.

혹은 길목마다 늘어선 순사를 피해 달아났다든가.

"왜? 무슨 고민 있냐?"

나는 그만 입을 다물었다.

고보를 졸업하고서 형님은 친척 어른의 소개로 미래사라는 곳에 취직해 십여 년째 다니고 있다. 형님은 내게 회사에서 무슨 일을 하는지 제대로 설명한 적이 없다. 그저 적당히 엉덩이를 비비고 있으면 달마다 월급이 나오는 편한 직장이라고만 말했었다. 소위 '사라리맨'이라는 것이다. 나는 그것을 한 번도 의심한 적이 없었다. 지금까지는.

"안색이 왜 이래? 어디 체한 거 아니야?"

"아뇨. 괜찮습니다. 저기…… 다름이 아니라 제가 이번 달 용돈이 조금 일찍 떨어졌거든요. 송구스럽지만……."

어쩐지 나는 형님의 얼굴을 똑바로 쳐다볼 수 없었다. 내가 거짓말을 해서? 아니다. 나는 형님이 내게 거짓말을 할까 봐, 그리고 내가 그걸 알아차릴까 봐 저어되었던 것이다.

"뭐야, 그런 용무였군."

형님이 옷걸이에 걸린 웃옷을 뒤져 지갑을 꺼냈다.

"하하. 나는 엉뚱한 짐작을 하고 있었지 뭐냐."

"무, 무슨 짐작이요?"

"아니, 됐다. 그러고 보면 모연이 너도 한창 돈이 필요할 때지. 내가 미리 챙겼어야 했는데 미안하다. 자주는 아니라도 가끔 이렇게 너희 형수 몰래 보너스를 주마. 이건 우리끼리 비밀로 하고, 응."

"비밀로……."

처음에는 선생이 우리 모두를 속였다고 생각했었다. 경성을 떠나 한동안 은신할 작정으로 형님을 찾아와 옛 우정을 들먹였다고, 석정명을 죽이기로 마음먹은 것은 이후의 계획이라고. 하지만 더욱 이치에 맞는 것은 외려 그 반대의 경우가 아닐지. 형님이 이번 사건에 깊숙이 연관되어 있다는 것. 선생을 부르기 전부터 어쩌면 형님의 살생부에 석정명의 이름 석 자가 적혀 있었다는 것. 형님이 전문가인 선생을 고용해 암살을 사주했다는 것.

나는 인사를 하는 둥 마는 둥 하고 형님 댁에서 나왔다. 바로 옆집인데도 담장을 더듬어 왔을 정도로 정신을 못 차렸다. 방에 돌아와 기진맥진하고 있자니 옆방에서 여자애의 웃음소리가 아스라이 들렸다. 볼 것도 없이 우리 꼬맹이겠지. 하여간 기운찬 녀석이로다. 나는 그 근심 없는 웃음에 긴장이 풀려 이내 혼곤한 잠에 빠져들었다.

이후 며칠간 추이를 관망했지만 선생이나 형님의 신변에는 위협될 만한 일이 없었다. 그래, 전부 내 억측이었던 게지. 선생은 몰라도 형님까지 의심한 건 확실히 조금 지나쳤어. 안도감이 드는 동시에 어쩐지 김이 새는 기분도 들었더랬다.

4

한편 선생은 평소 옥희를 예뻐했고 옥희도 선생을 잘 따랐다. 그런데 어제는 둘 사이에 냉랭한 기류가 흐르는 것이었다. 낮에 소풍을 간답시고 부산을 떨 때만 해도 여느 때처럼 화목했는데

나가서 무슨 일이 있었는지 울며 돌아온 옥희는 제 방에 틀어박혀 나오지 않았다.

"무슨 일이랍니까?"

누님도 영문을 모르기는 마찬가지였다.

"네가 한번 여쭤 보려무나."

"옥희는 아무 소리 안 해요?"

"돌아와서는 저래 울기만 한단다. 밖에서 나부대고 떼 부리다 야단이라도 맞았으려나."

선생의 방에 저녁상을 들이며 옥희 일을 넌지시 물으매 선생은 얼버무리며 말꼬리를 흐렸다. 선생에게선 미안한 기색보다는 차라리 숨기기 급급한 태도가 느껴졌다. 어쨌든 선생이 옥희를 잡도리한 것만은 분명해 보였다.

자기 전에 주전자에 물을 채우러 나갔다가 대청 구석에 놓아둔 신문지에 눈길이 닿았다. 이미 읽고 놓아둔 석간신문이었는데 거기 그대로 있는 걸 보니 오늘은 꼬마 녀석이 영 토라진 모양이다. 요사이 옥희는 글을 배우는 재미에 빠져 신문 여백에 삐뚤삐뚤 글씨를 따라 쓰곤 하는데 어려운 한자는 쏙 빼놓고 만만한 한글과 가나만 골라 적는 것이 우습기도 하고 귀엽기도 하다. 딴엔 제법 열의가 있어 신문뿐 아니라 글자가 있는 것이라면 종류를 따지지 않고 들척거리니 내 교과서며 잡지며 수필집은 일찌감치 섭렵했으며 한번은 내 필기 공책을……

수첩이다!

어째서 미리 깨닫지 못했는지. 옥희도 선생의 책상에서 작고 아담한 그 수첩을 찾아낸 게다. 또한 습관대로 마구 뒤지다 거기서 무언가 본 게다. 정녕 그랬다면 낮에 있었던 일이야 빤하다. 대뜸 자기가 본 것을 떠들어 선생을 난처하게 만들었겠지. 그래서 선생이 함부로 발설하지 말라고 겁을 주었을까? 생각이 그에 미치자 머리털이 쭈뼛 섰다.

아침이 되어 누님은 옥희를 데리고 예배하러 갔다. 나야 불량교인인지라 어지간한 중대사를 앞두지 않고서는 예배를 빼먹기 일쑤지만 누님은 성실히 참석한다. 특히 매형이 세상을 뜬 뒤로는 더욱 기도에 열심이다.

모녀가 현관을 나서자마자 선생도 외출을 준비하는 소리가 들렸다. 급한 용무가 있는지 서두르는 모습이 아무래도 수상쩍었다. 이윽고 선생의 구둣발 소리가 들렸다. 그때는 이미 나도 선생을 뒤따라 나갈 준비를 마쳤기에 날렵하게 따라붙을 수 있었다. 무슨 배짱이 솟아났는지 그의 뒤를 밟기로 마음먹은 것이었다.

백주대낮의 미행은 가히 진땀 나는 것이었다. 주일 오전의 거리는 한산한 편이고 띄엄띄엄 솟아 있는 전신주도 몸을 숨기는 데에는 썩 도움이 되지 않을 터여서 행여나 선생이 뒤쪽 풍경을 보고자 고개를 조금만 돌려도 내 존재가 눈에 띄기 십상이었다. 선생이 무언가를 골몰하느라 주위를 돌아볼 여유가 없었던 것이 내게는 행운이었도다. 말쑥하게 차려입은 선생이 향한 곳은 언덕 위였다. 즉 예배당이 있는 곳 말이다.

나는 대번에 선생의 의도를 간파했다. 겁을 주어 울리고도 선생은 아직 꼬맹이를 믿지 못한다. 예배당에 간다는 이야기를 들고 마음이 조급해졌겠지. 행여 사람들 앞에서 입방정을 떨지나 않을지 감시하러 온 것이다.

교인들 사이에 숨어서 선생을 지켜본바, 과연 선생은 찬미하고 기도하는 중에도 여자석을 부지런히 훑고 있었다. 마침내 옥희를 발견한 뒤로는 눈도 깜박이지 않고 그쪽을 응시했다. 이윽고 옥희도 선생의 시선을 알아채니 겁에 질려 누님에게 매달려 응석을 부렸다. 아무것도 모르는 누님은 조그만 입술로 기도문을 읊조렸을 뿐.

5

선생은 예배가 끝나기 전에 슬쩍 자취를 감추었다. 나도 곧 예배당에서 빠져나왔다. 식구들 눈에 띄어서 곤란해지는 것은 선생뿐만이 아닌 것이다. 예 왔던 것을 알면 매주 나오라고 성화일 테지.

나는 집에 돌아갈까 하다가 생각을 고쳐 태화를 보러 가기로 했다. 실은 무슨 영문인지 예배 도중부터 태화 생각이 났기 때문이었다. 어차피 내일 학교에서 만나겠지만 딱히 하루 일찍 본다고 손해 볼 것도 없지 않나.

공교롭게도 태화네 집이 석정명의 집 부근이어서 거기 도착할 때까지 검문을 세 번이나 당했다. 순사가 내게 눈을 번득거릴 때마다 술술 실토할까 봐 어찌나 겁이 나던지.

"에엣, 최모연 아니니?"

태화가 나를 불렀다. 태화도 외출에서 막 돌아온 참이라 우리는 집 앞에서 만났다. 내가 점잖게 손을 들어 인사하자 태화가 여동생을 먼저 들여보내고 총총 다가왔다. 태화와 두세 살 터울인 여동생은 희귀한 구경거리라도 만난 듯 내 쪽을 할금거리다가 언니의 성화를 못 이겨 현관 안으로 모습을 감추었다.

"와, 여긴 어쩐 일이래?"

"그게…… 잠깐 할 말이 있어 왔다."

"나 보러 왔나?"

"그렇지."

"응. 뭔데?"

원래 우리는 아무 사이도 아니었다. 어쩌다 같은 해에 태어나고 어쩌다 같은 동리에 살게 된 동급생 중의 하나일 뿐이었다. 그러던 것이 합동 포크댄스 시간에 어쩌다 짝으로 맺어져 얼굴을 익히고 이름도 알게 되었다. 무릇 댄스란 것이 정해진 법도가 있으니 손도 물론 포갰겠지. 이제는 시내에서 마주쳐도 인사 몇 마디 주고받을 만큼은 가까워졌다.

이렇듯 지금은 포크댄스라는 명분이 우리를 매어 두고 있지만 언제든 다시 아무 사이도 아니던 시절로 돌아갈 수 있다. 합동 수업이 이달 말이면 종료하기 때문이다. 더욱이 내달엔 방학을 하니 새로운 학기가 시작할 즈음엔 확실히 남남이 돼 있을 것이다. 시간이 얼마 남지 않았다.

나는 목소리를 가다듬고 신중하게 물었다.

"손태화, 너 혹시 좋아하는 사람 있나?"

"어……?"

태화는 고개를 푹 숙였다. 하얀 얼굴이 대번에 새빨개졌다. 내 사정도 별반 다르지 않아 목이 뜨거워지고 다리가 후들후들 떨렸다. 현관 안쪽에서 킥킥거리는 소리가 들렸다. 저 애, 우리 꼬맹이를 닮았군.

"글쎄, 있다고 해야 하나 없다고 해야 하나."

오래 뜸을 들이던 태화가 기어들어 가는 음성으로 답을 주었다. 그런데 대답이 수상하다. 있다는 겐지 없다는 겐지. 수줍어하는 모습을 보면 희롱하려는 수작은 아닐진대 어찌 이따위 고약한 짓을 하는가. 그래도 이리 말하는 걸 보면 심중에 떠오르는 이름이 있긴 한가 보다.

"있나 보군."

"그럼 너는?"

태화가 반문했다.

"모연이 너는 좋아하는 사람 있나?"

다시 안쪽에서 간들바람처럼 새어 나오는 킥킥 소리. 나는 어떻게 대답할지 궁리한 끝에 고개를 들어 태화를 똑바로 바라보았다.

"나는 네가 좋다."

그리 말해 버리고 나니 어쩐지 눈뿌리가 저릿했지만 불쾌한 느낌은 아니었다. 오히려 일말의 개운함이 느껴졌다.

"그뿐이야. 이만 간다."

하고 돌아설 제 나를 붙드는 손이 있겠지.

"나도."

들릴락 말락 한 목소리로 말하는 태화는 평소보다 몸집이 아담해 보여서 내 품에 쏙 들어오리라는 착각이 들 정도였다. 하지만 중요한 건 그런 게 아니고,

"나도 좋아해."

라고 하지 않았을까!

"뭐? 그치만 너 아까 좋아하는 사람 있다고……."

"응. 나도 너 좋아한다고."

"그러니까 아까는 분명히……."

"으이그!"

여기서 여세를 몰아 교제를 신청해도 나쁘지 않았겠다. 그러나 내가 태화를 좋아하고 태화가 나를 좋아하는 것을 알았다고 해서 태도가 일변할 수는 없는 노릇이다. 나는 제멋대로 부풀어 오르는 마음을 애써 억누르고 포크댄스 수업 일정을 묻는 것으로 대화 주제를 바꾸었다. 이러한 내 심중을 헤아렸는지 태화도 곧 평소처럼 나를 대하는 것이었다. 우리는 애매한 거리를 유지한 채로 마주 서서 이야기를 나누다가 어영부영 헤어졌다.

돌아오는 길에도 가로막는 순사들이 더러 있었다. 그들은 불한당을 다루듯이 나를 담벼락에 몰아세웠다. 그러나 이번에는 아까처럼 떨리지는 않았다.

우리 식구에게 선생의 위협이 현실로 다가온 작금의 상황에 충동적으로 여자애를 보러 간 것은 다분히 도피적인 행동이었다.

나란 인간은 다분히 그런 성향을 지니고 있기 때문이다. 하지만 그것이 외려 새로운 돌파구를 제시한 꼴이 됐으니, 사람 사이의 문제에 있어서는 당사자와 직접 담판을 짓는 게 최선이라는 생각을 떠올린 것이다. 그때 나는 약간 기고만장한 상태였고 모든 상황이 내게 유리한 쪽으로 돌아가리라는 근거 없는 낙관을 하고 있었더랬다.

6

밤까지는 시간이 더디게 흘렀다. 나중 생각하기로 선생을 뵙는 것이 꼭 밤이어야 할 이유는 없었지만 모름지기 비밀 대화는 어두울 때 해야 한다는 편견이 있었다. 그래서 기어이 밤까지 기다렸다.

안방에서 옥희 목소리가 들리지 않게 된 뒤로 한 시간을 더 참았다가 장지문 너머로 음전히 선생을 불렀다.

"저기, 선생님. 주무십니까?"

"어어, 아직 깨어 있네만. 모연 군이 이 시간엔 웬일로?"

"드릴 말씀이 있어서요. 실례가 안 된다면 잠시 뵐 수 있을까요? 제가 그리로 건너가겠습니다."

"뭐…… 그렇게 하게."

선생은 곧게 앉아 나를 맞았다. 조금 긴장한 것처럼 보였지만 그간의 서먹한 관계를 생각하면 긴장하지 않는 것이 되레 부자연스러울 터였다. 나는 선생과 마주 앉았다. 어색한 침묵이 방 안에 팽배했다.

선생이 당장에 나를 해코지하지는 않겠지만 살인자와 독대하는 자리에서 그의 비밀을 폭로하는 것은 상당한 각오를 요하는 일이다. 자칫 심기를 건드렸다간, 즉 내가 일제에 협력한다고 착각이라도 했다간, 어떤 후환을 입을지 모른다.

"단도직입으로 말씀드리자면."

그렇게 운을 뗀 것을 나는 곧바로 후회했다. 얼마간 분위기를 살핀 다음에 용건을 밝혀도 좋을 걸 늘 성급히 굴어서 탈이다. 물론 이렇게 상대의 허를 찌르는 것도 가끔은 수완이 좋다. 이 경우에는 나까지 허를 찔린 게 흠이지만.

"선생님의 정체를 알고 있습니다."

"정체?"

"일전에 우연히 선생님의 수첩을 보게 되었습니다. 거기엔 지금은 과거가 된 미래의 어떤 날짜가 적혀 있었지요."

아무리 태연을 가장해도 어쩔 수 없이 드러나는 표정이 있다. 바로 지금처럼. 선생의 미소가 딱딱하게 굳었다.

"통 무슨 말인지 모르겠군."

"솔직히 저는 그날 선생님께서 우리 누님을 데리고 야반도주를 할 거라고 짐작했습니다. 수첩에 표시된 게 그 계획의 결행일이라고요. 때문에 두 분이 그러는 걸 막아야 할지 방관해야 할지 끝없이 고민했어요. 네, 부끄럽게도 저는 선생님이 우리 누님에게 연심을 품고 있다고 착각했던 겁니다."

선생은 무슨 말인가 하려다가 입을 다물었다.

내가 계속 말했다.

"하지만 그런 게 아니었지요. 그날은 석정명이 죽은 날이었습니다. 그것을 선생님께서는 미리 알고 있었고요. 왜냐하면 그자를 죽인 게 바로 선생님이기 때문입니다. 즉 선생님이 바로 각시탈이지요."

"각시탈? 아냐, 모연 군. 오해일세, 그건……."

"제게 해명하지 않으셔도 됩니다. 그것을 지탄하려는 게 아니니까요. 민족을 위해 분골쇄신하시는 선생님께 큰절이라도 올려야 마땅하지요. 단지 저는 선생님께서 일이 뜻대로 풀리지 않아 체포되는 사태가 벌어지면 제 가족에게까지 불똥이 튀지 않을까 우려하는 것입니다. 더욱이 이번 일에 저희 형님도 일조한 것을 알고부터는 하루하루가 불안의 연속입니다."

선생은 뒤통수를 긁적였다.

"모연 군 생각이 그러하다면 그냥 입을 다물고 있으면 될 일 아닌가? 나는 각시탈인지 뭔지 하는 게 결코 아니네만 설령 그렇다 해도 내 정체가 까발려지는 게 그리 두렵다면 자네가 함구하면 되지 않느냔 말일세."

"그걸로는 부족합니다. 언제 어디서 무슨 일이 벌어질지 아무도 모르니까요. 당장만 해도 선생님께선 옥희가 감당이 안 되시잖습니까."

"옥희……."

꼬맹이 이야기를 하니 선생의 경직된 태도가 조금 누그러졌다.

"옥희는 정말이지 왈패스럽잖구……. 하지만 그게 또 귀여웁지. 더구나 옥희는 나를 잘 따르니 문제없네."

"그런 소소한 것들이 나중에 다 후환이 됩니다그려. 그러지 마시고, 제 딴에 궁리를 조금 해 보았으니 들어 보십시오. 선생님께서는 다른 동리로 피신하시는 것이 아무래도 가장 좋은 해결책일 듯싶어요. 순사들이 활개를 치는 것은 우리 동리로 한정돼 있고 선생께서 죽여 마땅한 놈들은 다른 동리에도 얼마든지 있으니까요. 그러니 이곳을 벗어나시는 게 어떠하실지 한번 숙고하시길 간청합니다."

선생은 한동안 생각에 잠겼다.

그는 이것이 부당한 처사라고 생각할지 모른다. 성가신 일에 휘말리기 싫다고 애국지사를 내치는 셈이니 그로서는 서운한 마음이 들 법도 하다. 결국 이런 사람들을 위해 목숨을 걸었나 하고 회의에 시달릴지도 모른다. 그의 눈빛이 서글퍼 보였다.

그렇다고 내 제안을 철회할 생각은 없다. 애국도 좋지만 식구들 안전이 먼저다.

마침내 선생이 입을 열었다.

"그래, 모연 군 뜻대로 해 주지. 여름방학이 시작되면 떠나겠네."

"어어, 정말입니까?"

"사실은 그러잖아도 떠나려고 했었어. 학교에도 이미 얘기해 두었다네."

"그……그러셨군요. 그런 것도 모르고 제가 주제넘게……."

"부디 이 일이 새어 나가지 않았으면 좋겠군."

"그건 염려 마십시오."

걱정거리는 의외로 쉽게 해결되었다. 갑자기 모든 일이 잘 풀릴 때는 그러나 한 번쯤 의심해 봐야 한다. 여전히 안개 속에서 허우적대고 있지 않은지. 갑자기 폭풍우가 휘몰아치고 격랑이 일어 모든 것을 깡그리 집어삼키지 않을지.

7

얼마 후 나는 끔찍한 실수를 저지르고 말았다.

그날 학교에서 돌아와 보니 집 안이 온통 야단이 나 있었다. 어머니가 마당을 오락가락 거닐며 알 수 없는 말을 중얼거렸고 누님은 한쪽 구석에서 실성한 양 흐느꼈다.

"이게 다 무슨 소란이야?"

나는 누님 곁에 옥희가 없다는 사실을 알아차렸다.

"옥희는? 옥희 어디 있어요?"

"고것이 유치원 파한 지 한참이 됐는데도 돌아오지 않는다야."

"다른 동무들은 벌써들 집에 돌아간 모양인데 우리 옥희만 쏙 사라진 게 아무래도 걱정되는구나. 원 중간에 마땅히 샐 데도 없는데 어델 갔는고……."

내가 물었다.

"선생님은?"

"선생님은 아직 안 오셨다. 야, 모연이 너는 뒷산 쪽에를 좀 돌

아댕겨 볼래? 어데 잔디밭에서 까무룩 잠이라도 들었으면 다행
이게."

누님의 말에 나는 얼른 가방만 던져 두고 현관을 다시 나섰다.

옥희를 유치원에 데려다 주고 오후에 집으로 데려오는 것은 내
담당이었다. 그랬던 것이 어느 날엔가 저 혼자서도 넉넉히 다닐
수 있다고 우기고부터는, 며칠 지켜보니 또 말처럼 능히 해내기
에, 나는 나대로 성가신 일을 덜게 되었다고 닁큼 손을 놔 버렸
더랬다. 누님이나 어머니가 그래도 아직은 옆에서 지켜봤으면 하
는 눈치인 것을 조금도 심려할 필요 없다고 일축한 게 나였다.

하지만 적어도 선생이 옥희를 주시하는 것을 안 뒤로는 눈을
떼지 말았어야 했다. 조용히 사라져 주겠다는 말을 곧이곧대로
들은 내가 순진했다. 따지고 보면 옥희나 내가 언제든 입을 경솔
히 놀리면 자신의 정체가 만천하에 까발려지는 것이다. 결국 선
생은 갈 때 가더라도 옥희와 나를 처리해 두는 편이 이롭겠다고
판단했을 터, 그런 점을 미리 헤아렸어야 했는데.

뒷산에 오를 생각은 애초에 하지 않았다. 옥희는 선생과 같이
있다. 선한 미소로 꾀어 인적 드문 곳으로 데려갔겠지. 그게 한 시
간 전이니 지금쯤 벌써……. 새실새실 웃는 옥희 얼굴이 떠올랐
다. 해맑은 목소리도 어른거렸다. 내 탓이다. 내가 방심한 탓이다.

나는 언덕 아래 시내 쪽으로 내달렸다. 역전에 파출소가 있다.
거기서 모조리 까발릴 작정이었다. 하지만 역전까지 갈 것도 없
이 순사를 발견했다. 가대기꾼 둘이 승강이질하는 것을 순사 세
명이서 뜯어말리고 있었다. 나는 구경꾼 사이를 비집으며 순사에

게 나아갔다.

"저기요, 순사 나리."

내가 부르자 순사 하나가 나를 힐끔 쳐다보았으나 이내 무시하고 내게서 시선을 거두었다. 하여 나는 조금 더 힘을 주어 그를 불렀다.

"순사 나리!"

"무어냐?"

"말씀드릴 게 있는데요……."

"거, 녀석."

그는 성가시다는 투로 말했지만 이어지는 말에도 그런 태도를 고수할 수는 없었다.

"제가요, 석정명을 죽인 사람을 압니다."

비단 순사뿐 아니라 주변의 모든 것들이 삽시에 멈추었다. 주변은 안중에도 없다는 듯 멱씨름하던 가대기꾼들마저 슬며시 손을 내려놓고 나를 쳐다보았다.

우락부락한 순사가 험궂게 말했다.

"자세히 말해 봐라. 허튼소리나 지껄일 것 같으면 너도 감방에 처넣을 줄 알고."

나는 잠시 숨을 가눈 뒤 이야기를 시작했다. 우리 집에 하숙하는 선생이 석정명을 죽였다는 것과 내가 그 사실을 알았다는 것, 역시 정체를 눈치챈 우리 조카를 선생이 죽이려고 납치했다는 것, 다음 차례는 나라는 것을.

그렇게 내가 아는 것들을 죄 털어놓으니 불현듯 가슴속에서 서러운 감정이 북받쳐 올랐다. 꼴사나운 모습을 보이지 않으려 눈을 부릅뜨고 입술을 깨물었건만 별무소용이었다. 결국 나는 저항하기를 멈추고 아이처럼 엉엉 소리 내어 울었다. 구경꾼들이 한 발짝 물러서며 수군댔다.

순사가 말했다.

"그러니까 남준의라는 자가 보통학교 교사인데 사실은 각시탈이라는 게지? 석정명을 죽인 뒤 지금은 너희 조카딸을 납치했고?"

"네에……."

"알겠다. 그만 울고 우선 너희 집으로 가 보자. 단서가 될 만한 게 있을지 모르니."

우리 뒤로 구경꾼의 행렬이 길게 늘어졌다. 순사들은 그들을 해산시키지 않았다. 상대가 각시탈인 만큼 여차하면 그들 손을 빌려야 한다고 생각했는지도 모른다.

집에 도착해서는 아주 가관이었다. 여전히 어머니는 마당을 오락가락 거닐며 알 수 없는 말을 중얼거렸고 누님도 한쪽 구석에서 실성한 양 흐느꼈다.

그리고 옥희가 누님 품에 안기어 훌쩍이고 있었다.

"어?"

"모연이 왔니? 옥희 찾았다."

내가 현관에서 망연자실 얼어붙자 누군가가 나를 떠밀어 마당으로 들어섰다. 순사들도 나를 따라 우리 집에 들어왔다.

"뉘쇼들?"

어머니가 물었다.

"여기 남준의라는 자가 살지요?"

키가 큰 순사가 물었다.

"왜요?"

누님이 물었다.

"저 아이가 납치되었다는 조카딸이냐?"

키가 작은 순사가 물었다.

"오, 옥희가 어떻게 여기에……?"

내가 물었다.

이렇듯 저마다 질문만 해 대면 아무도 답을 듣지 못하니 누군가 솔선하여 정돈해야겠지. 나는 순사들을 대동한 연유를 간략히 설명했다. 가만히 옥희 머리를 쓰다듬던 누님이 기운 빠지는 목소리로 진력냈다.

"이건 또 무슨 뚱딴지같은 소리야? 선생님께서 옥희를 납치하다니? 옥희는 여태껏 벽장 속에 숨어 있었단다."

"벽장엔 왜?"

"요 망할 것이 우릴 골려 주려고 그랬다잖니."

나는 머릿속으로 이 소동을 정리해 보려 했으나 그럴수록 뒤죽박죽이 되었다. 정녕 선생은 이 사건과 무관한 것인지, 그렇다면 옥희는 왜 하필 지금 시점에 오해 사기 좋은 일을 벌였는지, 저 꼬맹이가 누구 하나 말라 죽는 꼴을 볼 셈이 아니라면 대체 왜 벽장 속으로 기어들어 가서 곤죽이 되도록 숨어 있었던 것인지 등등.

그러나 당장은 예까지 와서 허탕을 치게 된 순사들을 어떻게 달래서 돌려보낼지가 가장 시급한 문제였다. 나는 허위로 신고했다가 감옥에 갇힌 사람의 이름을 열 개도 넘게 댈 수 있다.

"저어, 나리……."

나는 개중에 인상을 덜 찌푸린 순사에게 다가가서 나직이 토로했다.

"조카 걱정에 제가 그만 섣불리 일을 키웠나 본데요."

"아무래도 그런 것 같군."

그가 특색 없는 어조로 말했다.

"그래도 완전히 헛소리는 아니었지?"

"네?"

"석정명이 죽을 날짜를 그 선생이 미리 알고 있었다는 것 말이다. 수첩에서 봤다며."

분명 그런 말을 했었지.

"제가 그런 말을 했습니까?"

"아무렴. 그리고 아까 너는 거짓말할 겨를 따위 없었어. 그렇지?"

그가 고개를 돌려 흡사 먹잇감을 탐색하는 살쾡이처럼 내 얼굴을 찬찬히 뜯어 살폈다. 나는 꼼짝도 할 수 없었다. 전신의 혈관을 흐르는 피가 운행을 멈춘다면 그 느낌이 이와 같을까.

"그게 말이지요, 사실은……."

나는 무작정 내뱉어 버리는 습관을 고쳐야 할 것이다. 마치 중대한 비밀을 폭로할 듯이 말을 멈추고는 이 대목에서 수습할 방도가 있을지 한참 머리를 굴려 보았으나 어떤 대답도 내 안위를 보장할 수 없다는 처량한 사실을 깨달았을 따름이다.

때마침 옥희 목소리가 들렸다.

"아, 선생님이다."

그와 함께 호리호리한 그림자가 마당으로 미끄러져 들어왔다. 선생이 돌아온 것이다.

"아니, 됐다. 본인에게 직접 묻는 편이 빠르겠지."

나와 이야기하던 순사가 엉덩이를 털고 일어섰다.

"남준의 선생 되십니까?"

"네, 그렇습니다만…… 무슨 일이십니까?"

선생이 어리둥절한 듯 사람들을 둘러보며 설명을 구했다. 그러다 나와 눈이 마주쳤는데 나는 차마 선생을 똑바로 바라볼 수 없어 얼른 고개를 수그렸다.

"지난달에 있었던 살인사건에 관해 몇 가지 확인할 게 있어서요. 서까지 저희와 동행해 주시지요."

"살인사건이라면?"

"석정명 씨가 피살된 걸 모르시진 않죠?"

"아유, 우리 애가 헛소리를 좀 한 걸 갖구……. 괜한 수고들 하지 말고 그냥 돌아가시우."

보다 못한 어머니가 손사래를 치며 나섰다.

이제 선생도 상황이 어떻게 돌아가는지 파악한 모양으로 낯빛이 급격히 어두워졌다. 세간에 알려진 대로라면 이쯤에서 각시탈이 제자리에서 도약하여 화려한 공중제비로써 지붕 너머로 사라지고 그저 호탕한 웃음소리만이 울려 퍼져 잠시나마 이곳에 쾌걸이 머물렀음을 증명할 차례였다. 과연 순사들도 저들끼리 눈빛을 교환하여 장차 일어날 일에 만전을 기했다.

　선생은 그러나 금세 평정을 되찾고는 침착하게 말했다.
　"어르신, 금방 다녀올 테니 들어가서 쉬고 계십시오. 아무 일도
없을 겁니다."
　하며 어머니에게 억지웃음을 지어 보인 뒤 순순히 순사들을 따
라나서지 않았을까.
　순사들도 얼떨떨한 표정이 되어 주춤거리며 대문을 나갔다. 다
시 긴 행렬이 파출소로 출발했다.
　잠잠해진 뒤에 누님과 어머니가 나를 세워 놓고 잔소리를 해
댔으나 나는 딱히 대꾸할 말이 없었다. 머릿속이 하얗게 되어 아
무 생각도 떠오르지 않았다.

　　8

　어제와 그제는 학교를 쉬었다. 곧 권총을 찬 순사들이 집에 들
이닥쳐 모두를 연행해 갈 것이므로 학업이란 게 퍽 부질없어졌
거니와 그전까지는 식구들과 남은 시간을 보내고 싶어서였다. 그
러나 이러한 사정을 아는 것은 나뿐이고 식구들은 평소와 다를
바 없는 하루를 보냈으니 결국 나는 식구들과 오붓이 보낸 시간
보다 홀로 불안과 초조에 시달리며 보낸 시간이 더 많게 되었다.
　나는 낮 동안에는 신문을 읽거나 대청에 드러누워 구름의 형

태가 꾸물거리며 변하는 것을 관찰했다. 그러다 대문의 돌쩌귀가 찌꺽찌꺽 마찰음을 내면 얼른 문간으로 고개를 돌리곤 했다. 식구들 외에 간혹 달걀 장수 노파나 칼갈이 사내가 기웃거리는 경우도 있었으나 대개는 그저 바람 때문에 난 소리였다. 제복 차림의 순사들이 등장할 차례는 좀처럼 돌아오지 않았다.

청승 떨지 말고 학교에나 갈걸 그랬다는 생각은 이틀째인 토요일 저녁에야 비로소 들었다. 그것은 아마 현호와 태화가 각각 나를 만나러 왔기 때문일 것이다.

고작 이틀 빠졌을 뿐인데도 현호는 모르는 소식을 잔뜩 가져왔다. 물론 익히 아는 소식도 가져왔겠지.

"예서 지내던 선생이 잡혀갔다며?"

"응. 그렇게 됐다."

"진짜 각시탈 맞대?"

"글쎄, 아직은 조사 중이니까."

"그래? 범인 잡았다는 얘기가 들리는 거 보면 조사도 이제 다 끝났나 보던데."

"그렇군."

달리 무얼 기대한 것도 아니었건만 왜인지 한숨이 나왔다.

"그런데 말이야."

현호가 말했다.

"제보한 게 너라며?"

"하려고 한 건 아니고, 어쩌다 보니 그렇게 됐다."

"하여튼 그것 때문에 애들 사이에 뒷말이 조금 나오더구나."

"뒷말이라니?"

이 와중에도 나는 내가 시내 한복판에서 울었다는 소문이 퍼졌을까 봐 전전긍긍했다. 다행히 그런 건 아니었다.

"그…… 간단히 말하면 포상금이 오를 때까지 기다렸다 신고한 게 아닌가 하는……."

포상? 누구는 지금 사느냐 죽느냐의 기로에서 처분만을 기다리고 있는데 속 편한 소리들이나 주고받고 있었군. 나는 귀중한 시간을 할애하여 호현에게 내가 처한 상황을 설명했다. 호현은 눈을 깜박이고 혀를 날름거리며 내가 하는 말에 집중했다. 이야기가 끝나자 녀석은 더는 내게 용무가 없는지 — 애초에 이 때문에 찾아온 것인지 — 오래지 않아 돌아갔다. 보나마나 또 입이 근질거리는 게다. 아무리 그래도 바로잡아진 소식은 월요일에나 퍼질 터, 그때쯤이면 나는 이미……

그런데 귀가 얇아서인지는 몰라도 어째 낙관적인 전망이 자꾸만 고개를 드는 것이었다. 아무리 독립투사에게 숙식을 제공하고 원만히 생활했다지만 그것은 정체를 모르던 때의 사정이니 참작할 여지가 충분하고 무엇보다 결정적인 제보를 한 공로를 무시할 수 없으니 처벌은커녕 포상을 기대해도 좋지 않은가 하는 낙관 말이다.

그렇다고는 해도 선생을 데려온 게 형님이라는 사실이 알려지면 위의 희망은 없었던 일이 될 것이다. 그런데 과연 선생이 그런 것까지 자백할까? 자신에게 아무 도움도 안 되는데 굳이 그런 무도한 짓을 할까?

하지만 나에 대한 원한이 깊다면 충분히 그럴 수도 있겠다. 약조를 배반하고 적들에게 팔아넘긴 대가를 결코 가벼이 여기면 안 될 것이다.

이처럼 천국과 지옥의 극단을 몇 번씩 오가는 중에도 시간은 흘러 어느새 구름이 붉게 물들고 건넛산엔 그림자가 드리웠다.

그 무렵에 태화가 찾아왔다.

"포크댄스 시간에 나만 짝이 없었어."

라면서도 힐끔힐끔 내 기분을 살피는 걸 보면 태화도 나에 대한 소문을 들은 모양이었다.

나로 말하자면 포크댄스 수업에 대해서는 까맣게 잊고 있었다. 지금 나에게 포크댄스란 심히 먼 과거의 이야기가 되었다. 때문에 태화를 보면서도 전혀 그런 쪽으로는 떠올리지 못하고 다만 나를 걱정하는 마음에 만나러 왔을 줄로만 짐작한 것이다.

"미……미안."

"뭐야아."

태화가 내 얼굴을 빤히 쳐다보다가 한쪽 입꼬리를 슬쩍 올렸다.

"그래도 내주엔 나올 거지?"

"내주?"

"내주가 우리 마지막 수업이잖아."

석 달간의 연습을 마치면 마지막 시간에는 공연을 빙자한 평가가 치러진다. 평가 점수는 성적에 반영된다고 하니 마냥 즐거운 합동 수업만은 아니겠다.

하지만 내 기구한 운명이 어디로 흘러갈지, 내주에 우리가 함께 춤을 출 수 있을지 어떨지 섣불리 장담할 수 없는 노릇이다. 당장만 해도 내 시선은 자꾸만 문간 쪽을 짚고 있지 않은가. 금방이라도 구둣발이 쳐들어올 것만 같다.

때문에 나는 어쩔 수 없이 약간 머뭇거리는 모습을 보이고 말았다.

"어, 그게……."

"왜, 못 나와?"

"저기, 손태화."

"으응?"

"어쩌면 못 나갈지도 몰라. 그러니까 태화 너는…… 지금이라도 다른 짝을 구하는 게 좋을 것 같아."

내가 등교를 거르는 것은 동시에 태화에게도 손해를 입히는 것이렷다. 그러니 폐를 끼치지 않으려면 이러는 수밖에 없다. 머리로는 알면서도 차마 입이 떨어지지 않았으나 어쨌든 차분히 할 말을 했다.

"최모연……."

태화가 들릴락 말락 한 목소리로 말했다.

"어쩜 그래?"

"나, 나는……."

"못 나올지도 모른다는 얘기는 일이 잘 풀리면 학교에 나올 수도 있다는 얘기잖아. 그렇지?"

"그야 그렇지만……."

"그럼 기다리라고 말해야지!"

"아니, 그래도……."

"그래, 이럴 게 아니라 우리끼리 포크댄스 연습이나 하자. 마당도 넓은데 잘됐네 뭐."

태화가 내 손을 잡아끌었다. 태화는 콧노래를 흥흥거리며 가곡을 불렀고 나는 반강제로 몸을 움직였다. 부엌에서 석찬을 준비하던 누님도 방에서 인형놀이를 하던 옥희도 어느새 나와서 우리를 구경하고 있었다.

9

남준의 선생은 집을 나선 지 사흘째인 일요일 정오 무렵에 돌아왔다. 우리 식구는 빠짐없이 예배에 참석해 선생이 무사히 풀려나기를 기도했는데 그러는 사이에 텅 빈 집에 돌아온 것이었다.

선생의 귀가를 가장 기뻐한 사람은 우리 꼬맹이였다. 옥희는 깍깍거리고 빙글빙글 춤을 추다가 맨발로 달려가 끌어안고 뺨을 부비며 자기 느끼는 바를 고스란히 표출했다. 하지만 나 또한 그에 못지않게 선생을 반기지 않았을지.

나는 선생이 우리를 구원하지 못할 바에야 차라리 혀를 물고 자결해 주기를 바랐다. 밀고한 것으로도 모자라 너무 큰 기대를 하는군. 내게 양심이란 것이 남았다면 그렇게 조소했겠지.

그런데 선생은 무슨 농간을 부렸는지 무사히 풀려난 것이다. 정말로 기도가 통한 것인가?

"왜 이리 늦어요?"

옥희가 선생의 볼을 꼬집으며 물었다.

"으응, 얘기가 좀 길어졌지. 옥희는 선생님 보고 싶었누?"

"아니!"

하고 대답하더니 다시 까르르 자지러진다.

"자세히 좀 말해 보게. 그래, 뭐라데?"

이번엔 어머니가 물었다.

"어데 자그마한 꼬투리라도 잡아보려고 시시콜콜 묻길래 저야 물론 떳떳한지라 꾸밈없이 대답했습니다. 그러다 한번은 무영 군과 어려서부터 막역하다고 말할 기회가 있었는데 그제야 태도가 확연히 공손해지더군요. 이렇게 또 무영 군 덕을 보았습니다그려."

형님 평계를 댄 건 물론 거짓일 테지만 어쨌거나 어머니는 기분이 좋아 홀홀거리신다. 듣기 좋은 소리만 골라서 하는 것도 재주라면 재주다. 혹시 파출소에서도 간교한 언술로 풀려난 게 아닐까?

"그러고 보니 아직 식사 전이시지요?"

뜬금없지만 내가 물었다. 삼백육십 가지 궁금한 것을 놔두고 그런 걸 우선하여 질문한 건 누님이 귀엣말로 시켰기 때문이다.

선생이 그렇다고 하니 나는 또다시 준비된 대사를 읊어야겠지.

"잘됐군. 누님이 국수나 넉넉히 비벼 주구려. 달걀도 삶고요."

그렇게 우리는 한자리에 모여 앉아 식사를 했다. 선생이 부재한 동안 있었던 일들을 쉴 없이 떠벌리느라 옥희 얼굴에는 국수 가락이 덕지덕지 붙었다. 우리 식구들은 모처럼 환하게 웃었다.

상을 물리고 선생과 내가 단둘이 남으니 어색한 침묵이 감돌았다. 나는 선생이 무사히 돌아와서 다행이라고 다시 한번 말했다. 그런데 선생이 잠깐 머뭇거리더니 웃음기 없는 얼굴로 내게 말하는 것이었다.

"밤에 내 방으로 건너오게. 긴히 할 말이 있네."

이에 나는 정신이 번쩍 들었다. 선생의 무사한 귀가가 의미하는 밝은 측면에 취해 어두운 면에 대해서는 까맣게 잊고 있었던 것이다.

고의였건 아니건 나는 선생을 밀고했다. 선생이 돌아왔다는 것은 이제 나는 죽은 목숨이라는 뜻이기도 했다.

10

결론부터 말하면 나는 살아남았다.

이레 전의 밤처럼 선생은 단정히 앉아 나를 맞았다. 역시 조금 상기된 표정이었다. 나는 선생 앞에 다짜고짜 무릎을 꿇었다.

"제가 오해하는 바람에 선생님께 큰 실수를 저질렀습니다. 어떠한 처분이든 달게 받을 각오가 돼 있습니다."

"얘기가 길어질 테니 편히 앉게."

"어엇, 네……."

내가 주춤거리며 자세를 고치는 동안 선생이 말했다.

"무슨 일이 있었는지 파출소에서 자세히 들었네. 덕분에 몹시

난처하게 됐어."

"거듭 송구할 뿐입니다."

지난 사흘간 밤낮으로 나는 내가 살아남을 수 있을지에 대해 생각했다. 공교롭게도 예배당에서 내가 기도드린 내용이—다른 식구들과는 사뭇 달리—내 남은 수명을 쪼개어 우리 식구들에게 나눠 줄 수 있다면 운운하는 것이었으므로 선생과의 약속 시간이 다가올 즈음에는 내 목숨에 대해 어느 정도 체념한 상태였다. 선생이 내게 죽기를 요구한다면 군소리 보태지 않고 따르마고 스스로 다짐했더랬다. 그렇기에 이어지는 상황을 수월하게 받아들일 수 있었는지 모른다.

"모연 군은 우리 조선이 일제로부터 독립할 거라고 생각하나?"

"네?"

뜻밖의 질문에 나는 허둥댔지만 이내 내 생각을 말했다.

"독립은 필연이지요."

"그렇담 다시 묻지. 조선이 독립된다면 모연 군은 어느 정도나 독립에 기여하리라고 보나?"

맙소사. 선생은 나를 비난하는 것이었다. 독립운동을 돕기는커녕 자신을 일제에 팔아넘겼다는, 에둘렀지만 확실한 비난.

"대답해 보게."

"잘 모르겠습니다."

나는 이미 자포자기의 심정이었다. 선생은 내 대답이 흡족하지 않았는지 화제를 바꾸었다.

"석정명을 죽인 범인이 잡혔다네."

선생이 계속 말했다.

"내가 제보했지. 범인은 석도일이라는 자로 석정명의 동생이야. 목격자가 있다는데도 완강히 버티더니 결국 자백했다는군. 진범임이 확인되어서 내가 풀려난 게야."

"하지만……."

"아직도 내 결백을 의심하는가?"

"그렇담 제가 본 날짜는 그럼 다 무어야요?"

"날짜? 그래, 수첩 얘기로군. 그게 오해의 시작이었지."

선생이 말했다.

"모연 군, 내 이제부터 해서는 안 되는 이야기를 하려 하네. 이대로 떠났다간 내 이름이 다시금 세간에 오르내릴 위험이 있어 차라리 모연 군에게 진실을 밝히는 편이 덜 위험할 거라고 판단해서야. 그러니 자네만 알고 있어야 해. 만약 이 이야기가 어디로든 새어 나가면 군은 죽음을 면치 못할 걸세. 알아들었나?"

내가 얼른 고개를 끄덕였다. 말인즉 당장은 나를 살려 주겠다는 것이니 거절할 이유가 없겠다.

"비밀을 지키리라 믿네."

해서는 안 되는 이야기는 그렇게 시작되었다.

"알다시피 그날 나는 석정명이 살해될 것을 미리 알고 있었네. 그자가 죽는 것을 지켜보는 게 내 임무였거든."

"임무요?"

"흠, 앞으로 백 년쯤 지나면 세상이 어떻게 변해 있을지 짐작이 되는가? 백 층짜리 건물이 세워지고 사람의 일손을 덜어 주는 기계가 만들어진다면 어떨까? 혹은 시간을 거슬러 과거의 특정 시점으로 이동시키는 기술이 개발되었다면 믿지 않으려나?"

나는 하하, 하고 실없이 웃다가 선생의 표정을 보고 그가 농담을 하는 것이 아님을 알았다. 농담이 아니라면 정신이 이상해진 게지. 역시 끌려가서 혹독히 고문을 당했나 보다.

"내가 제정신이 아니라고 생각하겠지. 유감이네만 내가 말하는 것은 전부 사실이야. 나는 미래에서 왔다네. 정확히 언제라고 말하지 않는 것을 이해하게."

"이해합니다."

이 와중에 이해하지 못할 일이란 무에 있겠는가.

"내가 가진 정보란 석정명이 살해된 날짜뿐이어서 그날은 온종일 그자를 따라다니며 감시해야 했네. 몇 주일 전부터 그를 따라다니며 행동반경을 파악해 두었지. 여기저기 잘도 기웃거리더만 기껏 그래 놓고 저택에서 죽을까 봐 어쩌나 마음을 졸였는지 몰라. 어쨌든 죽는 순간에는 놓치지 않고 제대로 보았으니 임무를 절반은 완수한 셈이네. 이제 남은 일이라고는 탈 없이 돌아가는 일뿐이지."

"저, 선생님. 누가 석정명을 죽였는지가 미래에서 그렇게 중요한 사안입니까?"

"옳지, 그걸 설명해야겠군. 내가 살던 시대에서는 친일했던 자들의 재산을 다시 거두느라 한창이거든. 그 과정에 친일파 후손들과 소송도 하고 있고. 이크, 이런 식으로 알려 주고 싶진 않았네. 하지만 별수 없지. 일제가 패망하고 조선이 식민 지배로부터 해방되는 건 기정사실이야."

"정말입니까? 언제요?"

"그건 말해 줄 수 없어. 정확한 시기는 말해 줄 수 없다고 하지 않았나."

"아, 알겠습니다."

"어쨌든 재산 환수 작업 중에 석정명이라는 인물에 대해 새로운 주장이 제기되었어. 그자는 오랫동안 친일 반민족 행위자로 규정되어 있었는데 사실은 훈장을 받아야 마땅한 영웅이라는 게 후손들의 주장이었네. 친일파 후손들이 재산을 빼앗기지 않으려고 어기대는 게 드문 일은 아니네만 아예 전제부터 부정한 것은 이번이 처음이었어."

선생에 따르면 기록에 남아 있는 것은 다음과 같다.

석정명이 친일을 통해 각종 이권을 득하여 재산을 불렸다는 것. 동생인 석도일은 투전에 중독되어 무시로 형을 찾아가 대신 노름빚 갚아 주기를 요구했다는 것. 그러다 모년 모월 모일에 형제간 다툼이 일어 석도일이 석정명을 죽였다는 것.

그런데 석정명의 후손들은 그 사건의 내막이 알려진 내용과는 정반대라고 주장했다.

석정명이 친일파 행세를 한 것은 독립군에 군자금을 조달할 재산을 모으기 위함이었고, 석도일이 구제불능의 파락호 행세를 한 것은 자금을 건네기 위한 방편이 노름빚이기 때문이라는 것이다. 또한 후손들은 석도일이 단지 누명을 썼을 뿐이라고 확신했다. 그가 감옥에 간 지 보름 만에 시신으로 발견된 것이 그 증거라고 했다. 그들 형제가 독립군에 가담했음을 알고 조용히 처단되었다는 것이었다.

"석도일이 보름 후에 죽는다고요?"

"어…… . 그건 잊어 주게. 말이 헛나왔군."

선생은 난처한 듯 콧등을 긁었다.

"양측이 첨예하게 대립하며 공방을 벌였네만 근거가 부족하기는 피차일반이어서 진상을 파악하기 위해 내가 파견된 것이라네. 그런데 석도일이 자기 형을 죽였다는 게 확인되었으니 군자금 이야기도 허위일 공산이 크지. 돌아가면 내가 작성한 보고서를 토대로 석정명의 재산은 국가에 귀속될 거야. 하지만 내 스스로 경찰에 제보까지 하게 될 줄은 몰랐네. 이 일로 어떤 여파가 있을지 생각하면 두렵군."

"선생님."

내가 물었다.

"시대를 거슬러 옮겨 다닐 수 있다면 여기서 복잡하게 이러실 것 없이 소위 을사년의 오적이라는 자들을 미리 처단하면 될 일 아닙니까? 아예 나라를 빼앗기기 전에 손을 쓰시면 되잖아요?"

"그랬다간 미래가 바뀌잖나."

"아무렴요. 좋게 바뀌겠지요."

"그걸 장담할 수 있나? 또 다른 역적이 등장해 나라를 팔아치우지 않을 거라고 확신하느냔 말일세. 어쩌면 백 년이 지나도 해방되지 못할 가능성이 정녕 없다고 말할 수 있는가?"

"설마 여기서 더 나빠지기야 하겠습니까?"

"상황은 얼마든지 끔찍해질 수 있어. 백번 양보해 자네 말대로 조선이 부국강병을 이루어 태평해진다고 하세. 혼사가 오가기도 전에 자네 아버지가 불현듯 멀리 유학을 떠난다면 어떨까? 자네가 태어날 수나 있을까? 요는 어떻게 바뀔지 아무도 모른다는 거야."

선생이 계속 말했다.

"때문에 혹시 모를 재앙을 방지하고자 규약이 제정되었어. 세계만방에는 나처럼 과거를 탐색하는 자들이 있다네. 우리끼리는 서로 '유령'이라고 부르지. 유령들은 단지 관찰하는 것만 허용되네. 역사에 직접 개입하는 것은 금기 중의 금기야. 원래 나타났어야 할 무명의 제보자를 대신해 살인사건의 범인을 제보한 행동이 훗날에는 말썽을 일으킬 수도 있으니. 그러니 돌아가면 나는 징계를 면키 어려울 게야."

"거듭 송구합니다."

내가 주문처럼 되뇌었다.

"너무 마음 쓸 것 없어. 아마 몇 개월 정직을 당할 테고 심해 봤자 감봉일 게야. 여기처럼 감옥에 갇혀 고초를 겪는 일은 없다네."

"그런가요……."

"하지만 입단속은 철저히 해 주게. 내 존재가 이목을 끄는 일이 없어야 해. 벌써 몇 번째 말하는지 모르겠군."

그 밤 이후 선생은 다시 평소처럼 느릿느릿 무사태평한 인간을 연기하다가 기일에 맞추어 원래의 시대로 돌아갔다. 선생은 원체 조용한 사람이었으나 그가 방을 비우고 떠난 뒤로 집 안이 어쩐지 더욱 고요해졌다.

그 뒤로 선생 소식은 들은 바 없다.

11

　나는 태화를 보았고 태화도 나를 보았다. 우리는 키가 엇비슷하므로 시선을 교환하기 위해 고개를 들거나 숙일 필요가 없다. 반 보 간격으로 마주 선 채 우리는 손을 펴고 서로의 손바닥을 맞대었다. 문득 태화가 코를 찡긋거렸는데 그것이 내게는 어떠한 신호처럼 느껴졌다. 하여 나는 무슨 뜻인지 모르면서도 일단은 나도 따라서 찡긋거려 보았다. 입을 꾹 다물고 있던 태화가 피식 미소를 지었다.
　그때 음악이 시작되었다.
　우리는 같은 방향으로 걸음을 내디뎠다. 그러면서 가락에 맞추어 꽁지발로 제자리에서 혼자 돌거나 짝꿍과 팔을 엮고 돌았다. 그런가 하면 두 학급의 학생들이 만들어 낸 원의 부속으로서 원의 크기를 늘리거나 줄이거나 하면서 분주히 돌기도 했다. 춤이라는 것이 돌기만 하는 것은 아니고 미리 정해진 바에 따라 발을 들거나 땅에 딛거나 힘차게 구르거나 우뚝 서는 역할이 있겠고 손도 마찬가지로 손뼉을 치거나 하늘을 향해 손가락을 찌르거나 때때로 내 허리를 짚거나 남의 허리를 감쌌겠지.
　하여간 태화와 나는 숙지한 것들을 제때에 착착 구사했고 마침내 음악이 멎은 운동장에 흙먼지가 피어오를 즈음엔 선선한 아침인데도 제법 땀이 솟았다.

"한 번도 안 틀렸어!"

태화가 폴짝거릴 제 내 손을 꼭 쥐고 놔주지 않는 바람에 나도 덩달아 들썩거렸다.

"지금까지 한 중에 으뜸으로 잘했다, 그치?"

"그래."

"사실은 내 어젯밤부터 긴장이 돼서 잠도 꽤 설쳤는데 모연이 너는 담대하게 잘하더라."

"꼭 그런 건 아니고 나도 중간에 몇 군데 틀리긴 했다."

"그러니? 나는 정신이 없어서 어떻게 끝났는지도 몰라. 그래도 우리 잘했지, 응?"

"그래."

태화가 다시금 폴짝거렸고 나도 또한 들썩거렸다.

둘러보니 운동장 여기저기서 우리처럼 감격해 마지않는 학우들이 눈에 띄었다. 선생님도 다른 때 같으면 칼같이 집합시키던 분인데 합동 수업 마지막 시간인 만큼 우리에게 자유 시간을 주려는 겐지 모르는 척 소도구를 정리하고 있었다.

"저, 최모연."

태화가 내 곁으로 다가붙었다. 우리는 여전히 손을 놓지 않고 있었다.

"그럼 이제 우리……."

태화의 도톰한 뺨이 발그스름해진 것을 보며 나는 태화를 힘껏 끌어안고 싶었지만 한편으로는 어쩐지 장난기가 발동하는 것이었다.

"음, 앞으로 수업 때 만날 일은 없겠군. 교정에서 마주치면 또 모를까."

나는 먼산바라기처럼 엉뚱한 데를 향해 서서 짐짓 차가운 말투로 중얼거렸다. 그런 뒤에 슬쩍 곁눈질하니 태화는 퍽 당황한 듯 눈을 깜박이고 있었다.

내가 한마디 더 보탰다.

"그런데 이제 곧 방학이기도 하구."

"에엣……."

태화가 숫제 울상이 되었으매 골리는 건 이쯤에서 멈춰야겠지. 나는 다급히 태화의 손을 잡아끌었고 우리는 다시 정면으로 마주 섰다.

"그러니까 그 전에 손태화랑 폭죽놀이라도 해야겠다."

"어…… 응?"

"싫음 말구."

"시, 싫긴 누가 싫다구."

우리는 서로를 바라보며 빙그레 웃었다.

"자, 이제 모여라! 각급 인원들은 지금 즉시 이열 종대로 서도록!"

때마침 선생님이 호령했고 태화와 나는 각자의 자리로 돌아갔다.

어색하고 간질간질했던 합동 포크댄스 수업은 이렇듯 순조로이 마무리되었다. 하지만 정녕코 끝났다고 할 수 있을까? 여전히 현악기의 음률이 머릿속에 흐르고 짝꿍의 온기는 내 손을 감싸

고 있는데, 어쩌면 보이지 않는 거대한 원의 부속으로서 우리의
춤은 오래도록 계속되는 게 아닐까? 지금도 다들 춤을 추고 있는
게 아닐까?

그때 나는 어쩐지 형님의 얼굴을 떠올렸다.

12

시간 순서가 약간 뒤죽박죽인데, 선생은 마지막 포크댄스 수업
에 앞서 우리를 떠났다. 그가 떠난 주말에 나는 형님에게 도움을
청했다. 방을 다시 합쳐야 하는데 손이 모자란다는 명목이었으나
사실은 형님과 이야기를 나누고 싶어서 부른 것이었다. 장지문을
떼어 내니 딱히 더 할 일이 없었으므로 우리는 선생이 머물던 자
리에 마주 앉아 냉차를 마셨다.

"형님께서 반대하셨다고 들었어요."

내가 짐짓 목소리를 낮추어 말했다.

"솔직히 저는 약간 관심이 동했지만요."

"그러냐?"

형님이 말했다.

"하지만 그게 내 진심이다. 너뿐 아니라 누구에게도 권하고 싶
지 않아."

선생이 내게 비밀을 털어놓은 밤에 미래사에 대해서도 들었더
랬다.

형님이 다니는 미래사라는 곳은 미래에서 온 자들이 현재를 사는 자들과 결탁하여 세운 회사이다. 이곳에서는 소위 '중계기'라는 것을 관리하는데 이게 망가지거나 분실되거나 하여간 제대로 작동하지 않으면 시간을 잇는 통로가 막힌다지. 입구는 있는데 출구가 사라지는 격이란다. 이와 관련한 말썽이 과거 몇 차례 있었는데 복구하는 것이 아주 고역이었다고.

미래사에서는 또한 유령들이 원활히 활동할 수 있도록 지원하는 일을 한다. 이번에 선생이 왔을 때 가짜 신분을 만들고 묵을 곳을 제공한 것처럼 말이다. 그러나 유령이 실제로 방문하는 것은 이삼십 년에 한 번 있을까 말까 하는 일이라 형님 말대로 평소에는 적당히 궁둥이를 비비고 있는 것만으로 다달이 월급이 나오는 편한 직장인 셈이다.

다만 직원들은 결코 회사의 실체를 들켜서는 안 된다. 결국 미래사 직원들의 일상 업무는 엄폐라고 하겠다.

"정체를 숨기려는 것치고는 회사 이름이 퍽 노골적이에요."

내가 지적하자 선생은 어깨를 으쓱거렸다.

"미래사 정도면 그래도 낫지 않은가. 미륵사였던 적도 있다네. 그때는 회사가 아니라 산사였지만서도."

"악취미가 따로 없군요."

"그래서, 어떤가?"

선생이 임무니 뭐니 하는 것들을 상세히 설명해 준 것은 단순히 나를 믿어서가 아니었다. 내게 미래사에서 일하지 않겠느냐고 제안하려는 술책이 기다리고 있었다. 비밀을 털어놓은 데 따른

부담을 최소화하려는 것이겠지. 하지만 그러느라 더 큰 비밀까지 지레 털어놓았으니 미래인의 지능도 알 만하다.

선생이 말했다.

"자랑하는 것 같지만 실제로 아주 조건이 좋다네."

내가 말했다.

"어쨌든 중학교는 졸업하고 가는 게 좋지 않겠어요?"

"그래, 나도 당장 와 달라는 건 아닐세. 어차피 와서 할 일도 없는데, 무얼."

"그럼 졸업할 때까지 찬찬히 생각을 해 보지요."

"그래……. 미리 이르건대 자네 형님은 썩 달가워하지 않더군. 그래도 중요한 것은 자네 의견이니까."

나는 형님이 반대한 이유가 궁금했지만 선생은 자기도 잘 모르겠다고 했다. 이에 형님과 직접 상의하려는 것이다.

"모연아. 미래사에 다닌다는 것은 말이다."

형님이 말했다.

"무엇보다 회사를 먼저 생각해야 한다는 것을 의미한다. 그러니까 나 자신이나 가족보다도 회사가 우선이라는 거야. 그러기 위해서는 결국 우리 스스로가 유령이 되어야 해."

"……유령?"

"음, 유령에 대해서는 못 들었니?"

"들었어요. 하면 형님께서도 직접 과거로 다니신다는 거예요?"

형님이 손사래를 쳤다.

"아니, 아니다. 그보다 더 끔찍하지. 그들은 자기들 시대에서는 평범한 사람이잖냐. 우리는 이곳에서 아무것도 할 수 없는 신세라는 얘기야. 역사의 볼모인 셈이지."

아무것도 할 수 없는 신세. 그 말은 즉각 내 오래된 기억을 소환했나니.

우리 매형은 인격자였다. 아내와 오붓이 보낼 시간을 쪼개어 나어린 소년의 놀이 상대가 되어 준 것만 봐도 그러하다. 나 또한 무뚝뚝한 형님보다는 다정한 매형에게 매달렸음은 말할 것도 없다. 누님은 옥희가 선생을 따르는 것을 보면 나 어렸을 적이 생각났다고 한다.

매형은 노상강도에게 습격을 당해 죽었다. 옥희가 태어나기 한 달 전의 일이다.

강도가 달아나고 오래지 않아 거리를 돌던 순사가 매형을 발견했다. 그러나 그는 출혈하는 부상자를 방치한 채로 강도를 쫓기에 급급했다. 결국 길고 긴 추격 끝에 안개 자욱한 골목 끄트머리에서 강도를 체포했으나 매형은 살아나지 못했다. 강도가 매형을 칼로 찌르고 빼앗은 것이란 고작 과일 세 알이 든 종이봉투였다지.

청천벽력의 비보를 들은 누님이 그대로 혼절하는 바람에 혹시라도 뭐가 잘못되는 건 아닐지 다들 염려했었다. 우려와 달리 튼튼한 아이가 태어났으니 다행이라면 다행일 것이다.

장사를 지내던 날 매형의 친우들은 금방이라도 경찰서를 습격할 태세였다. 찌른 것은 강도를 탓할 계제이건만 순사가 대처만 합당하게 했다면 죽음에 이르지는 않았을 거라며, 그렇게 억울하게 죽었는데도 사과는커녕 얼굴조차 들이밀지 않는다며 마구 분개했다.

"이러지들 말게. 부탁이야."

형님은 그때 그들을 말리고 나섰다.

"이, 이봐, 무영이······."

"왜들 이러나. 이런다고 경선 군이 돌아오는 것두 아닌데."

"보상까지는 알 것 없지만 최소한 사과를 받을 수는 있잖겠나? 이렇게 다 모일 기회가 또 어디 있다고 한 발 빼는가? 겁이 나서 그래? 선두에 서는 게 부담이라면 자네는 뒤로 물러나 있어도 좋아."

"일 없네. 우리는 그저 조용히 애도하고 싶으니 괜히 일을 벌이지 말게."

다들 형님에게 배신이라도 당한 표정들이었다. 누이의 지아비이기 이전에 어려서부터 벗이었던 자가 쓸쓸히 방치된 채로 횡사하였는데 그토록 나약한 모습을 보일 줄 몰랐겠지. 가족인 나조차 형님의 그런 모습이 생경했으니까. 이후 형님은 비겁자 소리를 들었고 몇몇에게서는 절연을 당했다고 한다. 누님도 그 일이 서운했던 모양으로 아직까지 형님과 관계가 소원하다.

"그날 형님은 회사를 지키려는 것이었지요? 매형 돌아가신 다음에 말이에요."

내 말에 형님은 내심 놀란 눈치였으나 이내 수긍했다.

"그래. 그때 나는 차마 행동에 나서지 못했어. 미래를, 아니 고작 회사 하나를 지킨답시고 현재를 외면했지. 말하자면 나는 이곳에 속하는 인간이 아니었던 게야. 그 점을 깨닫자 점점 더 아무엇도 할 수 없게 되더구나. 무슨 일에 직면하든 내 행동이 야기할 일들을 미리 근심하게 됐어. 어느새 내가 유령이 되어 있었던 게야. 한데 소위 유령이란 자들을 실제로 만났더니 그는 도리어 유람객에 가깝잖겠니? 그래 되니 내 꼴이 퍽 우습더군."

"저녁 잡수셔요!"

밖에서 옥희가 외쳤다.

"식사! 식사아!"

"그러니 모연아. 나는 네가 현재를 살았으면 한다. 그건 대단한 특권이야. 역사는 지키는 게 아니라 만들어 가는 거야. 물러서 방관하지 말고 부당한 권력에 맞서서 시위도 하고, 또래 친구와 마음껏 연애도 하고. 언젠가 결혼도 하고 아이도 낳아서 기르고. 무엇보다 모연이 너와 주변의 행복을 위해서 살아가길 바란다. 응, 그게 좋아."

영차, 형님이 무릎을 짚고 몸을 일으켰다.

나도 곧 형님을 따라 일어섰다.

우리가 방에서 나오는 동안 옥희는 석양이 진 마당에서 엉덩이를 씰룩거리며 춤을 추고 있었다. 얼마 전에 태화와 내가 추던 춤을 흉내 내는 것이었다. 그 어설픈 동작이 몹시도 귀여워 우리 형제는 누가 먼저랄 것도 없이 크게 웃음을 터뜨렸다.

극히 드문
개들만이

제4회 타임리프 공모전 우수작

이나경

내가 처음 옴니선트에 관해 들은 것은 연초의 술자리에서였다.

우리 동아리에서는 매년 초에 —정확히는 1월의 두 번째 주말에— 선배고 후배고 할 것 없이 모여서 술을 마셨다. 누구든 신춘문예에 당선되면 만나서 축하하자는 것이 최초의 취지였다고 하나 그것은 내가 입학하기도 전의 이야기이고 지금은 당선작과 심사평을 헐뜯고 조롱할 뿐인 볼썽사나운 모임으로 변질된 지 오래이다. 어차피 술을 마시기 위한 구실이니 아무려면 어떻겠냐만.

하여간 그런 자리에서 나온 이야기였다.

"정말 들어 본 적도 없어요?"

소개한 사람은 2년 후배인 윤이었다. 녀석은 도무지 글을 쓸 것처럼은 안 생겼고 실제로도 전혀 쓰지 않았다. 그럼에도 동아리 활동은 누구 못지않게 열성적이었으므로 나는 녀석이 우리

중 누군가를 짝사랑하고 있지 않나 하고 의심하고 있었다. 윤이 누굴 좋아하든 아무래도 상관없지만 멍청히 앉아서 게임 얘기나 들을 바에는 차라리 그런 쪽으로 관심이 기울어지는 것이었다.

"난 게임은 별로 흥미 없어서."

"하지만 이게요, 단순한 게임이 아니거든요!"

윤이 목소리를 높였다.

"등단 작가 중에 옴니션트로 소설 쓴다는 사람이 제가 아는 것만 다섯이에요. 이쯤 되면 이건 동아리 차원에서 구입해 줘야 마땅하다는 거죠."

"소설을 쓰다니?"

"제 얘기 하나도 안 들었죠?"

"들었어. 그러니까 나사 출신 아무개가 개발한 앰비셔스라는 게임이 불세출의 걸작인데……."

"옴니션트."

"그래, 그거. 근데 그게 소설을 써 준다고?"

"엄밀히 말하면 소설로 옮겨 쓰는 건 각자의 몫이지만…… 백문이 불여일견이라니 그냥 사서 해 봐요. 3만 원도 안 하는데."

"나 원, 그렇게 안일하게들 하니까 신춘문예가 이 지경이 된 거 아냐."

"와, 내가 진짜 3만 원 때문에 신춘문예가 욕먹을 줄은 몰랐다."

"얼마인지가 문제가 아니야. 소싯적에 오규원 시인이 「프란츠 카프카」라는 시에서 말하기를……."

그 순간 윤이 세라를 힐끔 쳐다보았다. 나는 똑똑히 보았다. 찰

나의 우연이라기에는 충분히 노골적이고 음흉하며 질척거리기
까지 한 시선을.

"아하."

"뭐가요?"

"뭐가?"

"아하, 라면서요."

"아, 그게…… 지금 막 뭔가 알았거든."

"그러니까 뭘를요?"

"넌 몰라도 돼."

"말 안 해 줄 거면 게임이나 사요."

"알았어, 알았어. 앰비언트라고 했지?"

"옴니션트!"

윤은 과장된 몸짓으로 가방을 뒤지더니 내 손바닥에 유성 펜으
로 '옴니션트'라고 적어 주었다. 나는 간지럼을 못 참고 그만 폭
소했다.

뭐, 그렇게 호언장담했건만 나는 사지 않았다. 뿐만 아니라 그
런 일이 있었다는 사실 자체를 잊고 지냈다. 계절이 바뀌고 바뀌
어 마지막 학기가 시작됐을 때 나는 동아리방에 거의 올라가지
않게 되었다. 딱히 바쁜 건 아니었지만 그냥 좀 시들해졌달까, 취
업의 벽을 실감하느라 주눅이 들었달까.

그런 시기에 윤에게서 연락이 왔다.

"어, 오랜만이다."

"누나! 누나!"

"살살 말해도 들려. 웬일이야?"

"옴니션트 안 샀죠?"

"옴니…… 으응, 아직."

"그럴 줄 알았어. 그거 추석 마지막 날까지만 무료니까 당장 사서 해 봐요. 전화 끊자마자 링크 보낼 테니까. 알았죠?"

"야, 이게 그렇게까지 권할 일인가 싶다."

"우리 동아리에서 안 산 사람은 이제 누나밖에 없어요."

"그러고 보니 너 회장 됐다며! 회장이랍시고 회원들한테 게임이나 강매하고 다니는 거야?"

"무료라니깐, 무료."

"너도 참 징하다 징해."

"누가 징하다고요?"

풍문에 따르면 윤과 세라는 교제 두 달여 만에 깔끔하게 결별했다고 한다. 그런데 정작 탈퇴한 건 세라였다. 나는 윤이 왜 동아리에 남아 있는지 이해가 안 됐다.

* * *

"게임의 목적이 뭐야? 뭘 해야 돼?"

"오오, 드디어!"

"방금 켰는데 화면에 지구가 나오더니 빙빙 돌기만 해."

"원래 처음에 세팅할 때는 좀 오래 걸려요. 그런데 그 전에 시대 고르는 거 있지 않았어요?"

"기준점이랑 시작점? 별생각 없이 둘 다 2020년대로 골랐는데…… 잘못했나?"

"아뇨, 잘했어요. 기준점은 실제의 지구를 얼마나 반영할지 설정하는 거예요. 2020년대를 골랐으면 2020년까지의 지구를 반영하는 거고. 시작점은 말 그대로 플레이할 시작점."

"반영한다는 게 무슨 뜻이야?"

수화기 너머로 한숨 소리가 들렸다.

"예를 들어서 기준점으로 1600년대를 골랐다고 해봐요. 그럼 어쨌든 조선은 건국되었고 임진왜란도 발발했다는 얘기예요. 하지만 기준점 이후로는 독자적인 역사가 진행돼요. 일제강점기가 오지 않을 수도 있고, 예상보다 일찍 올 수도 있고."

"고생대를 고르면 아예 인류가 등장하지 않을 수도 있겠네?"

"1세기부터 시작이에요. 처음엔 100년 단위로만 고를 수 있는데 19세기부터 10년 단위로 세밀하게 설정할 수 있어요."

윤이 말했다.

"그런데 누나는 둘 다 2020년대를 골랐으니 지금 우리가 사는 지구랑 다른 점을 못 느낄 거예요. 통계상 이용자의 70퍼센트였나 80퍼센트였나가 2000년대 이후를 선택한대요. 아무래도 그게 리얼하니까."

"흠…… 그래서? 이제 뭘 하면 되는데?"

"일단 지구가 다 돌 때까지 기다려야 해요. 저도 처음에는 로딩만 12시간쯤 걸렸어요."

"그렇게나 오래 걸려?"

"지구 나이 46억 년 따라잡는 데 12시간이면 선방한 거죠."

"1세기부터 시작이라며."

"뭐…… 어쨌든 선방이잖아요. 하나님도 천지창조에 엿새나 걸렸는데."

"알았어. 그래서 이게 뭐하는 게임인데?"

"쉽게 말해 이제 누나는 평행우주의 신이 되는 거예요. 게임 내에서 일어나는 모든 일을 다 알 수 있어요. 그저 현상만 보는 게 아니고 사람들의 생각이나 심리 상태나 꿈 내용 같은 것도 전부 다요. 전혀 어렵지 않고 클릭이랑 드래그만 할 줄 알면 돼요. 그렇게 삼라만상을 다 꿴 채로 뭘 하느냐면…… 어린 백성을 굽어 살피는 거예요."

"어린 백성 누구?"

"아무나요. 이 사람들은 누나가 보든 말든 자기 의지대로 살아가고 있거든요. 이 중에서 누굴 관찰할지는 누나가 정하는 거예요. 아이의 진짜 아빠가 누구인지, 노부부가 조개 요리에서 우연히 발견한 금목걸이가 10년 전에는 누구의 목에 걸려 있었는지, 절름발이 소년이 지갑을 훔친 것과 세계대전이 무슨 관계가 있는지 등등 이야기는 무궁무진하니깐."

"그것 말고는? 또 뭘 할 수 있어?"

"그냥 관찰하는 게 목적인 게임이에요."

"왜, 착한 사람한테는 상을 주고 나쁜 사람한테는 벌을 준다든지……."

"안 돼요. 아무 영향력도 없어요."

"신이라며. 무슨 신이 그러냐."

"신은 원래 그래요. 누나는 신이 인간사에 개입하는 거 본 적 있어요?"

"어…… 에…… 음……."

나는 잠시 말문이 막혔으나 이내 화제를 돌렸다.

"그럼 엔딩은 어떻게 보는데? 레벨은 어떻게 올리고?"

"그런 건 없어요. 그냥 지켜보기만 하는 거예요. 남들은 어떻게 지내나, 무슨 재미난 일이라도 일어나나 하고요. 예전에 세라가 써 온 단편 기억나요? 동물원에 온 네 사람 이야기."

"앗! 그게 여기서 보고 쓴 거야? 나 그거 괜찮게 읽었는데. 디테일이 좋았어."

"살짝 극적으로 각색하긴 했지만 옴니션트에서 힌트를 얻은 거예요. 이제 이해되죠? 잘 몰라도 막상 해 보면 금방 알 거예요."

"그런데 너는 고세라 얘기를 참 아무렇지도 않게 한다."

"응? 아무렇지 않게 안 하면 어떻게 해요?"

"그냥 그렇다고."

내 관할의 지구는 꼬박 하루를 돌아 다음 날 오후 8시에 회전을 멈추었다.

나는 화면이 지시하는 대로 클릭하며 관찰할 범위를 좁혀 갔다. 검색어를 입력해 추천 목록을 띄우는 방법도 있었으나 그러는 대신에 나는 더듬더듬 지구본을 훑으며 내가 사는 동네를 찾아보았다. 현실에서처럼 변두리 동네의 소방서 옆 두 번째 골목의 세 번째 모퉁이에 2층 주택이 나타난다면 거기엔 과연 누가 살고 있을지 궁금했던 것이다. 그 집에서도 나를 닮은 인간이 졸업을 앞두고 전전긍긍하고 있을까? 그 사람도 책상 앞에 앉아 컴퓨터 게임을 서투르게 조작하고 있을까? 그 게임에서 자기네 집을 찾고 있을까?

마침내 내가 소방서를 찾아냈을 때, 이어서 두 번째 골목을 찾아내고, 다시 세 번째 모퉁이에 위치한 붉은 지붕의 2층 주택을 찾아냈을 때, 머리로는 알면서도, 그러니까 2020년의 데이터를 반영한 지구라면 응당 이렇게 생긴 집이 화면에 나타날 줄 알았으면서도, 그야말로 속수무책으로 전율하고 말았다. 우리 집이었다.

나는 허벅지에 땀을 닦은 뒤 신중히 마우스를 움직였다. 기대감인지 두려움인지 모를 묘한 감정이 솟구쳐 심장이 쿵쾅거렸다. 심지어 창밖에서 누군가 내 방을 들여다보는 듯한 기분에 고개를 돌려보기도 했다. 창밖에는 물론 아무도 없었다. 아무도. 아마도.

다시 모니터로 시선을 돌린 나는 이내 안도했다.

우리 집 대문 옆에 엉뚱한 이름이 쓰인 명패가 달려 있기 때문이었다. 난생처음 들어 보는 이름이었다. 왠지 난처한 기분을 느끼며 마당에 들어서자마자 나는 현실 세계와의 차이점을 한 가지 더 발견했다. 평행우주의 우리 집 마당에 개가 있었던 것이다. 나도 한때는 무척 키우고 싶어 했던, 골든리트리버 한 마리가 현관 앞에 웅크린 채 잠들어 있었다.

자연스럽게 나는 이 집에 사는 식구들을 관찰하기로 결정했다. 특히 저 늙은 골든리트리버를.

* * *

   12년 전 식목일에 고등학생 유정인은 집에 강아지 한 마리를 몰래 들였다. 친구네 개가 새끼를 낳았다길래 반쯤 농담으로 한 마리 달라고 했다가 진짜로 얻은 것이었다. 부모님 허락을 받기는커녕 본인 스스로도 전혀 각오가 없던 터라 사양할 생각이었으나 막상 눈앞에서 꼬물거리는 강아지를 보자 도저히 돌려보낼 수 없었다.

   그런데 정인이 모르는 사실이 있다. 부부는 신혼 초에, 즉 정인이 태어나기 전에 잠시간 개를 기른 적이 있다. 초코라고 이름 붙인 갈색 푸들이었다. 초코는 그러나 뭘 잘못 먹은 탓인지 제때 접종하지 않은 탓인지 하여간 원인 모를* 고열을 앓다가 사흘 만에 죽었다. 반년도 살지 못한 것이었다. 이후 부부는 절대로 개를 기르지 않겠다고 결심했다.

   "드릴 말씀이 있는데요……."

   정인이 말을 꺼낸 것은 금요일 저녁이었다. 식사 중에 아들이 안절부절못하는 걸 못 본 체했던 부부는 방에 들어간 아들이 쭈뼛거리며 나와 운을 떼자 내심 긴장했다. 정인이 본론을 꺼내기도 전에 그들의 상상은 최악을 향해 내달리고 있었다. 학교에서 따돌림을 당한다든지, 불량배에게 용돈을 갈취당했다든지, 또래 친구를 임신시켰다든지…….

---

* 그러나 나는 그 원인을 알고 있다.

"강아지 키우고 싶어서요……. 허락만 해 주시면 공부는 더 열심히 할게요."

부부는 서로의 얼굴을 쳐다보았다. 그들은 허탈감에 미소가 지어지려는 걸 억지로 참고 있었다.

"갑자기 웬 강아지 타령이야?"

"친구네 개가 새끼를 낳은 걸 받아왔어요."

"받아왔다고?"

"네. 잠깐만요!"

정인이 자기 방으로 뛰어가더니 잠시 후 강아지를 품에 넣은 채 달뜬 표정으로 조심조심 나왔다.

"그새 잠든 모양이에요. 얘 좀 보세요."

일찍이 부부는 동물을 기르지 않기로 결심했었다. 초코 때 워낙 상심했기에 그 결심을 무너뜨릴 일은 없을 줄 알았다. 그러나 노란 털 뭉치가 꼼지락대는 걸 보자 본심과 다른 말이 튀어나왔다.

"밥은 줬니? 접종은 했고?"

어린 골든리트리버는 그렇게 이 가족의 일원으로 받아들여졌다. 곧 이름도 갖게 되었다.

"보리야."

보리는 그게 자기를 부르는 소리임을 금세 깨우쳤다. 어디서 자기를 찾는 소리가 들릴라치면 꼬리부터 흔들어 댔다. 영리한 아이였다.

어렸을 적에 녀석은 전신거울 앞에서 자기 모습을 유심히 바라보곤 했다. 온몸에 털이 무성하고 엉덩이 쪽에는 꼬리가 있으며,

주둥이가 길고 귀는 축 늘어진, 발 네 개를 모두 써서 걷는 자신을 보았다.

또한 보리는 다른 식구들도 면밀히 관찰했다. 그들은 몸이 위로 길쭉했고 걷는 발과 먹는 발을 구분했으며 날마다 다른 모양의 헝겊을 뒤집어썼다. 꼬리가 없었고 주둥이가 있어야 할 곳은 밋밋해 전반적으로 초라하고 궁상맞아 보이는 외양이었다. 각각 엄마와 아빠와 오빠라고 불리는 그들은 생김새가 조금씩 달랐지만 어쨌든 한 무리처럼 느껴졌다. 반면 보리는 자신이 그들과 근본적으로 다른 존재라고 확신했다.

하지만 엄마와 아빠와 오빠는 보리가 자기네 무리와 다르다는 점을 전혀 개의치 않아 했으므로 보리도 그에 대해 신경 쓰지 않기로 했다.

보리의 몸집이 커짐에 따라 식구들은 마당에 새 집을 장만해 주었다. 그렇다고는 해도 집에 드나들 수 있게끔 현관을 조금씩 열어 놓았으므로 보리는 내키는 대로 돌아다닐 수 있었다. 이 집에 살면서 보리는 행복했다.

오빠가 떠난 건 보리가 세 살이 되던 해였다. 대학에서 기숙사 생활을 하게 되어 떠난 것이었으나 그런 사정을 보리는 알지 못했다. 다만 유난히 길고 진하게 포옹해 주고 나간 오빠가 새 아침이 밝도록 돌아오지 않았다는 것만 알았다. 전에도 하루나 이틀쯤 집을 비운 적이 있긴 하지만 이번에는 영 느낌이 좋지 않았다. 아니나 다를까 며칠이 지나도 오빠는 돌아오지 않았다.

보리는 낮이면 대문 옆에서 오빠가 돌아오기를 기다렸고 밤이면 오빠의 방을 서성거렸다. 날이 갈수록 오빠의 냄새가 희미해지고 있는데 다른 식구들이 아무 일도 없는 듯 지내는 게 의아하고 못마땅했다.

한참이 지나 불쑥 오빠가 돌아왔다. 보리는 대문 밖의 발소리를 듣고 오빠라는 것을 알아차렸다. 오빠다! 오빠 냄새다! 보리가 세차게 꼬리를 흔들며 오빠의 주위를 빙글빙글 맴돌았다.

더운 날에 돌아온 오빠는 얼마간 머물다가 날이 선선해지자 다시 떠났다. 이번에도 보리를 유난스럽게 안아 주었고, 그에 따라 보리도 어느 정도 이별을 각오했다. 전처럼 무방비가 아니었다. 이제는 기다리면 돌아올 거라는 믿음이 생겼다.

날이 추워지니 오빠가 다시 돌아왔다. 보리는 이번에도 대문에서부터 오빠를 반겼다. 짐을 한가득 가져온 오빠는 이번엔 추위가 채 가시기도 전에 떠났다. 떠나기 며칠 전부터 조짐이 있었다. 얼굴 위에 달린 털이 눈에 띄게 짧아졌고 웃음기도 덜했다.

떠나던 아침에 오빠는 보리를 끌어안고서 상냥한 음성으로 한참을 설명했다. 보리는 '보리'와 '오빠' 외에 '기다려', '착하게', '엄마 아빠랑' 같은 단어도 드문드문 알아들었다. 중요한 내용은 대체로 이해한 셈이었다. 여느 때처럼 부드러운 손길이 보리의 머리를 어루만졌다.

그것이 마지막이었다. 오빠는 영영 돌아오지 않았다.*

오빠가 죽었으며 따라서 기다려도 소용없다는 사실을 보리가

---

* 훈련소에서는 유정인의 죽음을 자살로 발표했다. 정인의 부모를 포함해 대부분의 사람들은 이를 믿지 않았다.

깨달은 것은 오랜 시간이 흐른 뒤였다.

그에 앞서 보리가 처음으로 죽음에 대해 생각한 것은 일곱 살 때의 가을로, 그날 보리는 아빠가 쓰러지는 것을 목격했다.

쉰여섯 번째 생일을 한 달여 앞둔 유장환은 그날 아침에 눈을 떴을 때부터 이상을 느꼈다. 개천절이라 평소보다 늦게까지 잠을 잤는데도 개운하다는 느낌은커녕 몸이 무겁다는 느낌이 들었다. 침대에서 나올 적에는 송곳으로 찌르는 듯한 두통에 잠시 비틀 거리기도 했다.

영양제 한 줌을 입에 털어 넣고 한 잔 가득 냉수를 들이켠 뒤 어슬렁대던 그는 아내와 맞닥뜨렸다. 그녀는 교회에 가려고 구두를 신은 참이었다. 그가 시비조로 불평을 몇 마디 읊으니 아내는 진력을 내며 나갔다. 마당에 있던 보리가 장환을 대신해 아내를 배웅했다.

장환은 거실 창가에 놔둔 화분으로 눈을 돌렸다. 요사이 그의 최대 관심사는 난초였다. 아끼던 난이 며칠 전에 꽃을 피우기까지 했으니 그야말로 애지중지였다. 근래 바깥 공기가 부쩍 차가워졌는데 행여나 냉기가 스미어 잎이 상하지 않았을지 난엽을 슬쩍 건드려 보기도 했다. 그렇게 한다고 뭘 알아낼 수 있는 건 아니지만.

통유리 너머로 보리가 고무공을 물어뜯으며 노는 게 보였다. 장환은 화분을 닦는 틈틈이 보리를 내려다보았다. 녀석도 시선을 느꼈는지 이따금 고개를 들어 장환을 쳐다보았다.

그는 재차 강한 두통을 느꼈다. 그 자신은 카페인 부족을 탓하며 대수롭지 않게 여겼으나 기실 그것은 그를 영원히 침몰시킬 뇌졸중의 전조였다.

장환은 손가락으로 관자놀이를 꾹꾹 눌렀다. 그러다 문득 아들을 떠올렸다.

허무하게 아들을 잃은 탓에, 슬프기도 했지만 지난날에 그는 무엇보다 화를 많이 냈었다. 한동안 술도 많이 마셨고 그 바람에 아내와도 소원해졌다. 그런 세월이 쌓이다 보니 이제는 짜증이 나고 울화가 치밀 때면 도리어 아들 생각이 간절해졌다. 슬플 때는…… 모르겠다. 오로지 슬프기만 했던 적이 있었던가.

장환은 부정한 생각을 떨치려는 듯 몸을 일으켰다. 그러나 이내 중심을 잃고 쓰러졌다. 의식을 잃기 전에 그가 마지막으로 본 것은 아끼던 화분이 박살나고 난초가 짓뭉개지는 풍경이었다.

우당탕 소리가 들리자 보리는 반사적으로 등을 곧추세웠다. 소리가 난 곳에는 아빠가 누워 있었다. 보리는 아빠에게 무언가 좋지 않은 일이 일어났음을 직감했다. 하여 계단 위로 잽싸게 달려간 것까지는 좋았으나 얄궂게도 현관이 굳게 닫혀 있었다.* 뭉툭한 발로는 아무리 긁어도 꿈쩍하지 않았다. 컹컹! 보리가 다급히 아빠를 불렀다. 컹컹컹!

점심쯤 엄마가 돌아와 사태를 파악하고는 정신없이 대처했다. 요란한 소리와 함께 들이닥친 몇몇 무리가 아빠를 어디론가 실어 갔고 엄마도 그들을 뒤따라갔다.

---

* 이는 유장환의 실책이었다. 최근 장환은 보리가 난초를 망칠 것을 우려해 현관을 잠가 놓곤 했다.

한바탕 광풍이 휘몰아친 뒤 보리는 집에 홀로 남겨졌다.

시간이 더디 갔다. 노을이 지고 어둠이 내리도록 식구들은 돌아오지 않았다. 보리는 아빠의 마지막 모습을 기억했다. 단순히 발을 헛디뎌 넘어진 것과는 달랐다. 아빠가 있던 자리에는 아빠 모양을 한 껍데기가 축 늘어져 있을 뿐이었다. 그 속을 채우고 있던 알맹이는 사라지고 없었다.

아빠가 떠난 것이다.

불현듯 아빠를 다시 보지 못하리라는 예감이 보리의 뇌리를 강타했다. 아니나 다를까 엄마는 이튿날 점심에 헝클어진 몰골로 혼자 돌아왔다. 엄마는 보리의 밥을 챙겨 주는 것도 잊고 방에 틀어박혀 나오지 않았다. 보리는 엄마가 흐느끼는 소리를 들었다. 보리의 눈가도 덩달아 촉촉해졌다.

이후로는 단조로운 나날의 연속이었다.

배은실과 보리는 넓은 집에 둘만 있는 게 더 이상 어색하거나 쓸쓸하지 않았다. 다만 은실이 낮 동안 교회에 나가고 장을 보며 문화센터를 다니는 등 집을 비우는 때가 잦은 반면 보리는 은실이 산책을 데려갈 때나 드물게 바깥 구경을 하곤 했다.

한때 보리는 혼자서도 잘 노는 아이였으나 이제는 노는 것도 귀찮아져 햇볕에 데워진 돌바닥에 배를 깔고 엎드려 하릴없이 눈알만 굴리는 시간이 늘었다. 그러고 있노라면 줄무늬 고양이가 담장을 타고 넘어오거나 참새가 마당에 내려앉거나 하며 심심치 않게 해 주었다. 설령 손님이 없더라도 외롭거나 쓸쓸하지 않았다.

날이 어두워지면 엄마는 곧 돌아왔다. 이 집에 둘만 남은 이래로 이를 어긴 적은 한 차례도 없었다.

어느덧 은실은 쉰일곱 살이 되었고 보리는 열세 살이 되었다. 둘은, 둘이기에, 오래오래 행복하게 살았다.

그렇게 끝나는 이야기일 거라고 생각했다.

* * *

누군가의 12년간의 삶을 훔쳐보는 동안 내 시간은 한 달이 훌쩍 넘게 흘렀다. 그렇다고 내내 모니터만 들여다본 건 아니었다. 취업지원센터에서 채용 정보를 모았고 자기소개서를 끝없이 수정했고 여기저기 서류를 제출했다. 서너 번 정도 면접관 앞에 서기도 했다. 비슷한 처지의 친구들과 차도 마시고 술도 마셨다. 새벽에 잠들어 점심에 깨는 날이 많아졌다. 시간이 갈수록 초조해졌다. 그래야 마땅했다.

마지막 학기가 그렇게 저물었다.

연말부터 나는 옴니션트를 하는 시간을 대폭 줄였다. 가상의 평화로운 노년을 지켜보는 일이 내게 위안이 되기보다는 고역으로 느껴졌기 때문이었다. 급기야 새해가 되어서는 실행조차 하지 않게 되었다.

올해 새해 모임은 윤의 송별회이기도 했다. 보름 뒤에 동기 몇 명과 함께 입대한다고 했다. 나는 반쯤 강제로 모임에 불려 나갔다. 겨우 몇 시간 지각했을 뿐인데 졸업생과 재학생과 기타 등등이 이미 거나하게 취해 있었다.

"이번에 소설 안 냈어요?"

윤이 나를 보자마자 다짜고짜 물었다. 그는 얼굴이 빨갰지만 혀가 꼬일 만큼 취하지는 않았다.

"쓰지도 않았어."

"어, 옴니션트 하는 거 아니었어요?"

"내가 본 얘기가 소설로 쓸 만한 건 아니더라고."

"무슨 얘기였길래……."

"훈련소에서 죽은 남자 얘기. 너도 조심해. 세상에 그런 개죽음이 없더라."

"갑자기 저한테 왜 이러시는……."

"무사히 다녀오라는 얘기야."

보름 뒤 윤은 입대했다. 취업 문턱을 넘지 못한 나는 궁여지책으로 졸업 유예를 선택했다.

이후로도 내 생활은 별반 달라지지 않았다. 졸업 유예란 말 그대로 유예일 뿐이어서 백수가 되기까지 기껏해야 한두 학기쯤 늦춘 것에 불과했다. 서글픈 와중에도 나는 스펙을 쌓고자 동분서주했다.

내가 옴니션트에 재차 관심을 갖기까지 계절이 두 번 바뀌었다.

여름밤 토익 학원에서 돌아오던 버스 맨 뒷좌석에서 나는 배은실과 보리의 안부가 갑자기 궁금해졌다. 가끔 그렇게 그들이 보고 싶을 때가 있었지만 그날은 유난히 그게 심했다. 모처럼 메일함을 정리하던 중에 눈에 띄는 메일이 있었던 것이다.

제목부터 심금을 울렸다.

보리 님이 기다리고 있어요.

보리, 양순한 반려견. 나는 강렬한 그리움을 느끼며 홀린 듯이 메일을 열어 보았다. 물론 보리가 보낸 건 아니었다. 거기에는 나의 부재를 걱정하는 길고 의례적인 문구와 함께 '지난 60일 동안'이라고 쓰인, 옴니션트의 모바일 홈페이지로 연결되는 링크가 있었다.

링크를 따라가 로그인하니 영상 두 개가 내 계정에 등록돼 있었다. 내가 설정한 인물들의 최근 두 달간의 행적을 녹화한 것이었다. 그러고 보니 윤이 해 준 설명이 기억났다.

"일단 게임을 시작하면 기준점을 리셋하지 않는 한 중단할 수 없어요. 세계 일주를 떠난다든지, 군에 입대한다든지, 감옥에 갇힌다든지…… 아무튼 도저히 컴퓨터 앞에 앉을 수 없게 돼도 그러거나 말거나 게임 속 시간은 계속 흐른단 얘기예요."

기본적으로 미접속시 게임에서 흐르는 시간은 실제 시간보다 열 배인지 열두 배인지가 빠르다고 했었다. 그러면서 윤은 덧붙였다.

"실제 플레이와 별개로 60일 치의 영상이 계정에 자동으로 저장돼요. 말하자면 블랙박스 같은 건데요, 단순한 동영상이라서 실제 게임을 조작하듯이 화면 각도를 바꾸거나 생각을 확인하는 건 안 돼요. 휴대폰으로 보는 것만도 감지덕지해야죠."

"바쁘면 안 하는 거지 뭘 감지덕지씩이나 하면서……."

그렇게 콧방귀를 뀌었건만 그날 나는 자투리 시간에 그들을 만날 수 있다는 데 그야말로 감지덕지하고 말았으니, 이 사실을 윤이 알았으면 지탄을 면치 못했을 것이다.

영상은 은실과 보리를 각각 관찰한 것이었다. 일찍이 나는 이 집 식구들을 모두 관심 인물로 지정했었다. 두 남자가 살아 있었다면 그들을 관찰한 영상도 존재했을 것이다.

집까지는 아직 열 정류장쯤 더 가야 했으므로 고민할 것 없이 보리의 영상을 재생했다.

날이 밝자 현관 앞에 웅크린 보리 모습이 나타났다. 그 자세로 꼼짝하지 않고 시간을 보내던 보리는 점심 무렵에 은실이 외출할 때만 잠깐 주둥이를 쳐들었을 뿐 다시 무기력하게 시간을 보냈다. 그렇게 날이 저물었다.

날이 밝았다. 보리가 현관 앞에 웅크려 있었다. 그대로 가만히 시간을 보내던 보리는 그림자가 짧아질 즈음 은실이 집을 나설 때 잠깐 주둥이를 쳐들어 관심을 보였다. 그런 뒤에 다시 원래대로 잠을 청했다. 그렇게 날이 어두워졌다.

날이 밝았다. 보리는 웅크려 있었다. 현관 앞이었다. 은실이 현관을 나와 대문으로 나갈 동안만 짧게 생기를 보였고 나머지 시간에는 만사 의욕 없는 모습으로 늘어져 있었다. 이윽고 주위가 캄캄해졌다. 하루가 또 저문 것이다.

"뭐야……."

60일 내내 그런 식이었다. 보리의 생활은 내가 예상한 것보다 훨씬 더 단순해져 있었다. 일상이 너무나 비슷해 숫제 하루가 반복되고 있다는 착각이 들 정도였다. 버스는 어느새 소방서 앞 정류장에 도착했다. 나는 골목을 걸으며 생각했다. 이제 보리는 노쇠한 거야. 어쩌면 병을 앓고 있는지도 모르지.

대문을 들어서다가 나는 영상에서 느낀 위화감의 정체를 깨달았다. 매일 점심마다 외출했던 은실이 다시 이 대문을 통과해 들어오는 걸 한 번도 보지 못했던 것이다. 돌아온 적이 없는데 어떻게 다음 날 버젓이 외출했을까? 더구나 전날 입었던 것과 똑같은 차림으로 말이다.

* * *

"엄마 금방 나갔다 올게. 집 잘 지키고 있어."

보리가 눈을 떴다.

엄마는 어제와 똑같은 차림이었다. 즉 오늘도 어제와 같은 날이라는 뜻이었다.

오래전부터 보리는 하루가 반복되고 있다는 사실을 알고 있었다. 왜 그런지는 몰랐다. 다만 분명한 것은 보리가 눈치채기 훨씬 전부터 하루가 반복되었으며 눈치채고 나서도 여전히 되풀이되고 있다는 것뿐이었다.

이변을 감지한 계기는 단순했다. 무심코 쳐다본 밥그릇 때문이었다. 기억하기로는 전날 밤에 밥그릇을 싹싹 비웠는데 아침에 눈을 뜨니 다시 사료가 채워져 있었던 것이다. 물론 곯아떨어져 있느라 엄마가 밥 주는 걸 못 봤을 수도 있다. 그랬던 적이 전에도 종종 있었으니 심각하게 받아들일 필요가 없는지도 모른다.

실제로 보리는 전혀 대수롭게 여기지 않았었다. 사실 보리는 이런 일들에 더 이상 관심을 기울이지 않게 된 지 오래였다. 주변 일들에 일일이 신경을 쓰고 살기에는 너무 늙어 버렸다. 이제 보리의 일과란 그저 따사로운 데서 명상에 잠겨 있는 게 전부였다. 따라서 밥그릇 따위는 눈여겨보지도 않았었다. 어쩌다 밥그릇에 눈길이 닿았어도, '엄마가 밥 주러 나온 줄도 몰랐네.' 하고 스치듯 생각했을 뿐.

하지만 다음 날에도 사료가 보충돼 있는 걸 봤을 때 보리는 '엄마가 밥 주러 나온 줄도 몰랐네.' 하고 가벼이 넘길 수 없었다. 그러는 대신 '어째서 밥이 있지?' 하고 의문을 품었다.

어째서 밥이 있지?

이로써 보리의 정신은 세속으로 즉각 소환되었다. 의심이 한번 싹을 틔우니 그다음부터는 눈에 보이는 모든 풍경이 수상쩍게 느껴졌다.

엄마가 집을 나서자 잠시 후에 빈집에서 전화벨이 울렸고, 빙빙 맴돌던 잠자리가 날개를 펴고 층계참에 내려앉으면 곧 바깥 골목으로 요란한 차가 지나쳐 갔다. 동시에 고약한 냄새와 함께 하얀 연기가 마당으로 틈입했다. 그림자가 길어질 무렵에는 목청껏 누군가를 부르는 소년의 고함이 들렸으며, 비슷한 시기에 멀리 흉측한 경적 소리도 들렸다. 휘파람 음률과 경쾌한 구둣발이 담장 가까이 다가왔다가 이내 멀어졌다. 어둠이 세상을 뒤덮으면 벌레들이 분주해졌다. 소리가 낮게 깔렸고 냄새는 진해졌다. 스산한 바람이 축축한 흙냄새를 실어 왔다.

새로운 건 하나도 없었다. 모두 익히 아는 것들이었다. 정확히 말하면 하루 전에 고스란히 겪은 일들이었다. 되풀이되는 풍경을 몇 날 며칠 동안 거듭 확인하고서야 보리는 신중히 결론을 내렸다. 하루가 반복되고 있다!

그러나 그러한 사실을 깨달았다고 해서 뭐가 달라지는 건 아니었다. 살면서 처음 있는 일인지라 퍽 기묘하긴 했으나 그냥 그뿐이었다. 보리는 무덤덤하게 받아들였다. 시간이 거슬러 가기 전에도 이미 보리는 비슷한 일과를 답습하고 있었으니까. 오래전부터 하루를 반복하고 있었으니까.

보리는 다시 현관 앞에 웅크린 채로 생각에 잠겼다. 많은 개들이 그러하듯 보리에게도 오래된 의문이 있었다.

나는 왜 사는 걸까?

아빠가 거죽만 남기고 사라진 사건은 크나큰 충격이었다. 이후 보리는 줄곧 죽음을 의식했다.

왜 죽는가?

길고 긴 사색의 결과 보리는 스스로 답을 내렸다. 죽는 것은 태어났기 때문이다. 죽음이 끝이라면 그 시작은 탄생일 것이다. 탄생이 원인이고 죽음은 결과였다. 모든 존재는 죽기 위해 태어나는 것이다. 적어도 보리가 본 바로는 그랬다.

이해가 안 되는 것은 그 중간이었다.

일단 태어난 다음에는 그저 죽음을 기다리기만 할 뿐인가? 딱히 별일 없으면 지금 당장 목숨을 끊어도 되지 않나? 도대체 다들 왜 살고 있는 거지? 무언가 이루어야 하나? 각자 맡은 역할이라도 있는 걸까? 그렇다면 내 역할은 뭐지?

나는 왜 사는 걸까?

보리는 죽음에 대해 골몰한 나머지 생의 목적을 묻기에 이르렀다. 일찍이 많은 반려견들이 이 질문을 던지는 데까지는 도달했다.* 그러나 극히 드문 수의 개들만이 이에 대한 답을 얻었다.

보리도 그중 하나였다.

우연한 기회에 보리에게 터무니없이 많은 시간이 주어졌다. 하루를 살면 하루어치의 시간이 되감겼다. 고장 난 레코드처럼 시간은 같은 자리를 뱅글뱅글 맴돌았다. 이전까지 열두 해를 살았고 덤으로 열두 해쯤 더 살았다.** 하지만 보리는 열세 살에서 조금도 노화하지 않았다.

이렇듯 불멸의 생을 누리게 되었건만 그럼에도 보리는 불멸보다 필멸을 믿는 편이었다. 언젠가는 껍데기만 남기고 사라질 거라는 확신이 있었다. 따라서 보리는 생각하기를 멈추지 않았다. 기존의 의문에 대한 답을 찾으려 애썼다. 도대체 나는 왜 살지? 무엇 때문에?

오랜 묵상에 잠겼던 보리는 마침내 답을 내렸다.

삶이란 우연에 불과하고 목적도 의미도 없다. 다들 그 사실을 인정하기 싫어 일말의 목적이나 의미를 구하려는 것이다. 그러나 제아무리 목적과 의미를 부여한들 그것은 거짓된 것이며 죽음에

---

* 반면 야생의 개들은 먹고 사는 문제가 더 시급했다.

** 나중에 계산해 본바, 보리는 같은 하루를 정확히 5766일간 반복했다.

이르는 동안 고통만 더해질 따름이다. 즉 이미 죽은 자들을 가련히 여길 게 아니라 아직 죽지 못한 우리 자신을 가련히 여겨야 마땅하다.

위와 같은 깨달음을 얻은 밤에 보리는 스스로 머리를 계단에 짓찧음으로써 지난했던 삶을 끝장냈다. 그 어느 때보다 확신에 찬 행동했다. 뜨거운 피가 흐르고 의식이 몽롱해지는 동안 무언가 놓치고 있다는 기분이 들었으나 그것은 착각일 터였다.

"엄마 금방 나갔다 올게. 집 잘 지키고 있어."

보리가 눈을 떴다.

엄마가 코앞에서 환영처럼 어룽거렸다. 엄마는 어제와 똑같은 차림이었다.

죽지 못한 것이다.

아니다. 확실히 죽었었다. 알맹이가 빠져나가는 감각이 아직도 생생했다. 하지만 시간이 되감기는 바람에 죽기 전으로 되돌아온 것이었다.

이어서 보리는 몇 번을 더 자해했고 그럴 때마다 멀쩡한—여전히 늙고 쇠약한—몸으로 부활했다. 이런 식이라면 결코 죽을 수 없다. 그렇다고 사는 것도 아니다. 삶과 죽음 사이의 어느 흐릿한 점에 갇혀 버렸다.

어째서 밥이 있지?

보리는 말도 안 된다고 생각했다. 엄마는 지난밤에 안 들어왔는데 어떻게 여기 밥이 있을 수 있어?

"엄마 금방 나갔다 올게. 집 잘 지키고 있어."

엄마의 뒷모습을 보며 보리는 처음으로 올바른 질문을 던졌다.

엄마는 왜 돌아오지 않는 거지?

그것은 단순한 질문이었으나 오랜 고민을 타개할 궁극의 답이기도 했다.

* * *

모르는 번호로 전화가 왔길래 받아 보니 윤이었다. 나흘짜리 포상휴가를 나왔다고 했다. 내가 밥을 사기로 하고 동아리 후배를 몇 명 더 데려가는 걸로 약속을 잡았는데 어쩌다 보니 둘이서만 보게 되었다.

윤을 보자마자 나는 바짝 깎은 머리를 놀리긴 했지만 사실 별로 어색해 보이지 않았다. 어색해진 것은 따로 있었다. 인상이 조금 날카로워졌고 말투도 웬지 낯설었던 것이다. 대화하는 중에도 윤은 주위를 곁눈질하며 경계를 늦추지 않았다.

"취업한 줄 알았으면 더 비싼 데로 가자고 할걸 그랬어요."

"그럼 넌 내가 백수라고 생각하면서도 밥 사 달라고 전화한 거야?"

"그나저나 남자친구 생겼다면서요?"

"말 돌리긴. 반년 됐어."

"반년이면…… 설마 사내 커플?"

"아냐. 초등학교 동창인데 여차저차해서 만난 거야."

"제일 궁금한 부분을 여차저차라고 하면 어떡해요."

"진짜 별거 없어. 그보다 너는 어때? 이제 1년 남았지? 시간 참 빠르다."

"그런 말 마요. 시간 안 가서 죽겠구먼."

"아."

불현듯 얘깃거리가 떠올랐다.

"시간 얘기하니까 생각났다. 그 게임 말이야. 작년에 얼마간 방치했었거든. 한 반년쯤 쉬었나? 그러다 간만에 다시 해 봤는데 이게 좀 이상해졌더라. 게임 속에서 하루가 계속 반복돼. 원래 안 하면 그렇게 되는 거야?"

"아뇨, 그런 얘기는 처음 들어 보는데…… 지금도 그래요?"

"몰라. 그때 한번 실행했다가 괜히 소름 끼쳐서 다시 안 켜 봤어. 그 뒤로 녹화 영상을 두어 번 보긴 했는데 계속 같은 날이더라고. 무슨 저주받은 영상 보는 줄 알았어."

"별일이네요."

윤도 이에 대해 아는 게 없는 듯했으므로 그 대화는 그걸로 끝났다.

그것 말고도 할 얘기는 많았다. 우리는 지칠 때까지 수다를 떨었다. 윤은 나보다 동아리 근황을 훨씬 잘 알고 있었다. 선후배들의 온갖 소식을 전하던 그는 갑자기 제풀에 진지해져서는 전역 후에도 동아리 활동을 계속할지 모르겠다고 선언했다. 그래도 소설은 한 편 써 볼 생각이라고 덧붙이면서.

"제 옴니션트에서 지금 어마어마한 이야기가 진행 중이거든요."

"무슨 얘긴데?"

"초등학교 동창이랑 여차저차해서 만나는 얘기."

"볼 것도 없이 해피엔딩이네."

"방금 그건 농담이고……. 누나는 혹시 현실의 인물을 게임 속에서 찾았다면 믿겠어요?"

"누구? 나?"

"아니요. 다른 사람."

"다른 사람 누구?"

"음, 다 쓰면 보여 드릴게요."

"미리 말해 두지만 나는 까다로운 독자야."

우리는 시침이 10을 가리키기 전에 헤어졌다. 윤은 이제 곧 취침 시간이라며 연신 하품을 해 댔다.

그래 놓고는 자정이 지나 내게 전화했다. 화장을 지우고 침대에 막 누우려는 참이었다.

"누나! 누나!"

"이거 잠꼬대하는 거면 죽일 거야."

"누나네 컴퓨터, 윈도 버전이 몇이에요?"

"어…… 몰라. 산 이후로 쭉 쓰고 있어."

"언제 샀는데요?"

"나 초등학교 4학년 때."

"으아, 그럼 10년도 넘었잖아! 검색해 봤더니 이게 윈도10 이전 버전에서는 버그가 있을 수 있대요. 그 버그가 뭐냐면……."

"다음 날로 안 넘어가는 거?"

"그런데 이건 패치만 깔면 해결된대요. 홈페이지 자료실에 있을 거예요."

"오, 찾아볼게."

물론 곧바로 그러겠다는 얘기는 아니었다. 나는 전화를 끊고 눈가리개를 한 뒤 잠을 청했다. 그 일이 있고부터 일주일이 지났을 때 패치 생각이 났고, 다시 사흘이 지나서야 홈페이지 자료실을 뒤져 보려는 의욕도 생겼다. 결국 열흘 만에 패치를 할 준비를 마친 것이었다.

결론부터 말하면 내가 패치에 성공하기까지는 그로부터 4년하고도 6개월가량이 더 필요했다. 결코 게을러서가 아니었다. 반대로 아주 성실히 보낸 4년 6개월이었다.

패치하기로 마음먹은 날에 나는 귀갓길 버스에서 옴니션트에 접속했다. 별다른 기대 없이, 그저 마지막으로 녹화 영상을 확인해 볼 셈이었다. 그런데 영상을 재생하고 얼마 지나지 않아 믿기지 않는 장면이 펼쳐졌다. 보리가 집 밖을 홀로 배회하고 있었던 것이다. 항상 무기력하게 엎드려 지내던 보리가.

나는 허둥지둥 날짜를 확인했다. 게임 속 하루는 여전히 반복되고 있었다. 유독 보리만이 정해진 일과를 무시하는 것이었다. 휴대폰 화면에서 노쇠한 골든리트리버는 예순 번의 하루를 다 다르게 보냈다. 도대체 어떻게? 새로운 버그일까?

나는 보리가 은실에게 들키지 않도록 먼발치에서 그녀를 미행하고 있다는 것을 알았다. 하지만 은실은 집을 나와 지하철에 탑승했고 보리의 미행은 모조리 실패로 귀결되었다. 그래도 보리는 포기하지 않았다. 시행착오를 끝없이 되풀이하며 은실의 행방을 찾으려 했다.

이렇듯 보리가 늙은 몸을 이끌고 필사적으로 뛰어다니는 데에는 확고부동한 목적이 있었다. 은실의 목숨을 구하려는 것이었다.

보리가 어떻게 알았는지는 몰라도 배은실은 그날 교통사고로 죽을 운명이었다. 하루가 반복되는 것도 그 때문이었다. 윤은 옴니션트의 버그가 관심 인물이 사망하는 날에 발동된다고 했었다.

나는 보리가 소명을 다할 때까지 패치를 미루기로 했다. 이대로 패치한다면 보리는 엄마가 없는 내일을 맞이할 터, 보리가 불의의 사고로부터 엄마를 구했을 때 그 보상으로 내일을 선사하고 싶었다. 무능한 신으로서 해 줄 수 있는 게 기껏해야 그 정도뿐이었다.

나는 게임 진행 속도를 기존의 10배속에서 1배속으로 조정했다. 즉 현실과 동일하게 시간이 흐르도록 설정했다. 은실이 무사히 돌아와도 하루가 리셋되어 보리의 노력이 허사가 되지 않도록, 보리가 은실을 구하는 게 답이 아니었다고 생각하지 않도록, 매일 자정 전에 녹화 영상을 확인했다.

보리가 임무를 완수하기까지 그러나 1282일이나 걸릴 줄 누가 알았을까.

10배속이었으면 반년도 안 걸렸을 테지만, 보리가 고군분투하는 사이에 나는 직장을 옮겼고 새로운 연애를 시작했고 여차저차 결혼까지 해 버렸다. 이듬해에는 아이도 낳았다. 앙증맞은 요크셔테리어도 한 마리 입양했다. 강아지에게는 싸리라고 이름 붙였다.

한편 보리는 사람들에게 아무 위협도 되지 않았으나 사람들은 보리에게 충분히 위협적이었다. 주인 없는 개가 단독으로 시내를 돌아다니는 것은 상당한 제약이었다. 보리는 안전한 경로를 익히며 조금씩 은실과 가까워졌다. 보리 자신의 역량으로 은실에게 다가간 건 아니고, 정확히는 용무를 마치고 돌아온 은실이 오후 내내 동네를 서성이던 보리의 눈에 띈 것이었다.

어쨌든 보리는 적절한 때에 적절한 곳에서 은실을 발견했다. 그게 대략 1100일째였다. 이때 나는 식구들이 깰 정도로 환호했었다.

그러자마자 ─ 환호가 무색하게도 ─ 태권도장의 노란색 승합차가 흉측한 경적 소리를 내더니* 은실을 들이받았다. 미처 돌아볼 새도 없이 습격을 당한 엄마는 서늘한 포물선을 그리며 허공을 날았다. 보리는 그러한 광경을 180번이나 지켜보았다. 엄마를 구하려는 180번의 시도가 모두 실패했다.

그래도 결국엔 성공했다.

성공하던 날 나는 윤에게 전화를 걸었다.

"성공했어! 보리가 성공했어!"

윤이 물었다.

"우리 딸? 보리 아직도 안 자?"

"뭔 소리야! 보리가 드디어 배은실을 살렸다고!"

---

* 보리가 마당에서 줄곧 들어 왔던 바로 그 경적 소리였다.

* * *

"엄마 금방 나갔다 올게. 집 잘 지키고 있어."

문이 닫히고 엄마의 발소리가 모퉁이를 돌아 멀어졌다. 이어서 행인 하나가 지나갔다.

골목이 안전해질 때까지 기다렸다가 보리는 현관 계단에서 담장을 향해 힘껏 뛰었다. 가뿐히 뛰어넘으면 좋으련만 늘 조금씩 힘이 모자랐다. 담에 매달린 채로 뒷발을 한참 버둥거려야 겨우 넘을 수 있었다. 그래도 이제는 착지하는 데 요령이 생겨 절룩거리지 않게 되었다.

착지에 성공해서도 안심하기엔 일렀다. 보리는 납작 몸을 숙여 주차된 승용차 옆에 붙었다. 잠시 후 남자 두 명이 은신한 보리 곁을 지나갔다. 뒤이어 자전거도 미끄러지듯 지나쳤다. 예전에 저 자전거 때문에 고생한 걸 떠올리면 몸서리가 쳐졌다.

자, 다시 이동할 때가 됐다. 멍하니 있다간 차 주인이 차를 옮기러 올 테니까.

보리는 노련한 솜씨로 누구의 눈에도 띄지 않고 무사히 의류 수거함에 도달했다. 오랜 시간 이곳은 보리에게 안식처가 되어 주었다. 간혹 지나치는 사람들은 보리에게 눈길을 주지 않았으며, 무엇보다 소독차의 경로에서 비껴 있는 점이 좋았다. 보리는 여기 웅크린 채로 얼마간 숨을 골랐다.

그렇다고 방심은 금물이었다. 소독차가 떠난 뒤 들리는 일곱 번째 발소리의 주인은 피해야 했다. 그자는 지팡이를 휘두르며 보리를 위협했다. 보리는 타이밍을 재다가 다시 이동했다.

그렇게 빌라 주차장과 학교 운동장과 아파트 화단 등등 인적이 드문 곳을 전전하니 어느새 해가 기울기 시작했다.

쓰레기봉투를 뒤지던 생쥐가 보리의 기척에 화들짝 놀라 달아났다. 이를 신호로 보리는 사거리를 향해 전속력으로 달렸다. 그보다 앞선 신호에 움직이면 사거리에 도착하기도 전에 사람들에게 가로막혔고, 그보다 뒤의 신호를 보고 움직이면…… 너무 늦었다.

생쥐 신호도 완벽한 건 아니어서, 아무리 힘껏 달려도 제때 도착할 수 없었다. 엄마가 횡단보도를 건너다 변을 당할 때 보리는 그 맞은편에 있었다. 몸을 던져 엄마를 감싸려 해도 꼭 몇 걸음이 모자랐다. 즉 엄마의 임종을 지켜보는 것이 고작이었다.

그날 보리가 엄마를 구한 건 순전히 우연이었다.

사거리에 도달하기 전 언덕에서 보리는 허겁지겁 코너를 돌다가 뭔가를 밟아 미끄러졌다. 늙고 지친 몸이 관성을 못 이겨 차도를 구르던 순간 직선 도로에서 방심하고 있던 승용차 운전자는 불의의 사태에 침착하게 대처하지 못했다. 브레이크를 밟는 대신 핸들을 왼쪽으로 꺾어 버린 것이었다.

승용차는 중앙선을 침범했고 마주 오던 택시와 충돌했다. 입이 거친 두 운전자는 다행히 가벼운 부상만 입었다.

하지만 좁은 도로였던 탓에 체증이 발생해 차량들의 가늘고 긴 행렬이 언덕 아래 사거리까지 이어졌다. 이로 인해 태권도장의 승합차가 속력을 낼 기회는 사전에 차단당했으며 은실 또한 어떠한 위험에도 노출되지 않은 채 무사히 귀가할 수 있었다. 다만 그녀는 뒤따라오는 개를 보고 흠칫 놀랐다가 그게 자신의 반려견임을 알고 한 번 더 놀랐을 뿐이었다.

은실의 손에 이끌려 집에 돌아온 보리는 비로소 긴장이 풀려 탈진했다. 한때 삶의 목적도 의미도 부정했던 보리는 자신이 무엇 때문에 살아왔고 살아가야 하는지를 깨달았다. 스스로 죽음을 맞이하고자 엄마를 구하려 했던 의도는 퇴색했으며 이제는 그 대신 형언할 수 없는 충만감이 차올랐다.

어둠이 물러나 새 아침이 밝았을 때 여전히 시간이 고여 있고 똑같은 하루를 재차 삼차 반복해야 한대도 상관없었다. 오늘 보리는 앞으로도 영원히 엄마를 구하겠노라고 맹세했다. 그러기 위한 삶이었다. 거짓된 목적일지라도 있는 편이 나았다.

보리는 실로 오랜만에 단잠을 이루었다.

반대로 나는 잠을 이루지 못했다. 늦게까지 회식하다 돌아온 윤을 붙들고 재잘재잘 수다를 떨었다. 다정한 윤은 꾸벅꾸벅 졸면서도 내 말에 일일이 대꾸해 주었다.

아침이 밝았다. 이제 보리는 더 이상 엄마를 찾아 애태우며 돌아다닐 필요가 없었다. 전과 다름없는, 그러나 엄연히 다른 하루가 시작되었다. 엄마는 외출했다가도 날이 어두워지면 곧 돌아왔다. 둘만 남은 이래 그녀는—보리의 의견은 다르겠지만—한 차례도 이를 어긴 적이 없었다. 단조롭고 평온한 일상이 오래도록 이어졌다.

보리와 은실은 오래오래 행복하게 살았다. 결국 이렇게 끝날 이야기였던 것이다.

네버
체인지

제4회 타임리프 공모전 우수작

정재환

황금가지 제6회 작가 프로젝트에서 「창고」, 안전가옥 2019 겨울 앤솔러지에 「형사3이 죽었다.」가 당선됐다. 현재 미스터리 스릴러 「선우에게」 오디오북을 제작 중이다. 소설과 시나리오를 쓴다. 좋아하는 일을 하는 아빠의 모습을 딸에게 보여주고 싶어 다시 펜을 들었다.

딱!

호쾌한 스윙과 함께 배트 정중앙에 맞은 공이 그대로 쭉쭉 뻗어 나가 관중석에 꽂혔다. 그랜드슬램! 9회에 터진 이 만루 홈런으로 점수는 더 벌어져 이제 13대0. 이미 승부가 기운 상황에 위너스는 크레인스의 관뚜껑에 못까지 박았다. 이미 결정 난 승패에 미련을 버리지 못하고 꼴사납게 기적만을 기도하던 아재들도, 하나둘 허망하거나 혹은 골난 표정으로 복권방을 떠났다.

아재들……. 내 위험하다 그렇게 말려도.

최근 3년 연속 우승 트로피를 들어 올린 전통의 강호 위너스. 만년 꼴찌이자 자타공인 동네북 크레인스.

두 팀이 맞붙는다고 하면 위너스의 압도적인 우위를 예상하는 것이 보통이지만 이번 게임을 앞두고는 달랐다. 4연패 중인 위너스에 반해, 크레인스는 무려 5연승을 달리고 있었기 때문이다. 게다가 오늘 경기에는 크레인스의 에이스가 선발로 등판할 예정이었던지라 많은 도박꾼이 이번만큼은 크레인스의 승리에 돈을 걸었고 결국은 이 사달이 났다.

보통의 호구들이 게임의 승패를 예측할 때 '스스로 특별하다고 생각하는 본인의 그 촉'을 믿는다. 그나마 조금 머리를 굴리는 호구들은 대상 팀의 분위기나 현재 전력, 양 팀의 전술 등을 분석하지만 결국 호구는 호구. 왕창 돈을 걸고 쫄딱 망한다.

나는 그런 비과학적이고 얕은 분석에 내 피 같은 돈을 덥석 던지는 멍청이가 아니다. 나는 프로 베터. 어디까지나 통계를 이용한 과학적 분석만을 근거로 하여 베팅한다.

똑같은 도박꾼 아니냐고? 분명 다르다. 그들은 신을 믿고, 나는 과학을 한다. 이제부터 내가 하는 말을 들으면 당신의 눈은 활짝, 귀는 쫑긋하겠지. 이거 꽤 귀한 영업 비밀인데 내가 오늘 부처의 마음으로 내 베팅 비법 하나를 깐다.

오늘 경기로 예를 들면 이렇다.

호구들이 '5연승'과 '에이스'라는 말에 현혹되어 크레인스에 베팅할 때, 나는 야구 기록실을 뒤져 그 팀의 역대 기록을 살펴본다. 그 결과 크레인스가 최근 4년간 6연승을 한 적이 단 한 번도 없다는 것을 발견한다. 이어 프로야구가 생긴 이후로 '5연승의 하위권 팀'이 '4연패의 상위권 팀'을 만났을 때 냈던 통산 성적을 찾아보았다. 통산 4승 5패. 오히려 열세. 다음으로, 크레인스의 '에이스'가 '돔구장'에서 '토요일 낮 경기'에 '선발 투수'로 뛰었던 통산 성적을 확인했다. 조건에 들어맞는 경기가 총 열여섯 번 이 있었고, 그중 승리를 거둔 적은 고작 여섯 번.

마지막으로, 맛집의 레시피 같은 것이라 자세히 말할 수는 없지만 내가 만든 경기 예측 알고리즘에 이 경기의 모든 데이터를 대입해 보니 크레인스에 돈을 걸지 말아야 할 결과 값이 나왔다.

여기까지가 내가 30여 년간 크레인스의 골수팬이면서도 이 경기에 베팅하지 않은 이유다. 결국 내 예상대로 그 팀의 에이스는 흠씬 두들겨 맞아 3회에 강판당했고, 공격은 유난히 그들다운 물방망이를 보여 주면서 이렇게 완패를 앞두고 있다. 이야기하는 중에 홈런 한 방을 더 얻어맞았다.

이 판에서 살아남으려면 과학적인 자세가 필요하다. 막연한 감으로 일확천금을 바라다가 호구 꼴 면치 못하고 쫄딱 망한 인간들 여럿 보았다. 다시 한번 말하지만 나는 그들과 다르다. 나는 과거를 살펴 미래를 예측한다. 과거는 현재의 미래다.

아직은 시행착오 구간이라 수익은 없지만, 몇 가지 변수가 될 문항들을 좀 더 수집해 내 알고리즘에 추가하면 더욱 오차 없는 결과 값이 나올 것이고, 그때가 되면 아파트는 물론이고 건물주도 헛된 꿈은 아니지. 안다. 허풍으로 들린다는 거. 나도 결국 할 말은 하나밖에 없다. 어디 한번 두고 보자고.

헛된 꿈을 꾸던 호구들의 싸구려 흥분으로 득시글거리던 복권방은 경기가 끝나고 그들이 퇴장하자 언제 그랬냐는 듯 순식간에 조용해졌다. 단골인 나는 주인의 부탁으로 잠시 대신 가게를 맡았다. 복권방에 홀로 남은 나는 매대 안 의자에 눌러앉아 내일 있을 대상 경기의 승패를 분석했다. 내가 분석하던 경기는 한국과 일본의 친선 축구 경기였다. 여러 가지 데이터들을 대입해 보며 경기의 승패를 도출하고 있을 때.

그때, 그녀가 처음 내 앞에 나타났다.

전단이 덕지덕지 붙은 유리문을 슬며시 밀고 들어온 그녀는 맨발에 새하얀 원피스를 입고 있었다. 지금 생각해 보면 그게 잠옷 같기도 하다. 나이는 이십 대 초중반쯤 됐을까? 어디서 본 듯 만 듯한 평범한 얼굴에 가냘픈 체형의 그녀는 가게로 들어와 주변을 쓱 둘러보더니 나를 발견하고는 그대로 시선을 고정했다.

나는 그때부터 넋이 나갔던 것 같다. 비현실적인 그녀의 옷차림과 꿈꾸는 듯한 분위기에 완전히 압도되었다.

한동안 우리는 서로 바라만 보았다. 분명 짧은 시간이었을 텐데도 그 순간이 꽤 길게 느껴졌다. 내가 겨우 정신을 차리고 복권이라도 사러 왔냐며 주인 행세를 하려 했을 때, 그녀가 날 향해 힘차게 걸어왔다. 그 모습이 또 묘해 나는 말문이 막혔다. 빠르게 L자형 매대 안쪽으로 들어온 그녀는 피할 새도 없이 내 귓가에 얼굴을 불쑥 들이밀었다. 보드레한 비누 향이 내 코를 감쌌을 때 그녀가 내 귀에 은근히 속삭였다.

"한국 사람이면 제발 대한민국 갑시다."

귓속말을 마친 그녀는 넋이 나간 나를 보며 그대로 서서히 뒷걸음질치더니 가게 문을 열고 나갔다. 어안이 벙벙한 나는 그녀가 사라진 방향을 한참이나 바라보았다.

나 참, 별······.

* * *

"미친년 다 보겠네."

자신이 내뱉은 말에 아차 싶었는지, 동철이 내 딸아이에게 고개를 연신 숙이며 사과했다.

"말 예쁘게 하라고 몇 번을 말하냐. 혜윤아. 아저씨 말 예쁘게 해야지?"

내가 쏘아붙이자 동철이 원망 가득한 표정을 하며 따졌다.

"형은 지금 그럼 그 미…… 그 뭐야, 그, 그 귀신 말 듣고 나한테 한국에 돈 걸라고 한 거야? 알고리즘 어쩌구 하시는 분이?"

"나도 걸었어, 인마."

"나는 월급의 반을 걸었어, 형!"

"그래서 얼마? 팔십? 야, 그거 있으나 마나 네 인생이 달라지냐? 아주 누가 보면 팔천쯤 건 줄 알겠네."

"형! 구십이야!"

"아, 그래? 내가 한참 잘못 알고 있었네. 동철이 돈 많이 버네."

나는 더 비아냥대지 못했다. 내 말이 끝나자마자 TV 속 일본 선수가 보란 듯이 한 골을 더 집어넣었기 때문이다. 이제 스코어는 2대0. 지고 있는 상대 팀은 한국이었다.

한국 사람이면 제발 대한민국 갑시다.

그러니까 그 미친 귀신이 했던 그 말은 스포츠 도박을 하는 사람들끼리 쓰는 은어 같은 것이다. 한국 팀이 다른 나라 팀과 경기할 때, 망설이거나 따지지 말고, 한국 사람이니까 한국에 돈을 걸자는 것을 저런 식으로 말하는 것이다. 전문 용어로 이런 것을 '애국 베팅'이라고 한다. 다시 한번 말하자면 나는 그런 비과학적인 이유로 베팅하는 행위를 누구보다 경멸하는 사람이다.

그런데, 그녀가 사라지고 나서 왜인지 그 말이 계속 내 마음에 걸렸다. 아무리 다른 경기를 분석하려 해도 그 귀신이 남긴 말이 환청처럼 들려왔다.

한국 사람이면 제발 대한민국 가요가요가요!

결국 나는 홀린 듯 한국에 돈을 걸었다. 오래전부터 알고 지낸 친한 동생이자, 주말마다 같이 스포츠 도박을 하는 동철은 내가 해 준 추천으로 제 말마따나 월급의 반이나 걸었다.

점수 차가 더 벌어지자 동철은 완전히 포기한 듯 올해 여섯 살 된 내 딸아이 앞에 주저앉았다.

"똑똑."

"들어오세요. 어디가 아파서 오셨어요?"

"네. 의사 선생님, 제가 다리를 다쳐서요. 아아, 너무 아파요."

"이런, 다리를 다치셨군요. 우선 여기 누우세요. 이런이런······ 앞으로 못 걷겠어요. 쫄딱 망했어요."

딸아이의 입에서 '쫄딱 망했다'는 표현이 튀어나오자 동철과 나는 동시에 웃음을 터트렸다. 그것은 늘 많은 돈을 베팅하는 동철이에게 내가 조심하라며 자주 하던 말이다. 딸애도 우릴 따라 깔깔 웃었다.

"말조심은 형이 해야겠어. 혜윤이가 아빠 말 다 따라 하네."

불구가 되었다는 딸애의 말에 동철이는 낮잠이라도 자려는 듯 아예 자리를 잡고 누웠고, 나 역시 소파에 누워 스마트폰으로 다음 베팅할 경기를 찾았지만, 얼마 안 가 우리는 다시 TV에 온 신경을 집중했다. 어렵사리 만회 골을 터트린 한국이 연이어 동점 골을 터트리며 승부를 알 수 없게 만든 것이다.

양 팀은 종료 10여 분을 남겨 두고 손에 땀을 쥐게 하는 접전을 펼쳤다. 우리는 마치 TV에 빠져들 것처럼 선수들의 동작 하나하나에 집중했고 기어코 한국 팀은 불구가 된 동철이도 벌떡 일어나게 하는 기적을 만들었다. 종료 직전, 한국 선수 하나가 대포알 같은 중거리 슛을 터트리며 기적 같은 역전승을 거둔 것이다.

한국 관중들은 경기장이 떠나갈 듯 열광했고, 흥분한 아나운서는 '대한민국 만세'까지 외쳤다. 우리 셋도 자리를 박차고 일어나 방방 뛰며 한국의 승을, 아니 돈을 딴 것을 기뻐했다. 짜릿했다. 이런 순간순간이 바로 스포츠 도박의 진미다.

우리가 그렇게 축제를 즐길 때, 밖에서 누군가 도어록의 비밀 번호를 누르는 소리가 들렸다. 나는 급히 TV를 끄고 동철이에게 눈치를 주며 소파에 앉았다. 막 집으로 들어온 아내가 내 옆에 앉아 어색한 표정으로 웃는 동철이를 향해 말했다.

"동철 씨 왔네. 왜 자꾸 오빠랑 같이 놀아요? 날씨도 좋은데 밖에서 연애해야지."

"형수님! 저는 여자보다 석원이 형이 더 좋네요. 계속 좋아해도 돼요?"

동철의 농에 웃으며 방으로 들어가려던 아내가 뒤늦게서야 무언가 떠오른 듯 나를 노려보았다. 그녀의 눈빛에, 제 발이 저린 나는 항변했다.

"선애야. 내가 뭐 집 팔아 해? 땅 팔아 해? 주말마다 푼돈 조금 거는데 그럴래? 숨 막히게."

아내는 한동안 날 노려보다가 짧은 한숨을 내쉬고는 그대로 방 안에 들어갔다. 그녀가 방으로 들어가자 우리는 서로 의미심장한 눈빛을 교환하며 승리를 만끽했다. 방방 뛰면서 좋아하는 딸애의 모습을 보며 나는 머릿속에서 하얀 잠옷 귀신을 떠올렸다.

* * *

나는 좀비였다. 해가 뜨면 흐리멍덩한 눈으로 회사를 가고, 해가 지면 터덜터덜 집으로 돌아오고. 도무지 왜 그렇게 무기력한지 몰랐다. 몸이 고된 일을 하는 것도 아니고, 회사에서 딱히 스트레스를 받는 것도 아닌데 그랬다. 푹 자고 일어나면 활기가 넘쳐 출근할 법도 하고, 일이 끝나면 그것대로 홀가분해 신이 날 법도 한데 둘 다 아니었다.

자극 없는 좀비처럼 그렇게 하루하루를 보냈다. 해가 뜨고, 해가 지고, 잠이 들고, 해가 뜨고, 해가 지고, 잠이 들고……. 이대로는 싫다. 무언가 변화가 필요하다. 늘 생각했지만 늘 생각뿐이었다.

그날도 그저 시시껄렁한 회식 자리였다. 서로가 재미없는 이야기를 더욱 재미없게 하고 있었다.

그때 한 직원의 수상한 행동이 내 눈에 들어왔다. 한껏 허풍을 늘어놓고 있는 박 부장 앞에 앉은 그는 초조한 표정으로 자꾸 스마트폰을 꺼내 무언가를 확인했다. 그러다 갑자기 자리에서 벌떡 일어나서는 가게가 떠나갈 듯 환호성을 내질렀다. 외국의 한 축구 경기에 돈을 걸었는데 그가 돈을 걸었던 팀이 승리하면서, 베팅했던 백만 원이 방금 천만 원으로 변한 것이다. 당시 천만 원은 나의 여섯 달 치 연봉이었다. 그걸 그는 고작 축구 한 경기의 승패로 가져갔다.

나중에 그의 이야기를 듣고 나서 오랜만에 내 심장이 두근거렸다. 이것이다. 이것이 내 의미 없는 현재를, 뻔한 미래를 바꿀 유일한 방법이다. 한번 가진 자가 아니면 영원히 가진 자가 되기 힘든 현실에서 이 세계는 나를 가진 자로 바꿔 줄 수 있는 유일한 길처럼 보였다. 게다가 나는 야구를 비롯해 공으로 하는 스포츠라면 뭐든 좋아했다. 그건 마치 나를 위해 만들어진 세계 같았다.

초심자의 행운이었을까? 처음에는 쉬웠다. 금방이라도 부자가 될 것 같았지만, 행운은 오래가지 않았다. 스포츠 도박이라는 게 하면 할수록 만만하지 않았다. 강팀이라고 매번 이기는 것도, 약팀이라고 매번 지는 것도 아니다. 모르는 사람이야 강팀에 돈을 계속 걸면 되는 거 아니냐고 물을 수도 있다. 하지만 승리 확률이 높은 만큼 배당도 낮다. 계속 그런 식으로 베팅한다면 아홉 번 따도 한 번 잃으면 손해인 것이 이 도박의 룰이다. 약팀에 돈을 걸어 높은 배당을 노리는 것은 그것대로 또 그게 언제일지 예측하기 힘들다. 내가 처음 목격한 열 배의 돈을 한 번에 따는 일은 보기보다 꽤 어려운 일이었다.

딸 때보다 잃을 때가 많았지만 나는 이미 이 세계를 벗어날 수 없었다. 어느새 돈을 걸지 않고 스포츠를 보는 일이 면발 없는 국수를 먹는 것처럼 무의미해졌다.

당신이 TV에서 어떤 재미없는 경기를 볼 때, 한 번쯤은 관중석에서 열광적으로 응원하는 사람들을 본 적이 있을 것이다. '내가 이기는 것도 아닌데 저게 뭐라고 저렇게 열심일까?' 하고 생각하며 이해 못 한 적이 있는가? 내가 이해를 시켜 주겠다. 그 사람들 중 둘에 하나는 만 원이라도 걸었다. 그리고 당신이 돈을 건다면 이제 당신이 그 나머지 하나다.

나는 그다음 주 토요일에도 복권방에 출근했다. 주인 아저씨는 날 보자마자 마치 내가 교대 근무자라도 되는 것처럼 밖으로 나갈 채비를 했고, 나는 또 그러려니 하며 매대 안으로 들어가 내 가게처럼 눌러앉았다. 해가 저물고 오후의 대상 경기들이 모두 끝나자, 복권방 호구들이 하나둘씩 돈을 잃고 가게 밖으로 내버려졌다.

그렇게 가게에 나 홀로 남았을 때 또 그녀가 나타났다. 심지어 이번에는 기척까지 느꼈다.

그녀가 나타나기 직전, 무언가 이상한 기운에 끌린 나는 가게 문을 향해 서서히 시선을 돌렸다. 가게 문은 왜인지 긴장감 넘치게 닫혀 있었다. 열릴 것 같다. 열릴 것 같다. 왠지 열릴 것 같다. 그때 문이 안으로 열리며 그녀가 들어왔다. 왜 그랬는지는 모르겠지만 나는 그녀의 옷차림부터 확인했다. 똑같은 흰색 원피스.

아무리 봐도 잠옷이었다. 그녀는 문을 열자마자 나에게 힘차게 돌진했고 이번에도 나는 입도 뻥긋할 수 없었다. 내게 얼굴을 들이민 그녀가 또 능숙하게 속삭였다.

"세이커스에 베팅 안 한 호구 있나요?"

처음과 달리 날 보고 해죽 웃기까지 한 그녀는 또 재빠르게 뒷걸음질 치며 가게를 빠져나갔다. 한번 겪어 본 상황이라 조금 익숙해질 법했는데도 나는 처음과 같이 넋을 놓고 그녀가 사라진 방향만 바라보았다. 다만, 세이커스라는 이름만큼은 잊을세라 몇 번이고 머릿속에서 되뇌었다.

* * *

승리의 여신이다!

경기가 끝난 후 동철이 감탄했다. 언제는 미친년, 귀신이라더니. 하긴, 나 역시 놀랐다. 그녀가 또 맞혔다. 우리는 그녀의 말대로 세이커스에 돈을 걸었다. 방금 내 십만 원은 오십만 원이 됐고, 동철이의 오십만은 이백오십만이 됐다.

이번에 세이커스의 배당률은 무려 다섯 배였는데, 승패의 선택지만 있는 농구 경기에서는 쉽게 보기 힘든 고배당이었다. 한 번은 운이었다고 해도 두 번 연속해서 경기 결과를 맞힌 것은, 특히나 만년 꼴지 팀인 세이커스의 승리를 예언한 것은 정말 놀라운 일이었다.

고맙게도 그게 끝이 아니었다. 승리의 여신은 이후로도 나에게 계시를, 신의 축복을 내렸다. 매번 같았다. 일주일에 한 번, 맨발에 하얀 잠옷을 입고, 내게 다가와 귓속말로 속삭이고, 나를 보며 해죽 웃고, 시선은 내게 고정한 채 뒷걸음질로 사라졌다.

XXXX 개꿀!!

XXXX 주력 세게 갑니다. 탑승하세요.

XXXX 베팅 안 한 목 돌아간 흑두루미 있나요?

그녀는 꼭 도박꾼들이 흔히 쓰는 은어들을 능숙하게 사용하며 내게 계시를 내렸다. 그게 그녀의 수상한 정체와 어우러져 그녀가 그런 말을 할 때마다 나는 무언가 기묘한 기분에 휩싸였다. 한편으로는 그녀가 이 판에 아주 문외한은 아닌 것 같아 얕은 신뢰감이 들기도 했다.

그녀가 우리에게 알려 주는 경기 결과가 늘 맞는 것을 보면서 나는 두 가지가 궁금했다.

첫째, 그녀는 어떻게 경기 결과를 맞히는 걸까? 둘째, 왜 나를 도와주는 걸까?

전자보다 오히려 후자가 더 궁금했다. 누군지도 모르는 여자가 왜 나를? 아무리 생각해도 20대 초중반의 여자와 나의 접점은 아무것도 없었다. 물론 나는 그것에 대해 더 깊게 생각하지는 않았다. 그다지 중요한 문제가 아니었기 때문이다. 그녀가 일주일에 한 번씩 내게 내리는 계시. 내게는 그것만 있으면 충분했다.

우리는 연승을 달렸고 많은 돈을 땄다. 나는 따로 통장을 만들어 보관할 만큼 많은 돈을 땄지만 동철이에 비할 바는 아니었다. 동철은 완전히 그녀를 신뢰했다. 얼굴 한번 본 적 없으면서도 늘

딴 돈 전부를 그녀의 계시에 따라 다시 베팅했고, 결국은 얼마 안 가 고가의 외제차까지 끌고 나타났다.

나는 매번 큰돈을 베팅하는 동철에게 그러다 언젠가 쫄딱 망할 거라며 잔소리했지만 실은 갈수록 그가 부러웠다. 나는 매번 그만큼 많은 돈을 걸지 못했는데 거기에는 두 가지 이유가 있었다. 첫째로는 아무리 잘 맞히기로서니, 사람인지 귀신인지도 모를 여자의 말만 믿고 베팅하는 것이 나의 평소 철학인 '과학적 베팅'과는 거리가 멀었고, 둘째로는 경제권을 몽땅 아내에게 넘겨 수중에 큰돈이 없어서였다.

동철이의 외제차를 빌려 타고 테헤란로를 운전해 달리며 모두의 시선을 받을 때부터 나는 고민했다. 사람의 인생에 세 번의 기회가 있다는데 이게 어쩌면 그 기회 중 한 번인지도 모른다. 어쩌면 그 마지막 기회일지도 모른다. 승부를 걸어야 할까? 그러다 모두 잃게 되면? 그렇게 주저하고 고민하는 새에 기회를 날렸다.

온통 그 고민을 하느라 넋이 빠져 있던 그 주부터 갑자기 그녀가 나타나지 않았다. 나는 갑자기 어미의 손을 놓친 새끼처럼 당황했다. 물론 그렇다고 베팅을 멈추지는 않았다. 나는 한동안 사용하지 않았던 나만의 나침반을 꺼내 다시 분석했고, 돈을 걸었고, 보통은 돈을 잃었다. 내 나침반은 맞을 듯하면서도 조금씩 틀렸다. 그녀 덕분에 만든 내 비밀 통장의 잔액이 0을 향할수록 그녀의 모습이 눈앞에 아른거렸다.

계속된 연패에 화병이 오고, 전에 없던 무더위로 짜증이 극에 달했을 때 그녀가 다시 내 앞에 나타났다. 약 한 달 만이었다. 주인이 맡기고 간 가게에는 나 혼자였고, 슬며시 문을 밀고 들어온 그녀는 처음 가게에 나타났을 때처럼 내 얼굴을 물끄러미 쳐다보았다. 그 시간이 예전보다 조금 길게 느껴졌다. 나 역시 아무 말 없이 그녀의 얼굴을 바라보았지만 속으로는 그 어느 때보다 애가 탔다.

빨리! 어서 와서 알려 줘! 마지막이라도 좋으니 딱 한 번만 더 알려 줘!

조바심이 극에 달했을 때 다행히도 그녀가 나에게 다가왔다. 그녀는 매대를 중간에 두고 날 정면으로 바라보았다. 이상했다. 늘 매대 안쪽으로 들어와 내 귀에 은밀히 속삭였는데…….

가만히 날 바라보는 표정이 왠지 슬퍼 보인다고 생각했을 때, 그녀가 전에 없이 낮은 목소리로 말했다.

"퓨처스 승. 이번이 마지막이에요."

그녀는 말을 마치고 나서도 날 그렁그렁한 눈으로 쳐다보다가 그대로 몸을 돌려 밖으로 나갔다. 미소도, 귓속말도, 뒷걸음질도 없었다. 전에 없이 슬픈 표정이었다. 왜 평소와 다른 모습이었을까? 그간 무슨 일이 있었을까?

하지만 곧 퓨처스라는 느낌표가 내 머릿속을 가득 차지하면서 그 중요하지 않은 물음표는 내 머릿속에서 설 곳을 잃고 사라졌다. 더불어 나는 이번이 마지막이라는 말도 내 머릿속에 단단히 새겨 넣었다.

* * *

아내와는 크레인스의 홈경기가 있던 날, 야구장에서 처음 만났다. 예쁜 미소와 함께 홈팀을 응원하는 그녀가 어찌나 예뻐 보이던지. 그날도 크레인스는 시원하게 지고 있었지만, 그녀는 승패를 모르는 얼굴로 야구를 즐기고 있었다.

아내를 처음 발견한 이후로 내 시선은 그라운드가 아닌 아내에게만 꽂혔다. 눈치 빠른 동철이 내 마음을 알아채고는 아내의 무리로 다가가 말을 걸었고, 그것을 시작으로 아내와 나는 계속 인연을 이어 갔다. 얼마 가지 않아 우리는 쉽게 애인 사이가 되었고, 또 쉽게 딸아이를 가지게 되었다. 조금 빨랐다. 아니, 너무 빨랐다. 결혼이라는 단어를 진지하게 생각해 본 적 없던 우리는 그렇게 이른 나이에 어영부영 결혼했다. 후회하지는 않는다. 아내와 딸은 내 삶에서 가장 소중한 존재니까.

가게에서 집으로 돌아온 나는 아내에게 짠 하며 꽃다발을 건넸다. 아내가 눈을 휘둥그레 떴다.

"다음 주에 우리 결혼기념일이잖아. 오다가 꽃이 보여서 샀어."

"……오빠도 꽃을 살 줄은 아는구나?"

아내는 괜스레 핀잔을 주었지만 싫지는 않은 눈치였다. 꽃을 보고 달려든 딸애와 함께 둘은 꽃 하나로 세상을 다 가진 것처럼 즐거워했다. 저녁 준비를 하기 위해 주방으로 가는 아내를 향해 말했다.

"토요일인데 나가서 먹자."

"진짜 오늘 왜 그러는데? 야구 본다고 외식도 안 하는 사람이?"

"요새 나 혼자 취미 생활 한다고 자기한테 신경 너무 안 쓴 거 같아. 혜윤아, 오늘은 나가서 맛있는 거 먹을까?"

나가자는 말에 딸애가 방방 뛰며 좋아했다. 아내는 나를 보며 피식 웃더니 옷을 갈아입기 위해 안방으로 들어갔다. 나는 딸애를 안고 아내의 뒤를 따라가 말했다.

"오랜만에 외식하는데 결혼반지 끼고 가자, 선애야."

아내가 놀란 것도 모자라 이제 나를 수상한 눈빛으로 바라봤다.

"······정석원 씨가 오늘 왜 이러실까······. 갑자기 사람이 확 변하면 죽는다는데."

그녀의 농에 나는 한차례 웃음을 터뜨렸고 아내는 결혼반지 등 귀중품이 들어 있는 금고를 향했다. 나는 그녀의 뒤로 슬며시 다가가 어깨 너머로 그녀가 누르는 비밀번호를 훔쳤다.

* * *

9회 말 투아웃. 점수는 3대2. 한 점 차로 앞서고 있는 퓨처스의 마운드는 리그 세이브 타이틀 1위를 달리고 있는 투수가 지키고 있다. 첫 타자에게 안타를 하나 허용하기는 했지만, 삼진과 뜬공으로 연이어 아웃카운트를 잡아냈다. 이제 단 한 타자만 잡아내면 그대로 퓨처스의 승리다. 그리고 나의 승리다.

경기가 시작할 때부터 요동치던 심장이 이제는 곧 터져 버리기라도 할 것처럼 쿵쾅댔고 손에는 땀이 흥건했다. 입안이 바싹 말랐다. 공수 교대마다 담배를 피웠더니 목이 타르로 막혀 버린 듯 갑갑했다. 나는 양손을 맞쥐고 막 타석으로 이동하고 있는 상대 팀 타자를 주시했다.

대타다. 급하게 배트를 집어 들고 타석으로 나오는 선수를 보고 아나운서와 해설이 의아해했다. 그건 나도 마찬가지였다. 타율은 겨우 이 할 턱걸이에 홈런은 하나도 없는, 왕년에야 장타로 한 가닥 했지만 몇 년 전부터 기량이 하락세에 접어들어 이번 시즌에는 그마저도 없는, 퇴물로 불리는 늙은이가 대타로 나온 것이다. 화면에 그의 모습이 잡히자 나는 그녀의 예언에 다시 한번 감탄했다.

귀금속들을 전당포에 담보 잡아 빌린 돈을 여기에 모두 넣었다. 지금껏 살면서 가장 큰 금액을 이 경기에 베팅했다. 오늘 경기는 지면 안 되는 경기다. 다행히도 경기는 이대로 끝날 것 같았다.

우선, 전당포에 맡긴 것들을 찾아서 아내 몰래 다시 금고에 넣어야 한다. 오랜만에 딸애 선물도 하나 사고, 동철이와 술 한잔하고, 남은 돈으로는 다음 경기에 베팅해야 한다. 오늘 내가 딴 돈은 내 미래를 바꾸는 소중한 종잣돈이 될 것이다. 오늘을 기점으로 내 미래는……

딱!

잠깐 딴생각을 하고 있을 때 타자가 방망이를 크게 휘둘렀다. 배트에 약간 빗겨 맞은 공은 외야로 높게 뻗어 나갔지만 담장을 넘기기에는 힘이 부족해 보였다. 타구 방향을 눈으로 좇으며 뒤로 달려가던 외야수가 담장 앞에서 걸음을 멈추고 공을 기다렸다.

됐다! 끝났다! 천만 원이다! 천만 원!

그때, 갑자기 외야수가 뒷걸음질을 쳤다. 조금씩, 조금씩. 그의 등이 결국 담장에 닿았고 공은 그대로 담장을 넘어갔다. 끝내기 역전 홈런.

포효하며 베이스를 도는 늙은 타자. 그라운드로 물을 뿌리며 벤치에서 달려 나오는 상대 팀 선수들. 고개를 숙이고 퇴장하는 퓨처스의 마무리 투수. 극적인 역전에 소리 지르는 해설과 아나운서. 열광하는 관중. 옆에서 감탄하며 소리 지르는 도박꾼들.

씨발놈들. 전부 꼴 보기 싫었다.

승리의 여신? 그년은 그냥 미친년이다.

* * *

리그는 막바지를 향해 달렸다. 가을 야구 티켓을 거머쥘 상위권 팀들의 윤곽이 얼추 가려졌다. 위너스는 일찌감치 리그 우승을 확정 지었고 크레인스 역시 누가 뺏어갈세라 서둘러 꼴찌를 차지했다.

싱그러운 봄에 처음 나타난 그녀는 무더운 여름에 사라졌고, 겨울바람이 불고 있는 가을 현재까지 나타나지 않았다. 가끔 생각한다. 그때, 그녀의 마지막 계시가 맞았다면 나는 어떻게 됐을까? 내 인생이 조금은 달라졌을까?

한 가지 확실한 건 아내와 별거하거나, 딸의 얼굴을 주말에만 보게 되거나, 지금처럼 대낮부터 동철이와 내 집에서 맥주를 마시거나 하지는 않겠지.

'오빠. 지금 이러는 게 정말 맞는 건지 다시 한번 생각해 봐. 혜윤이를 생각해서라도.'

아내가 혜윤이를 데리고 친정으로 떠나기 직전에 내게 했던 말처럼 아까부터 나는 이것이 정말 옳은 선택인지 고민 중이었다.

사채까지 써야만 할까? 내일 내가 베팅을 고려하고 있는 경기는 그런 고민을 할 정도의 가치가 있었다. 너무나 완벽한 경기였다. 그것은 스페인의 프로축구 경기였는데 모든 통계가 단 하나의 경기 결과만을 가리키고 있었고, 내가 만든 알고리즘에서도 같은 결과 값이 나왔다.

내 분석 방법이 완성 단계에 이르렀는지 요즘 나는 틀린 적보다 맞히는 경우가 훨씬 더 많았다. 그리고 지금 이 경기는 모든 통계가 단 하나의 경기 결과만을 가리키는, 그야말로 1년에 한 번 있을까 말까 한 경기였다. 결과가 너무 뻔히 보이는 대박 경기인 것이다. 문제는 늘 그렇듯이 돈이었다. 아내 말대로 혜윤이를 위해서라도 나는 이 기회를 잡아야 한다. 돈이 없어 이런 천재일우의 기회를 놓친다면 평생 땅을 치고 후회할지도 모른다.

"형. 혹시 나비효과라고 들어 봤어?"

자신이 돈을 걸었던 팀의 패배가 확실해지자 TV에 한차례 욕을 퍼부은 동철이 갑자기 무언가 생각난 듯 내게 말을 걸었다.

"그게 그러니까, 브라질에 있는 나비가 날갯짓을 한 번 하면 그게 대기에 어떤 영향을 줘서 시간이 지나면 막 커져서는 결국 미국을 강타하는 태풍이 된다는…… 그런 과학 이론이거든? 내가 곰곰이 생각해 봤는데 그 잠옷 귀신 있잖아…… 혹시 그 잠옷이 미래에서 온 여자는 아닐까? 알고 보면 형이랑 서너 사람 건너 아는 여자고 그 여자가 운명을 바꾸려고 미래에서 과거로 건너와 형한테 경기 결과를 알려 준 거지. 어제 내가 「터미네이터」 보다가 생각난 건데……. 아니, 형. 그 여자 경기 결과를 연속으로 열 번은 맞혔잖아? 그게 어디 경기 결과를 다 알지 않고서야 가능한 일이야? 결정적일 때 한 번 틀리긴 했지만……."

딩동.

방금 돈을 잃은 호구의 과학적인 헛소리가 끝을 모르고 이어질 때 반가운 벨 소리가 들렸다.

혜윤이다!

아내와 딸이 올 예정이었기에 나는 딸애의 이름을 크게 부르며 황급히 현관으로 달렸다. 누구인지 확인할 새도 없이 황급히 현관문을 열었을 때, 거기엔 혜윤이가 아닌 다른 여자가 서 있었다.

잠옷 귀신. 석 달 만에 나타난 그녀가 이제 내 집까지 찾아왔다.

그녀는 예전과 조금 다른 모습을 하고 있었다. 맨발이 아닌 조촐한 빨간 구두를 신었고, 하얀 잠옷이 아닌 수수한 검은 원피스를 입었다. 얼굴에는 옅은 화장도 했다. 까치발을 들어 내 어깨 너머로 집 안을 한번 기웃거린 그녀는 곧 진지한 표정으로 날 바라보며 말했다.

"잠깐 이야기 좀 할 수 있어요?"

곧 아내와 딸이 올 예정이라 그녀를 집 안으로 들일 수는 없어서 나는 급히 옷을 챙겨입고 나갈 채비를 했다. 한발 늦게 현관으로 나온 동철이 문 앞에 서 있는 그녀를 보고 저 혼자 소설을 썼다.

벌써 재혼 생각하냐, 겁도 없이 집으로 부르냐, 양심도 없이 여자가 왜 이렇게 젊냐.

옷을 갈아입는 내 주위를 빙빙 돌며 동철은 마치 파리처럼 날 귀찮게 했다. 나는 앵앵거리는 그를 무시하고 딸애가 오면 잠시 같이 있어 달라는 부탁을 한 후 급히 현관문을 나섰다.

자신을 의심스럽게 쳐다보는 동철이와 한동안 눈을 맞추던 그녀는 그를 향해 해죽 한번 웃어 보이고는 곧 나를 따라 밖으로 나왔다. 나는 집 근처 카페로 급히 걸음을 옮겼고, 그녀는 잰걸음으로 내 뒤를 쫓았다.

혜윤이 왔어. 아이고 형아,

내가 부끄러워서 형수랑

혜윤이 얼굴을 볼 수가 없다

주문한 커피를 기다리며 동철이가 보낸 문자를 확인했다. 문득 동철이를 바라보며 해죽 웃던 그녀의 표정이 머릿속에 떠올랐다. 작은 카페 안, 작은 테이블 앞에 앉은 그녀는 주변이 온통 신기한 듯 연신 고개를 두리번거렸다. 내가 커피를 들고 앞에 마주 앉자 그녀는 처음 복권방에서 날 바라보던 그 눈빛으로 나를 바라봤다. 실은 그런 그녀의 눈을 마주 보면서 나는 한 가지 생각만 했다.

한 번만! 딱 한 번만 더!

* * *

연구소에서 올린 구인광고에는 그렇게 쓰여 있었어요.

당신의 현재를 바꾸는 모험!

일주일에 단 한 번으로 어느 일보다 높은 급여 보장!

앞 문장에 끌린 건 아니에요. 도박은 좋아해도 모험은 별로 안 좋아하거든요. 둘은 좀…… 다르잖아요? 모험 같은 도박은 호구들이나 하는 거죠. 제가 끌린 건 뒤에 있는 문장이었어요. 상투적으로 수상한 문장이기는 했지만 어쨌든 남부럽지 않게 돈을 주겠다니 이거다 싶어 서둘러 병원을 나섰어요. 돈이 좀 필요했거든요. 뭐, 지금껏 안 필요한 적은 없었지만.

병원 밖으로 나오니 푸른 하늘과 눈 부신 햇살이 세상을 가득 감싸고 있었어요. 트램에 올라타 창밖을 보는데 거리를 걷는 사람들의 작은 미소까지 보이는 거예요. 어찌나 우울하던지……. 트램요? 트램은 쉽게 말하면 지금의 버스 같은 거예요.

아, 맞다. 저는 2034년에서 왔어요. 15년 후 미래에서요. 이걸 먼저 말해야 했는데. 품. 표정을 보니 안 믿기시나 봐요?

그동안 궁금했어요. 주말마다 맨발에 잠옷 차림으로 귓속말하고 사라지는 여자를 대체 뭐라고 생각할까? 가끔은 저도 제가 미친 게 아닌가 싶었어요. 긴 꿈을 꾸고 있나 싶기도 했고요. 그래서 지금 그 사건이 시작된 날의 이야기부터 하는 거예요. 미친년 누명은 벗어야죠.

트램에 올라타서는 미니만 했어요. 미니는 지금으로 치면 스마트폰 같은 거예요. 훨씬 더 많은 게 가능하지만.

평소에 자주 가는 가상룸에 들어갔어요. 자칭 스포츠 분석 전문가가 그 방의 호스트인데 평소 제게 꽤 도움이 되는 사람이었어요. 그가 분석하는 반대로 돈을 걸면 됐거든요. 마침 그 남자가 호구 스무 명 정도를 앞에 모아 두고 다다다 떠들고 있었어요.

"최근 12경기 연속 홈 무패. 분위기 좋고. 배당 좋고. 홈이고. 일본 상대로 최근 5년간 패배한 적이 단 한 번도 없고. 세상에, 심판이 중국인이네요! 아시죠, 여러분? 얼마 전에 두 나라 세게 한 판 붙었죠? 왜 하필 이 시점에, 이 경기에 심판이 중국인일까요? 이거 느낌 오죠? 아! 그리고! 제가 역대 기록 찾아보다가 발견한 건데 아주 기분 좋은 우연 하나! 15년 전 같은 날에도 한국과 일본이 경기했는데 한국이 3대2로 이겼네요. 세상에나. 이거 뭐죠? 느낌 오죠? 내일은 우리 부자 되는 느낌 오죠? 여러분, 한국 사람이면 제발 대한민국 갑시다."

척 봐도 쫄딱 망하기 좋은 호구죠? 내일 경기 끝나고 질질 짜는 모습이 눈에 선하더라고요. 근데 사실 그 호스트를 보면서 대번에 누구 얼굴이 떠오르는 건 어쩔 수 없더라고요.

네. 우리 아빠요.

네. 당신요.

네. 저 혜윤이예요.

전혀 모르셨어요? 그래도 아빤데 절 볼 때마다 부성애가 막 솟구쳤다거나, 어디 닮은 구석이 보였다거나…….. 풉. 전혀 없었구나…….. 하긴 뭐 아빠 눈에 제가 들어왔겠어요. 솔직히 말해 봐요. 그동안 제가 알려 주는 경기 승패만 귀에 들어왔죠? 에이, 기대도 안 했지만……. 그래도 좀…….

네. 저 아빠 딸 맞다니까요. 집에요? 그건 여섯 살의 혜윤이고요. 여기 있는 건 스물하나의 혜윤이예요. 못 믿겠어요? 방금 말했잖아요, 아빠. 저도 스포츠 도박 한다니까요? 이거야말로 제가 아빠 딸이라는 과학적인 증거 아니에요? 저한테 아빠 피가 흐르고 있다고요.

저도 이상하기는 해요. 아빠가 떠나고 나서 야구고, 축구고, 세상의 모든 스포츠는 전부 꼴 보기 싫었는데. 그게 언제였는지 정신을 차려 보니 제가 돈을 걸고 축구를 보고 있더라고요? 풉. 아빠 덕에 어릴 적부터 집 안 TV에서는 스포츠가 끊이질 않고 나왔으니 제게는 그게 조기교육이었던 셈이죠. 지금도 스포츠에 관해서는 어지간한 남자애들보다 제가 더 잘 알아요.

아 참. 아빠! 궁금해할까 봐 미리 하나 알려 줄게요. 크레인스는 2034년에도 꼴찌예요. 작년에도, 재작년에도 꼴찌였죠. 그동안 쭉 꼴찌였어요. 이러다 제가 죽기 전에 우승은 한 번 할 수 있으려나 모르겠어요. 하필 아빠가 크레인스 팬이라서 저도 참 힘드네요. 아빠가 위너스 같은 팀의 팬이었으면 좋았을 텐데.

아빠! 아빠! 괜찮아요? 정신 차리세요! 내가 아빠 딸이라는 게 충격이에요? 아니면 딸이 스포츠 도박 한다는 게 충격이에요? 아니면 크레인스가 15년째 꼴찌라는 게 충격이에요? 풉. 제가 얘기하고 보니 셋 다 충격받을 만한 일이네요. 게다가 세 번째는 정말 환장하겠네요.

아빠. 정신 차리세요. 제가 시간이 그렇게 많은 게 아니에요. 언제 연기처럼 사라질지 몰라요.

연구소에 도착해 안내받아 따라간 방에는 하얀 가운을 입은 푸근한 인상의 할아버지 한 명이 절 기다리고 있었어요. 자신을 이곳의 소장이라고 밝힌 할아버지는 절 앞에 앉히고 이런저런 이야기를 시작했어요. 나중에야 그게 테스트인 줄 알았을 정도로 저는 그저 말하기 좋아하는 할아버지랑 수다 떠는 건 줄 알았어요. 그만큼 할아버지가 아주 능글맞더라고요. 가볍게 제가 좋아하는 음식 이야기부터 시작했는데 정신을 차려 보니 제가 어느새 펑펑 울고 있는 거 있죠? 어느새 제 신세타령을 하고 있었던 거죠. 우울한 제 과거를 술술 이야기했어요.

우선 엄마가 병원에 입원해 있다는 이야기부터 시작했어요. 엄마가 쓰러진 게 한 10년쯤 됐나? 잠깐. 잠깐만요. 아빠 우선은 제 이야기를 좀 들어 줘요. 지금 시간이 없어요.

고등학교 다닐 때 이야기도 했어요. 학교에서 현장학습으로 짐바브웨를 갔거든요? 아프리카요. 저는 그런 곳 싫다고 안 간다고 했어요. 내 취향이 아니라고. 난 도시 체질이라고.

사실은 정말 가고 싶었어요. 학교에서 비용도 전부 내는 거라

돈 문제는 아니었어요. 병원에 있는 엄마 옆에는 누군가 있어야하니까……. 일주일이나 자리를 비울 수는 없었어요. 사자 하품하는 거나 볼 처지는 아니었죠.

초등학교 다닐 때 이런저런 일을 했었던 이야기도 했어요. 애들 학교 끝나고 놀 때, 저는 집에서 인형 눈이라도 붙여야 했어요. 엄마가 몸이 안 좋아져서 벌이가 시원치 않았거든요. 저도 같이 벌어야 버틸 수 있었죠.

그리고 마지막으로는 아빠가…… 아빠가…… 아빠가 우리 가족을 떠난 이야기도 했어요. 그 이야기를 하면서 눈물이 터졌던 거죠. 잠깐. 잠깐만요! 아빠! 아빠가 지금 뭐가 그렇게 궁금한지 알겠는데 지금은 제 얘기를 들어 줘야 해요. 시간이 많은 게 아니에요. 우선 들어 줘요, 아빠.

아무튼 처음 본 할아버지한테 그렇게 제 인생을 다 털어놓으면서 펑펑 울었어요. 할아버지는 별 동요가 없는 표정으로 푸른 노트에 뭘 쓱쓱 적더라고요. 그러더니 뜬금없이 합격이라는 거예요. 아니, 보여 준 거라곤 눈물이랑 콧물 한 바가지밖에 없는데 합격이라고요? 제가 의아해서 물었더니 바로 그래서 합격이래요. 이게 무슨 소리인가 싶어 넋이 나가 있는데 할아버지가 이야기를 시작했어요. 풉. 그 할아버지, 점잖게 늙어서는 말하는 게 꼭 사기꾼 같은 거 있죠.

"혜윤 씨. 이제부터 혜윤 씨가 할 일은요. 과거로 가는 거예요. 이상한 이야기로 들린다는 거 알아요. 그 이상한 이야기가 실제로 가능해진 지 얼마 안 됐어요. 우리도 지금 이게 과학적으로 가능한 상황인지 여러 가지 실험 중이에요. 좀 더 정확히 말하면 과거의 혜윤 씨는 그대로 존재하는 상황에서 지금의 혜윤 씨가 과거로 갈 거예요. 혜윤 씨가 과거로 가서 혜윤 씨의 그 아프고 슬픈 과거를 한번 바꿔 보는 거예요. 어때요, 혜윤 씨? 내 말 듣고 있어요? 혜윤 씨? 아…… 시급이요?"

그런 어마어마한 이야기를 꺼내는데 시급이나 물어보고, 나도 참. 과거로 간다는 이야기는 한 귀로 슝 흘려 버리고 뒤에 할아버지가 말해 준 시급에나 입을 떡 벌렸어요. 과연 자신이 있을 만했어요.

우리는 방을 나와 승강기를 타고 지하로 내려갔어요. 근데 좀 이상했어요. 알고 있기로 그 건물에 지하는 2층까지밖에 없는데 할아버지가 승강기 안에서 뭘 뚝딱뚝딱 하더니 지하 8층까지 내려가는 거 있죠? 그때 좀 불안하긴 했지만 뭐, 아빠도 알죠? 하이 리스크 하이 리턴.

지하 8층에 도착해 승강기 문이 열리자마자 엄청나게 넓은 공간이 제 눈앞에 펼쳐졌어요. 천장이 너무 높아서 이게 지하가 맞나 싶기도 했고, 천장이 회색빛 자재들로 둥그렇게 덮여 있는 게 자연스럽게 크레인스 돔구장 생각도 나고요. 생전 처음 보는 실험 기구도 많고 삐삐 소리 나는 컴퓨터도 많고. 그리고 무엇보다 연구소에 웬 번쩍거리는 침대가 그리 많은지……. 나중에 알고 보니 그게 뭐 최첨단 기술이 집약된 과학의 결정체라나 뭐라나.

소지품을 전부 맡겨 두고 잠옷으로 갈아입으라고 해서 주는 옷으로 냉큼 갈아입고 차렷하고 있으니까 이제 침대에 가서 누우

라데요? 와, 이거 진짜 땡보구나! 오늘 노났구나! 신나게 침대로 가서 조신하게 누워 있는데 큰 뿔테안경을 쓰고 차가운 인상을 주는 여자 연구원 하나가 내 옆으로 와 말했어요.

"정혜윤 씨? 몇 년도로 가고 싶나요? 그게 몇 년 전이든, 누구 앞이든 간에 갈 수 있으니까요. 단, 오늘 날짜로만요. 오늘이 5월 4일이니까 10년 전으로 가고 싶다면 2024년 5월 4일로, 20년 전이라면 2014년 5월 4일로요. 머무를 수 있는 시간은 10초 정도? 아직은 그게 한계니까요. 그 10초간은 혜윤 씨가 무슨 행동을 해도 그건 자유예요."

뭐야? 진짜? 진짜 간다고? 진짜? 아무리 생각해도 어이가 없어서 나는 그거 못 믿겠다는 표정으로 여자를 쳐다봤더니, 여자는 눈을 한 번 찡긋하고는 주변을 보라는 듯 손짓을 했어요. 그제야 제 주변을 자세히 둘러봤어요.

많은 사람이 각각의 침대에 있었어요. 누워서 자는 사람, 연구원과 이야기하는 사람, 막 잠에서 깨더니 엉엉 우는 사람도 있고.

바로 옆 침대에 있던 중년으로 보이는 한 남자는 막 침대에서 깨어나 연구원과 대화 중이었어요. 연구원은 뭔가를 계속 물어보며 작은 전자패드에 남자의 답을 적었고, 남자는 약간 넋이 나간 표정으로 대답했어요.

"몇 년 전으로 갔죠?"

"……30년 전."

"누구를 만났나요?"

"……엄마……."

"당신은 뭐라고 했어요?"

"……사랑한다고 했어요."

"어머니는 뭐라고 했죠?"

"결혼했다고…… 애 있는 유부녀라고요. 그 애가 난데……."

남자는 말하면서 씁쓸하게 웃었어요. 그제야 제가 황당한 표정으로 여자를 쳐다보니 여자가 아주 득의양양한 표정으로 날 보고 있더라고요. '내 말 맞지?' 하면서. 그 여자 연구원은 제게 천천히 한번 생각해 보라더니 자리를 떴어요.

돈도 받은 마당에 어쩌겠어요. 누워서 자고 있으면 알아서 과거로 보내든 꿈나라로 보내든 하겠죠.

그때부터 생각을 고쳐먹고 꽤 진지하게 고민해 봤어요. 만약 진짜 과거로 간다면 나는 언제로 가야 할까? 무언가를 내 인생에서 바꿔야 한다면 대체 무엇을 바꿔야 할까?

깊이 고민할 것도 없이 바로 그 사건이 생각났어요. 15년 전 아빠가 저와 엄마를 떠난 사건요. 그 사건 이후 제 인생이 달라진 것 같거든요. 어렴풋하지만 그전에는 행복했던 기억만 있었던 것 같거든요. 그런데 15년 전 그 일을 떠올리니 자연스럽게 동철이 아저씨가 생각나면서 아저씨가 어렸을 적 저에게 해 줬던 이야기도 생각이 났어요.

나비효과. 브라질에 있는 나비가 날개를 한 번 퍼덕이면 대기에 어떤 영향을 주고, 또 그것이 시간이 지날수록 증폭돼서 결국 미국을 강타하는 토네이도가 된다는 이론 말이에요. 그런 생각이 들었어요. 내가 15년 전으로 가서 작은 날갯짓을 한 번 하면

네버 체인지 **227**

그때 그 사건을 막을 수 있을까? 그렇다면 결과적으로 내 현재가 달라질까?

지금 와 생각해 보면 동철이 아저씨도 참 아무것도 몰랐는데. 아무튼. 그 이야기가 생각나면서 갑자기 심장이 두근대기 시작했어요. 아까는 눈에도 안 들어왔던 그 광고 문구가 저절로 떠올랐어요.

당신의 현재를 바꾸는 모험!

그래. 아빠를 만나러 가야겠다. 아빠를 만나서 내 운명을 바꿔 봐야겠다. 그리고…… 아빠가…… 좀 보고 싶기도 했어요…….

……아, 제가 잠깐 딴생각을 했네요. 시간도 없는데.

막상 15년 전 아빠에게 가기로 하니 조금 막막했어요. 내가 어떻게 해야 그 사건을 막을 수 있을까? 도박하지 말라고 말할까? 겨우 10초라는 시간 안에 아빠를 설득할 수 있을까? 아니죠. 그 정도로 그만둘 사람이었으면 엄마가 그렇게 얘기했었는데 수백 번도 더 그만두었겠죠.

내가 당신 딸이라 밝히고 그간의 눈물겨운 사정을 다 이야기해 볼까? 당신이 그렇게 뻔질나게 복권방을 드나든 덕택에 내가 지금 이 꼴이라고? 시간이 너무 짧다고 생각했어요. 믿지도 않을 것 같았고요. 그럼 어떻게 할까? 그 짧은 시간에 가장 큰 효과를 줄 수 있는 건 뭘까?

단순히 생각해 보니 아주 신통한 방법이 떠올랐어요. 지금의 운명을 피하는 것뿐만 아니라 훨씬 더 좋은 운명으로 바꿀 방법이. 아빠가 돈을 따게 하자! 아빠가 돈을 아주 많이 따면 결국 그 사건이 일어나지 않게 되는 건 물론이고, 우리는 엄청난 부자가 돼서 엄마는 병원에 오랫동안 입원하지도 않고, 나도 돈 때문에 이런 데 오지도 않고, 우리는 모두 행복해지지 않을까? 그렇게 생각하니 일이 되려는지 대뜸 아까 가상룸에서 호스트가 했던 말도 저절로 떠오르더라고요.

15년 전 내일은 한국이 일본을 3대2로 이깁니다.

역시 여러모로 도움이 되는 사람이었어요.

그래! 과거로 가서 아빠한테 경기 결과를 알려 주자! 10초면 충분해!

혼자 흐뭇한 표정을 짓고 있는 제게 아까 그 여자가 다가와 물었어요.

언제로 가고 싶어요? 15년 전 아빠에게 가고 싶어요!

여자는 왜 가느냐고 묻지도 않더라고요. 익숙한 듯 알약 하나를 건네주면서 먹으라고만 했어요. 그 약을 먹고 나서 저는 그저 번쩍거리는 침대에 누워서 잠만 자면 됐죠. 아빠 생각을 하면서요. 그렇게 15년 만에 아빠 생각을 했어요. 그동안은 아빠를 떠올리는 게 너무 힘든 일이었거든요.

오랜만에 아빠 생각을 하니 어릴 적 제가 아빠랑 나란히 앉아서 축구며 농구며 함께 봤던 게 생각났어요. 그렇게 그냥 잠이 들었어요.

정신을 차려 보니 어느 복권방 앞에 제가 서 있었어요. 꿈인가 싶었지만, 복권방 문손잡이를 잡아보고 확실히 알았죠. 그 차가운 스테인리스의 감촉. 아! 나는 여기 지금 실제로 존재하고 있구나! 이 문을 열면 아빠가 있겠구나!

복권방 문을 천천히 밀고 들어갔더니 정말 그 안에 아빠가 있었어요. 15년 만에, 15년 전의 아빠였어요. 아빠다……. 아빠다……. 나도 잠깐 멍해져서는 아빠를 쳐다보다가 뒤늦게 시간 생각이 났어요. 계획대로 저는 급하게 아빠한테 다가가 귓속말을 했죠. 그러고는 아무래도 연기처럼 사라져 버릴 것 같아서 급히 복권방을 빠져나왔어요. 왠지 몸이 가벼워지는 느낌과 함께 눈을 떠 보니 연구소 지하의 회색빛 천장이 보이더라고요. 마치 꿈에서 아빠를 본 것 같았어요. 잠에서 깨어난 후에는 아까 그 여자가 와서 몇 가지 질문을 했어요. 세상은 어떻게 보였는지, 제 느낌은 어땠는지, 아까 옆에 있던 중년의 아저씨에게 물은 것처럼.

연구소를 빠져나오자마자 저는 병원으로 달렸어요. 혹시나 하는 마음에 조금은 기대하면서.

세상에, 아빠. 병실에 도착했을 때 저는 정말 말도 안 되는 광경을 목격했어요.

엄마가…… 엄마가 침대에 앉아 창밖을 보고 있는 거예요! 최근에 엄마가 몸을 일으켜 앉아 있던 게 언제였는지 기억도 안 나는데 말이죠. 내내 누워 있던 사람이, 오늘 아침엔 절 알아보지도 못했던 사람이 심지어 제가 들어오는 것을 보고 해죽 웃는 거 있죠? 주치의도 뭐라고 설명을 못 하더라고요. 아무리 검사를 해도 좋아진 수치는 단 하나도 없다면서 어리둥절해했어요.

나다! 이건 나 때문이다! 나 때문에 무언가 변하고 있다! 내가 15년 전에 한 작은 날갯짓으로 15년 후 엄마의 몸 상태가 좋아지고 있다! 아빠에게 경기 결과를 가르쳐 줘서 아빠가 돈을 땄고 그 중간 과정이야 어떻게 됐는지 모르지만, 그것의 결과로 엄마의 몸 상태가 좋아지고 있다! 앞으로도 계속 과거로 돌아가 아빠에게 경기 결과를 알려 주면 엄마는 병원에서 퇴원해 집으로 올지도 모른다! 그뿐만 아니라, 어쩌면…… 어쩌면 아빠도 돌아올지 모른다!

희망이 생겼어요. 세상이 달리 보였죠. 거리에 보이는 행복한 사람들도 더는 꼴 보기 싫은 구경거리가 아니었어요. 이제는 저도 저 행복한 사람 중 하나가 될지 모를 일이었거든요.

그다음 주에 다시 연구소를 찾아간 저는 소장 할아버지와 대화부터 시작했어요. 신이 나서 엄마 이야기를 다다다 꺼내 놓았어요.

전과 다르다. 내가 과거를 다녀온 후로 엄마의 몸 상태가 회복되는 것 같다. 할아버지는 제 말을 아주 주의 깊게 들었어요. 푸른 노트에 또 무언가 쓰면서요.

제가 과거를 다녀올 때마다, 아빠에게 경기 결과를 알려 주고 올 때마다, 엄마의 건강은 조금씩 좋아졌어요. 이 모든 게 대체 무슨 상황인가 어리둥절해하면서도 저는 마냥 신이 났죠. 그때부터는 베팅할 생각도 안 들더라고요. 열심히 15년 전의 경기 결과를 찾아서 과거의 아빠에게 알려 주는 게 저에겐 더 의미 있는 베팅이었죠.

연구소에서는 어느새 제가 유명인사가 됐어요. 언제부턴가 소장 할아버지가 직접 저를 맡아 실험을 진행했어요. 제가 연구소에만 등장하면 모두 모여 제 얘기를 들었고요.

그들은 제가 현재를 바꿔 나가는 최초의 사람이라고 했어요. 과거로 가 자신의 운명을 바꾸려던 수많은 아르바이트생들 중 지금껏 그 누구도 현재에 아무런 변화도 주지 못했다고요. 그러니까 그게 그 연구소의 주요 연구 중 하나였던 거죠. 과거에 다른 사건이 발생하면 현재를 바꿀 수 있는지 없는지 말이죠.

자……. 이제 그 일을 이야기해야겠어요. 힘들지만…… 결국, 아빠에게 할 수밖에 없는 이야기죠. 하긴 아빠가 아니면 누구한테 이런 이야기를 할까요…….

그날도 과거로 돌아가 아빠에게 경기 결과를 알려 주고 온 날이었어요.

엄마가 오늘은 서서 걷지 않을까? 제가 그때 아빠에게 알려 준 경기는 배당이 꽤 큰 경기였거든요. 그만큼 큰 변화를 기대했죠. 과연 큰 변화가 있었어요.

엄마가 죽었어요. 엄마가 제 곁을 떠났어요.

아……. 모든 게 제 오해였어요. 엄마는 오히려 세상을 떠나기 직전이었어요. 그저 잠깐 상태가 좋아졌던 것뿐이었는데……. 그것도 모르고 저는 과거로 가서 현재를 바꿔 보겠다고 삽질을 하고 다닌 거예요.

엄마의 마지막 순간에도 저는 과거에 있었어요. 멍청한 딸년이 과거로 가서 뜬구름 잡다가 소중한 현재를 놓쳤어요.

엄마의 장례를 치르고 한동안 연구소도 가지 않고 집에 처박혀 곰곰이 생각했어요. 과거의 아빠가 돈을 따게 했는데 왜 나의 현재는 그대로일까? 오랜 생각 끝에 결국 하나의 결론이 나왔어요.

애초에 돈을 따면 안 되는 거 아니었을까? 돈을 딴 아빠는 계속 도박을 했고 언젠가는 크게 잃어서 결국 또 거지꼴이 된 게 아닐까? 아빠는 그렇게 또 떠나고 엄마는 다시 병들고 나는 또…….

그래. 그렇다면 아예 쫄딱 망하게 해야겠다. 그럼 현재가 바뀔지도 모른다.

저는 오랜만에 연구소를 찾아갔어요. 그날은 애초에 저의 마지막 실험 날짜이기도 했어요.

제가 나타나자 연구소는 난리가 났어요. 유일하게 현재를 바꾸는 자 정혜윤이 돌아왔다고. 그것도 잠시. 제 풀죽은 표정을 보고는 다들 눈치를 채고는 하나둘 사라졌죠. 할아버지만 남아 제 어깨를 토닥여 줬어요. 저는 그간 제게 벌어진 일을 힘없이 말했고 할아버지는 푸른 노트에 있는 제 인적 사항을 추가했어요.

모 윤선애 사망

다시 침대에 누운 저는 한 달 만에 15년 전의 과거로 갔어요. 아빠를 보는데 왈칵 눈물부터 쏟아지더라고요. 울음을 꾹 참고 아빠한테 잘못된 정보를 알려 줬어요. 일부러 마지막이라고 이야기했죠. 정말 마지막이기도 했고, 그래야 한 번에 돈을 많이 걸 테고.

그리고 다시 눈을 떴어요. 회색빛 천장이 보이고 저는 곧바로 몸을 돌려 옆에 있던 푸른 노트를 넘겨 봤어요.

변하지 않았어요. 바뀌지 않았어요. 제가 아빠에게 무슨 짓을 해도 제 현재는 변한 게 하나도 없었어요. 그대로 눈물이 나와 그냥 울어 버렸어요. 한참 울고 있는 제게 연구원들이 하나둘 다가왔어요.

울며 물어봤어요. 왜 변하지 않냐고. 내가 무슨 짓을 해도 왜 현재는 절대 바뀌지 않느냐고.

바꿀 수 없대요. 그들도 혹시나 해서 지금껏 연구했는데 현재를 바꾼 사람을 단 하나도 보지 못했다고. 혹시 내가 바꾸는 것 아닌가 싶었는데 그것도 아니었다고요.

처음 제 시간여행을 진행한 여자 연구원이 타임패러독스 어쩌고 하며 애초에 가능성이 없었다며 길게 설명을 했는데 무슨 말인지 하나도 모르겠더라고요.

시간이 흘러 연구원들은 모두 제 곁을 떠났고 소장 할아버지만 옆에 남아서 제 등을 토닥여 줬어요. 아직 납득하지 못한 저는 다시 한번 물어봤어요. 대체 왜 변하지 않는 거냐고. 할아버지가 그러더라고요.

"글쎄요. 지금껏 여러 사례를 보면 분명히 사건은 변하는데……."

변하는데?

"사람이 변하지 않아요. 그래서 현재가 바뀌지 않는 것 같아요."

무슨 말이었을까요. 사람이 변하지 않아서 미래가 변하지 않는

다니…….

그게 마지막이었어요. 과거로 가는 아르바이트는 모두 끝났죠. 그 후로는 똑같은 삶을 살았어요. 아르바이트로 돈을 벌고, 그 돈을 베팅하고.

오늘 아침에도 시작은 같았어요. 눈 뜨는 대로 미니를 켜서 자주 가는 가상룸에 들어갔어요. 네. 아까 말했던 거기요. 아까도 말했지만, 그 방의 호스트는 저한테 꽤 도움이 되거든요. 호스트가 하자는 대로만 안 해도 폭탄은 피하는 거니까. 호스트는 마침 크레인스 경기를 분석하고 있더라고요.

"크레인스. 제가 이런 쓰레기 같은 팀 쳐다도 안 보는 거 다들 아시죠? 그런데도 제가 크레인스를 픽한다는 건 그만큼 내일 경기가 좀 특별하다는 겁니다. 이미 우승이 확정된 위너스가 리그 마지막 경기에서 과연 전력을 기울일까요? 꼴찌 상대로 원정에서? 느낌 오죠? 대충 하고 우승 파티 할 생각에 정신 못 차리겠죠? 그럼 크레인스도 마지막 경기라고 대충 할 수 있을까요? 느낌 오죠? 홈에서 마지막 경기인데 아마 총력전을 할 겁니다."

평소와 달리 논리가 꽤 그럴듯해서 따로 기록을 찾아봤어요. 크레인스가 '홈'에서 시즌 '마지막' 경기를 '위너스'와 했던 통산 기록이요. 딱 한 번이 있었는데 그게 15년 전이었어요. 그것도 내일과 같은 날짜예요. 크레인스가 위너스를 큰 점수 차로 이겼더라고요. 품. 아빠, 지금 눈이 번쩍한 게 보였어요. 그래요. 내일은 크레인스가 위너스를 이겨요. 아마 그때도 상황은 비슷했겠구나 생각했어요. 위너스는 일찌감치 리그 우승을 확정 짓고 2군이

나 신인 선수들을 냈을 테고 크레인스는 꼴찌긴 하지만 홈에서 마지막 경기라 전력을 다했을 테고. 그런데 또 15년 전이라니. 그 사건이 또 생각나더라고요. 이때쯤이었는데⋯⋯. 이때쯤⋯⋯ 언제였더라?

달력을 확인해 보니 내일이더라고요. 내일. 내일이었어요. 15년 전 그 사건요. 아빠가⋯⋯ 아빠가 저와 엄마를 떠났던 날 말이에 요. 네. 바로 내일이에요.

그 사건을 생각하니 또 우울한 기분이 들어 밖으로 나왔어요. 또래 애들처럼 새 옷도 사 입고, 구두도 사고, 비싼 밥도 먹고, 생 전 안 하던 화장도 해 보고⋯⋯. 그렇게 종일 가진 돈을 다 쓰고 밖으로 돌아다녔어요. 걱정이 앞서 재미는 없더라고요. 밥 사 먹 을 돈으로 옷 사고, 집세 낼 돈으로 구두를 산 거니까.

그렇게 생각 없이 돈을 다 써 버리고 집으로 오는 길이었어요. 트램에 올라타 창밖을 보는데 건물 외벽에 설치된 커다란 스크 린에서 뉴스 기사 하나가 나오고 있었어요. 뉴스에선 불법 실험 을 하던 연구원들이 정부에 적발됐다는 소식을 전하고 있었어요. 스크린에는 제가 간 연구소의 외경이 나오고 있었죠. 연구원들이 불법 연구를 한 정황은 포착했는데, 다만 그 실험을 진행한 장소 만큼은 아직 못 찾고 있다고 했어요. 저도 그간 몰랐던 건 아니 에요. 돈을 받을 때 보안 조건을 지키는 조건이 꽤 철저하게 붙 었었거든요. 그렇게나 까다롭게 외부에 비밀로 하는 게 충분히 수상했죠.

이제 다 끝이구나. 모두 끝났구나. 이제 정말 과거로 갈 수는 없겠구나. 그런데 그런 생각이 드니 딱 한 번만 더 해 보고 싶은 생각이 들더라고요. 이제 정말 더는 없을 기회니까. 게다가 그 사건은 바로 내일 일어나니까! 저는 트램에서 내려 연구소로 달렸어요. 딱 한 번만. 마지막으로 딱 한 번만 더 해 보자.

연구소 건물은 바리케이드로 막혀 있었지만 그렇다고 출입하는 사람이 없는 건 아니었어요. 건물 밖에서 제 첫 실험을 진행한 여자 연구원이 경찰하고 이야기하고 있었어요. 그 옆에 몰래 다가가 옆에 놓인 가운을 훔쳐 입었죠. 한발 늦게 알아챈 여자가 절 쫓아오려 했지만 고맙게도 경찰이 잡아 줬어요. 가운을 입고 연구원인 척 건물로 들어가니 경찰들이 물끄러미 절 쳐다보기는 해도 막지는 않더라고요.

태연하게 승강기를 탔어요. 지하 8층 버튼은 없었지만 저도 그동안 어깨너머로 훔친 게 있었죠. 제가 눈썰미는 좀 있거든요. 뚝딱뚝딱.

지하 8층에서 승강기가 멈추고 문이 열렸는데, 그 넓은 공간에 소장 할아버지 혼자 있더라고요. 미련이 가득 남은 표정으로 쓸쓸히 침대에 앉아서요. 할아버지는 웃으며 절 반겨 주었고 저는 마지막으로 부탁했어요. 딱 한 번만. 마지막으로 딱 한 번만 과거로 가게 해 달라고요. 할아버지는 절 가만히 쳐다보더니 묻지도 않고 고개를 끄덕이면서 말했어요.

"10분이에요. 이제 과거에 10분 정도까지 머물 수 있어요."

아, 그러면 지금껏 있던 일을 모두 말해야겠다. 저는 그대로 침대에 누워서 아빠를 떠올렸어요.

그래요. 그래서 지금, 그래서 제가 지금 여기 있어요, 아빠. 마지막으로 지금 아빠를 찾아온 거예요.

이제부터 제가 찾아온 진짜 이유를 말할게요. 아까 말했죠? 내일은 크레인스가 이겨요. 크레인스가 위너스를 이겨요. 내일 아빠가 걸 수 있는 모든 돈을 크레인스에 걸어요. 저는 지금 분명히 이야기했어요. 아빠 내일 경기는 분명히 크레인스가 이겨요. 다시 한번 말할게요. 내일은 크레인스가 이겨요. 내일 그렇게 많은 돈을 따게 되는데 아빠가 우릴 갑자기…… 갑자기 떠날 리는 없을 거예요. 그렇죠?

지금 아빠에게 내일의 경기 결과를 알려 주는 게 제 인생에서 마지막 베팅이에요. 아빠가 가진 돈 전부를 크레인스에 걸어요! 그래서 절 행복하게 해 줘요! 저와 엄마와 아빠의 인생을, 우리 가족의 미래를 아빠가 바꿔 줘요. 이제 얼마 안 남은 것 같아요. 아빠. 잠에서 깰 것 같은 기분이에요. 아빠! 아빠! 사랑해요! 아빠! 아빠!

* * *

눈을 뜨자 온통 회색빛인 높은 천장이 보였다. 서둘러 몸을 일으켜 내가 입은 옷을, 구두를 살펴보았다. 아무것도 변하지 않았구나. 뒤늦게서야 깨달았다. 내가 여기서 또 깨어나는 것 자체가 달라진 게 아무것도 없다는 걸 말해 주는 것이겠구나. 무언가 바뀌었다면 나는 애초에 지금 이곳에 있지도 않았겠지. 잠에서 깬 나를 보고 할아버지가 천천히 다가와 물었다. 모두 다 털어놓았냐고.

실은 단 하나. 나는 아빠에게 그 단 하나의 사실만큼은 차마 말할 수 없었다.

아빠를 내 앞에 두고 그런 말을 할 용기가 나질 않았다. 어차피 바뀔 것이라 생각했다. 내가 마지막으로 알려 준 경기에 베팅하면 큰돈을 벌 테니 최소한 그런 사건은 일어나지 않겠지? 그러다 뒤늦게 외친 그 말을 아빠가 들었는지는 모르겠다.

죽지 말아요, 아빠! 죽지 말아요! 아빠! 우릴 두고 죽지 말아요!

건물 밖으로 나오자 해는 막 저물고 있었다. 처음 들어갔을 때와 같이 우중충한 날씨 그대로였다. 천천히 주변을 둘러보았지만, 세상은 달라진 게 단 하나도 없어 보였다.

우울한 마음으로 건물 앞 정원을 가로지를 때 시든 꽃에 날아와 앉은 노란색 나비 한 마리를 보았다. 나를 둘러싼 무채색의 풍경에 그것 하나만큼은 선명한 노란 빛을 내었다.

마음속에 한 줄기 희망의 빛이 들었다. 아직은 몰라. 끝날 때까지 끝난 게 아니니까. 나는 혹시나 하는 마음에 집으로 달렸다.

어쩌면 집에서 엄마가 날 기다리고 있을지도 몰라! 아빠가 웃으며 크레인스 경기를 보고 있을지도 몰라!

* * *

사랑한다는 말을 마지막으로 그녀는 날 떠났다. 마지막으로 그녀가 내게 뻗은 손을 내가 잡았다고 생각했을 때, 그녀는 그야말로 연기처럼 사라졌다. 마지막으로 무슨 말을 더 한 것 같았지만, 그것이 내 귀에 들리지는 않았다.

나는 집으로 달렸다. 돌아온 집에는 여섯 살의 그녀가 동철이와 함께 거실 소파에 앉아 크레인스의 경기를 보고 있었다. 나와 눈이 마주친 그녀가, 여섯 살의 혜윤이가 날 보고 해죽 웃었다.

* * *

주말 밤, 마지막 대상 경기들을 앞둔 복권방 매대 앞에는 아직 발권하지 못한 도박꾼들이 긴 줄을 이루었다. 나와 동철은 그 줄의 한가운데에 서서 우리의 차례를 기다렸다.

나는 그녀의 말을 따라 내가 할 수 있는 모든 방법을 동원하여 큰돈을 마련했고, 그것을 전부 크레인스에 베팅하기로 결심해 이 줄에 섰지만 무언가 알 수 없는 불안감이 종일 내 마음 한구석을 불편하게 했다.

동철이 은밀히 내게 물었다.

"형, 확실하지?"

확실하다. 분명 크레인스는 오늘 이길 테고 나는 큰돈을 벌 것이다. 그런데도 내가 아내와 딸의 곁을 떠난다고? 그 연구소 과학자들의 연구 결과에 따르면 정해진 운명을 바꾼 사람은 단 하나도 없다고 했다. 도대체 왜? 무엇이 문제일까?

나는 머릿속에서 작은 알고리즘을 빠르게 돌렸다.

그동안 미래의 딸은 자신의 운명을 바꾸기 위해 과거로 와 나에게 경기 결과를 미리 알려 주었고 나는 늘 그대로 베팅했다. 이것 자체가 미래를 바꾸기 위한 하나의 변수였다.

그 결과 값은? 바꾸지 못했다. 내가 베팅한 것이 맞건 틀리건 딸의 운명은 변하지 않았다.

잠깐…… 지금도 똑같다. 나는 지금도 이 줄에 서서 지금껏 실패한 똑같은 변수를 다시 실행하려고 하는 것 아닌가?

그래! 변수 자체가 잘못되었다! 애초에 그녀가 알려 준 경기에 그대로 베팅하는 것 자체가 틀린 것이다! 이 경기에 베팅하는 것 자체가 이미 정해진 미래를 향해 달리는 것이나 다름없다!

나는 이 뻔한 알고리즘을 깨야 한다! 이 참기 힘든 유혹에 넘어가서는 안 된다!

"동철아."

나는 나직하게 동철을 불렀다. 서서히 줄어드는 줄을 보며 흥얼거리던 동철이 내게 고개를 돌렸다.

"왜?"

"……난 베팅 안 할 거야."

"……뭐?"

"나 크레인스에 베팅 안 할 거라고."

나는 도박꾼이지만 아버지이기에 경기 결과를 뻔히 알고 있는 이 경기에 베팅하지 않을 것이다. 그리고 이 변수는 결국 딸의 미래를 바꿀 것이다. 친구들과 밖에서 뛰어놀고, 맑은 날씨를 좋아하고, 사자 하품이나 보면서 깔깔거리는 그녀로, 스물하나의 내 딸 혜윤이로 만들 것이다.

뜬금없는 내 결심에 당황하던 동철은 곧 내 말뜻을 알겠다는 듯 옅은 미소와 함께 줄을 이탈하려 했다. 나 역시 그를 따라 줄을 이탈하려다가……

잠시 망설였다.

무언가 부족하다. 단순히 이 경기에 베팅하지 않는 것으로 충분할까? 그래 봤자 아무것도 안 하는 것과 다름없지 않은가? 그래. 나는 또 다른 변수를 만들어 내야만 한다. 그래야 이 뻔한 미래를 바꿀 수 있다. 뭐가 있을까? 어떤 게…… 아! 그래! 그것! 그것이 있었다! 내게는 정말 확실한 것이 하나 있었다!

떠나는 동철이의 손목을 잡자, 그는 날 의아한 표정으로 바라봤다. 해죽 웃으며 나는 그에게 말했다.

"크레인스 말고 진짜 확실한 게 하나 있어. 스페인 프로축구 경기인데……."

* * *

어느새 매대 바로 앞에 선 석원은 주인에게 베팅을 기재한 용지를 건네며 주머니에 있던 묵직한 돈뭉치도 꺼내 주었다. 주인은 석원이 건넨 돈을 보고 살짝 놀랐지만, 곧 아무 말 없이 발권기에 용지를 집어넣었다.

치이익. 철컥.

그때였다. 하나둘 나오는 베팅 용지를 보며 석원의 머릿속에 연구소 소장의 말이 불현듯 떠올랐다.

사람이 변하지 않아요. 그래서 미래가 바뀌지 않는 것 같아요.

순간 날카롭고 서늘한 칼이 석원의 심장에 꽂혔다. 그는 온 힘을 다해 그 칼을 마음속에서 치워 내며 주머니에서 사진을 하나 꺼내 보았다.

여섯 살 혜윤이가 석원을 보며 활짝 웃었다.

시간
보험사

제4회 타임리프 공모전 우수작

유버들

현실과 환상의 경계를 기웃거리면서 글을 씁니다. 부족한 소설을 읽어 주시는 모든 독자 분들
덕분에 글을 써 나가고 있습니다. 다음에는 더 좋은 글로 찾아뵐 수 있도록 노력하겠습니다.

태준은 자신이 맞게 온 것인지 한 번 더 확인했다. 분명히 파견 업체에서 알려 준 주소는 이 오피스텔의 503호가 맞았다. 그러나 문 앞에 걸린 명패가 너무나도 터무니없었다. 태준은 약간 고민하다가, 휴대폰을 꺼내 전화를 걸었다.

"네, 잡퍼스트 김종인 팀장입니다."

"아, 예, 팀장님. 저 김태준입니다."

"아직 원청에 도착 안 했어요?"

휴대폰 너머로 들려오는 명백한 질책의 목소리에, 태준은 서둘러 대답했다.

"아뇨, 아닙니다. 지금 보내 주신 주소로 도착했습니다. 그런데 이게 맞는 주소인지 잘 모르겠어서……."

"뭐가 문제인데요?"

태준은 다시 한번 503호의 명패를 쳐다본 뒤에 조심스럽게 말했다.

"아니…… 여기 이름이 '시간 보험사'인데, 제가 맞게 찾아온 건가요?"

"잘 갔네. 거기 맞아요. 잡퍼스트에서 파견 보냈다고 하면 그쪽에서 알 거예요. 문제 있으면 전화해요."

그러나 김 팀장은 태준의 말을 듣고도 전혀 아무렇지도 않다는 듯 전화를 끊었다. 태준은 다시 한번 503호의 명패를 바라봤다. 여전히 거기에는 '시간 보험사'라는 기묘한 이름이 적혀 있었다. 태준은 잠시 고민하다가, 그냥 문을 열고 안으로 들어갔다. 사무실 안은 약간 좁아 보였다. 아마도 벽을 둘러싸고 있는 수많은 서류 보관함들 때문인 것 같았다. 서류철들이 서류 보관함에 담기다 못해 거의 쏟아져 나오고 있었다. 그리고 그 서류 보관함들로 둘러싸인 방 중앙에, 책상 하나와 남자 한 명이 있었다. 남자는 태준이 들어왔음에도 불구하고, 눈길도 주지 않은 채로 책상에 앉아 서류를 들여다보고 있었다.

"저기, 잡퍼스트에서 왔는데요."

태준이 말을 꺼내자, 남자는 고개를 들어 그를 쳐다보더니 손짓으로 책상 앞 의자를 가리켰다. 태준이 자리에 앉자, 남자는 책상 서랍에서 종이를 꺼내 내밀었다.

"기본적인 설명은 들으셨죠?"

"네. 그냥 간단한 운전이랑 짐 옮기고 보조하는 이런 일이라고 들었는데……."

"뭐, 그렇죠."

남자는 그렇게 말하며 책상 위를 뒤지더니 볼펜을 꺼내 태준 앞에 내려놓았다.

"그거 맨 밑에 보시면 이름 쓰고 서명하는 곳 있으니까 다 적으세요."

그제야 태준은 책상 위에 놓인 종이가 자신에게 주어진 서류라는 것을 알 수 있었다. 서류를 천천히 살펴보았지만, 종이 위에는 이해하기 힘든 복잡한 말들이 어지러이 널려 있었다.

"이게 뭐죠?"

태준이 질문하자, 남자는 별것 아니라는 투로 말했다.

"보안서약서 같은 거예요. 여기서 일하려면 다 써야 해요."

태준은 서류를 더 꼼꼼하게 읽어 볼까 했지만, 앞에서 느껴지는 남자의 눈길에 빠르게 서명란을 채워 넣었다. 남자는 태준이 서명한 서류를 가져다 정리하고는, 책상 위에 작은 박스를 내려놓았다.

"핸드폰 있으면 여기 박스에 넣어요. 그리고 이 시계를 오른쪽 손목에 차세요."

"네? 오른손에요?"

"혹시 왼손잡이예요?"

"아닙니다."

"그럼 오른손에 차세요."

태준은 더 이상 반문하지 않고 시키는 대로 했다. 오른 손목에서 느껴지는 시계의 감촉이 낯설었다. 시계를 슬쩍 보자, 액정화면에 현재 시각뿐만 아니라 연도와 월, 일까지 나타나 있었다.

"아직 몇 분 정도 남았네요. 잠깐 기다려요."

도대체 뭐가 몇 분 남았는지, 왜 오른손인지 알 수 없었지만, 태준은 그냥 조용히 의자에 앉아 있었다. 어차피 파견직인 태준 입장에서는 시키는 대로만 하면 됐다. 무슨 일을 하는지 별로 궁금하지도 않았고, 궁금해할 필요도 없었다. 단지 '시간 보험사'라는 이름이 특이했을 뿐이다. 주인 의식 같은 건 당연히 존재하지 않았다. 물론 가끔 운이 좋거나, 관리자의 눈에 띄어서 원청과의 직접 고용으로 바뀌는 경우도 있었다. 그렇게 된다 하더라도 비정규직이지만, 적어도 파견회사가 중간에서 이런저런 명목으로 가져가는 30만 원 정도의 돈은 아낄 수 있었다. 그러나 태준은 그런 행운은 이미 포기한 지 오래였다. 지금까지 파견회사를 끼고 수많은 원청을 전전했지만, 비정규직으로라도 태준을 고용하는 곳은 없었다. 어찌 보면 당연한 일이었다. 파견회사를 통해 인간을 쓴다는 것 자체가, 소모품으로 사용할 인간을 찾는 것이었다. 누구도 소모품을 오래 사용하려고 들지 않았다.

문득 바닥에 떨어져 있는 종이 한 장이 태준의 눈에 들어왔다. 집어 들어서 살펴보자, 두 번 사용한 종이인지 앞면에는 인쇄된 그래프가 있었고 뒷면에는 손으로 휘갈겨 쓴 글씨들이 있었다. 태준은 종이를 옆에 내려놓았다. 이런 종이조차도 재활용해서 이면지로 사용하는데, 태준은 스스로가 이면지보다도 못한 처지에 있다고 느꼈다. 태준이 가만히 앉아 자신의 우울한 고용 상태에 대해 생각하는 사이, 누군가가 사무실 문을 벌컥 열고 들어왔다.

"오늘 몇 개 밀어야 해?"

"별로 없어요. 아홉 개."

"좋네. 이건 뭐야? 신입?"

"네. 달라고 하지 않았어요?"

"뭐, 그렇게 말하긴 했지."

문을 열고 들어온 사람은 덩치 큰 남자였다. 그는 태준 앞에 앉아 있는 남자와 알 수 없는 대화를 나누더니, 태준을 쳐다봤다.

"난 박영남이라고 한다. 그냥 박 주임이라고 불러."

"아…… 전 김태준입니다."

박 주임은 갑자기 손을 뻗어 태준에게 악수를 청했고, 태준은 급히 악수를 받았다.

"그럼 일하러 가자고. 운전할 줄 알지?"

"네."

박 주임은 갑자기 사무실 옆으로 들어갔다. 그제야 태준은 서류 보관함에 가려진 옆문이 있다는 사실을 깨달았다. 잠시 사무실에 앉아 있는 남자를 쳐다봤지만, 그는 서류 작업에 몰두하고 있었다. 딱히 설명을 들을 수 있을 것 같지는 않았기에, 태준은 박 주임을 따라 옆문으로 들어갔다. 방은 새하얀 색으로 색칠되어 있었고, 아무것도 없었다. 박 주임은 문 옆에 서 있다가, 태준이 들어오자 문을 닫았다. 살펴보니 문 바로 옆에 검은색 키패드가 달려 있었다. 태준이 방을 둘러보고 있는데, 박 주임이 말을 걸어왔다.

"아침 먹었어?"

"네?"

"아침 먹었느냐고."

"아…… 네. 빵 조금 먹었습니다."

이상한 질문에 태준은 약간 당황해서 말을 더듬었다. 그러나 박 주임은 아무렇지도 않게 방 밖으로 나가더니, 파란색 플라스틱 양동이를 가지고 들어왔다.

"발밑에 놔둬."

태준은 얌전히 양동이를 발밑에 두었다. 이 방도 그렇고, 이해할 수 없는 것투성이라 질문을 시작하면 한도 끝도 없을 것 같아서 그냥 입을 다물고 있는 게 나을 듯했다.

"정신 꽉 잡으라고."

박 주임은 기묘한 말을 하더니, 키패드의 버튼을 누르기 시작했다. 그 순간, 마치 고속으로 움직이는 엘리베이터가 급정거한 것처럼 온몸에 중력이 느껴졌다. 동시에 배 속은 마치 무중력 상태가 된 것 같았다. 배 속에 있는 것들이 그 속에서 떠다니고 있다는 게 느껴질 정도였다. 그러고 나서 엄청난 구토감이 몰려왔다. 태준은 참지 못하고 바닥에 주저앉아 양동이를 붙잡고 속에 든 것을 전부 게워 냈다. 위액들과 함께 아직 소화되지 못한 식빵 조각들이 양동이 바닥에 보였다. 옆에서 박 주임의 무심한 말소리가 들렸다.

"처음에는 다 그래. 좀 괜찮아지면 가자고."

도대체 뭐가 처음인지 모르겠지만, 속이 뒤집힌 태준은 그냥 바닥에 주저앉은 상태로 숨을 몰아쉬었다. 시간이 좀 지나고, 태준이 제대로 숨을 쉴 수 있는 정도가 되자 박 주임은 태준에게 손을 내밀었다. 태준은 그 손을 잡고 일어나며 물었다.

"도대체 뭐가 어떻게 된 겁니까?"

"가는 길에 설명해 줄게. 양동이는 놔두고 따라와."

박 주임은 아무것도 아니라는 듯 대답하고는 문을 열었다. 밖에는 아까 그 남자가 서류에 무언가를 열심히 적고 있었다. 그는 박 주임과 태준이 나오는 것을 보고는, 턱짓으로 사무실 문 근처를 가리켰다. 거기에는 큰 박스가 하나 있었다.

"박스 들고 와."

박 주임은 무심하게 말하고는 그대로 나가 버렸다. 태준은 급히 박스를 들고 박 주임을 따라가기 시작했다.

"이제 가는 길 같은데, 설명 좀 들을 수 있을까요?"

태준은 신경이 날카로워진 상태였다. 물론 파견직은 인간 소모품이고, 당연히 위험한 일을 할 때도 있었다. 그러나 질병이나 상해는 전혀 다른 문제였다. 차라리 엄청나게 위험한 일이라서 한 번에 죽을 수 있는 작업이 나았다. 병에 걸리거나 다치게 되면 일을 할 수가 없었고, 그러면 돈을 벌 수가 없었다. 그러면 이자를 갚을 수가 없었고, 그러면 채권자들은 또 집에 찾아오거나 동생의 학교에서 난리를 칠 것이다. 태준은 그게 죽음보다도 싫었다.

"응? 뭐가?"

"아까 그 구토는 뭡니까? 이거 혹시 위험하거나, 병에 걸릴 수 있는 일입니까?"

태준은 심각한 얼굴로 질문했지만, 박 주임은 무심하게 대답했다.

"아, 그거? 아무것도 아니야. 처음 시간 도약을 하면 다 그래."

"예?"

태준은 무언가 이상한 소리를 들은 것 같아 반문했다.

"뭐야, 파견업체에서 제대로 설명 안 했구먼?"

"지금 이거 무슨…… 장난 같은 건가요?"

태준이 재차 질문하자, 박 주임은 한숨을 푹 내쉬었다.

"이런 것 좀 제대로 말해 주고 보낼 것이지. 일단 차에 타자."

대화하는 사이 어느새 주차장에 도착해 있었다. 박 주임은 태준이 들고 있는 박스에서 자동차 열쇠를 꺼내더니, 승용차 문을 열었다.

"그거 박스는 트렁크 말고 뒷좌석에 둬."

박 주임은 바로 조수석에 타 버렸다. 태준은 도대체 뭐가 어떻게 돌아가는지 알 수 없었지만, 일단 시키는 대로 뒷좌석의 문을 열고 박스를 안에 넣었다. 태준이 운전석 쪽 문을 열고 자리에 앉자, 박 주임은 이미 뒷좌석의 박스에서 서류철을 꺼내더니 읽기 시작했다.

"아니, 시간 도약이 도대체 뭡니까?"

"일단 출발해. 시간 없다."

"아니, 무슨…….'

"가면서 다 설명해 줄게. 위험한 일도 아니고 위법도 아니야. 됐어?"

박 주임은 짜증을 내며 내비게이션에 위치를 찍기 시작했다.

태준은 일단 시동을 켜고 액셀을 밟았다.

"자, 이제 궁금한 거 물어봐."

차가 주차장을 떠나 도로에 접어들자, 박 주임은 서류를 읽으며 무심한 듯 말했다. 태준은 바로 가장 궁금한 것을 물었다.

"시간 도약이 뭡니까?"

"뭐긴 뭐야, 시간 도약이지. 타임머신 몰라?"

"아니…… 당연히 알지만, 그건 영화에나 나오는 것 아닙니까?"

"아니야. 못 믿겠으면 라디오 틀어 봐."

그 말에 태준은 라디오를 틀었다. 몇 번 채널을 돌린 끝에, 뉴스 채널을 찾을 수 있었다. 뉴스는 오늘 날짜와 현재 시각을 알리며 시작했다. 태준은 오른 손목의 시계를 쳐다봤다. 시간은 분명 맞았다. 그러나 라디오에서 나온 날짜와, 손목시계의 날짜는 네 달이나 차이가 났다.

"지금 저희가 네 달 뒤 미래로 시간여행을 했다는 겁니까?"

"어."

박 주임은 짧게 대답하더니 라디오를 꺼 버렸다. 태준은 그냥 생각하는 것을 포기했다. 진짜 시간여행을 했을 수도 있고, 아니면 지금 다른 사람들이 단체로 태준에게 장난을 치는 것일 수도 있었다. 아니면 그냥 뭘 잘못 먹어서 지금 정신착란 상태인지도 몰랐다. 그러나 어쨌든, 파견 나온 입장에서 태준이 할 수 있는 것은 없었다. 잡퍼스트에 전화해서 '시간 여행은 제가 동의한 일이 아닙니다.'라고 말해 봤자 씨알도 안 먹힐 것이 뻔했다. 어쨌든 태준은 돈이 필요했고, 돈만 받으면 그만이었다.

"이거 돈 떼먹거나 사기 치는 그런 일 아니죠?"

"아니야. 우리 나름대로 신용 있는 기업체라고."

그 말을 끝으로 박 주임은 더 이상 말을 하지 않고 서류만 계속 쳐다봤다. 태준은 무언가 물어보려다가, 그냥 조용히 운전에 집중했다. 물어본다고 딱히 달라질 것도 없었다.

내비게이션이 알려 주는 대로 따라가자, 한 아파트 단지에 도착했다. 태준이 아파트 입구 근처에 주차하자, 박 주임은 차에서 내리더니 상자를 뒤적거리기 시작했다.

"내려서 이쪽으로 와."

박 주임의 말에 태준은 운전석에서 내렸다. 특별할 것 없는 주택가였다. 무엇을 하려는 것인지 전혀 예측할 수 없었다. 태준은 궁금증을 참지 못하고 박 주임에게 물었다.

"그래서 저희는 이제 뭘 하죠? 로또 번호라도 적어 오는 건가요?"

"그런 거 하다가는 죽어."

박 주임은 무심하게 말하며 태준에게 검은색 마스크와 시계 하나를 건넸다. 시계는 태준이 오른쪽 손목에 차고 있는 것과 똑같았다. 다만, 지금의 시간, 즉 넉 달 뒤의 미래 시간을 나타내고 있었다.

"그 시계를 왼쪽 손목에 차. 그리고 마스크 쓰고 따라와."

태준은 시계를 차면서 왼쪽 시간이 현재이고 오른쪽 시간이 과거인 건지, 아니면 오른쪽 시간이 현재이고 왼쪽 시간이 미래인 건지 잠시 고민했다. 박 주임은 자신도 마스크를 쓰고는 손에 전동 장치같이 생긴 공구를 들고 앞장서서 걸어가기 시작했다. 태준은 마스크를 쓰며 박 주임을 따라가며 물었다.

"그럼 이제 뭘 하죠?"

"주차장으로 갈 건데, 05 수 2319 번호판을 달고 있는 차를 찾아. 보이면 바로 말해."

박 주임은 그 외에는 아무 말도 하지 않았다. 둘은 단지 내에 주차되어 있는 차들을 훑어보며, 차량 출입구를 통해 지하 주차장으로 향했다. 이미 출근 시간이 지나서인지 주차장에는 차가 그렇게 많지 않았다. 곧 태준은 05 수 2319를 찾을 수 있었다.

"여기 있는데요?"

"오, 빨리 찾았네. 좋아. 지금 몇 시 몇 분이야?"

"네?"

"지금 몇 시 몇 분이냐고. 정확히."

갑작스러운 박 주임의 질문에 태준은 당황했다. 지금이 언제지? 왼쪽 시간일까? 오른쪽 시간일까? 태준은 잠깐의 고민 끝에 '지금'은 현재 있는 이 시공간을 의미한다고 결론 내리고, 왼쪽에 있는 시계를 쳐다봤다.

"지금…… 11시 16분요."

"아, 이런…… 좀 늦었네. 1~2호 라인 출입구로 가서 사람이 나오는 것 같으면 나한테 달려와."

"아…… 네."

박 주임은 태준에게 이해할 수 없는 지시를 내리더니, 차를 향해 다가갔다. 태준은 잠시 박 주임을 쳐다보다가, 그냥 시키는 대로 1~2호 라인 출입구로 이동했다. 특별할 것 없는 보통의 출입구였다. 문에는 전자식 키패드가 달려 있어 비밀번호를 입력하거나 아파트 거주민을 호출해야만 열 수 있는 구조였다. 유리문이라서 안쪽에 있는 승강기가 보였다. 태준은 벽에 가만히 기대 승강기를 쳐다봤다. 도대체 뭘 하고 있는지 엄청 황당한 기분이었다.

태준은 슬쩍 양손의 시계를 살펴봤다. 분명히 두 시계 사이에는 4개월의 차이가 있었다. 라디오까지 조작하는 정말 엄청난 장난이 아닌 이상, 태준은 4개월 후로 이동한 게 맞았다. 그러나 그런 것치고는 하는 일이 너무…… 아무 의미도 없었다. 물론 파견직으로 일하면서 의미 있는 일보다는 단순 반복 작업이나 사무 업무만 하는 게 일상이었지만 그래도 이건 너무 이상했다. 그때, 승강기가 도착하는 소리가 들렸다. 태준은 안에 사람이 타고 있다는 것을 확인하고, 곧바로 박 주임이 있는 곳으로 달려갔다.

"누가 오는데요."

"괜찮아. 가자 이제."

박 주임은 무언가 하고 있었는지, 차 근처에 앉아 있다가 일어났다. 둘은 들어왔던 길로 다시 나갔다. 태준은 나가는 길에 살짝 뒤를 돌아보았다. 자세히 보이지는 않았지만, 분명히 아까 승강기에서 내린 사람이 05 수 2319에 타는 것 같았다. 태준은 박 주임에게 살짝 물었다.

"도대체 저희 뭐 하는 건가요?"

"나중에 다 알게 될 거야."

박 주임은 그렇게만 말하고는 더 이상 대답하지 않았다. 곧 둘은 차를 주차해 놓은 곳에 도착했다. 박 주임은 마스크와 들고 있던 공구를 다시 뒷좌석의 상자에 넣고는 조수석에 올라탔다.

"빨리 타. 다음 거 밀어야 하니까."

아무것도 이해하지 못한 채, 태준은 다시 차에 올라탔다. 박 주임은 내비게이션에 주소를 입력하고 있었다.

그다음으로 찾아간 곳은 한 원룸촌이었다. 박 주임은 이번에는 하얀 라텍스 장갑과 종이쪽지를 박스에서 꺼냈다. 그리고 라텍스 장갑을 태준에게 건네고 한 원룸 건물로 들어갔다. 이윽고 두 사람은 402호에 도착했다. 박 주임은 근처를 대충 살펴보고는, 종이쪽지를 보며 402호의 도어록에 비밀번호를 입력했다. 곧 문이 열렸다.

"들어와. 가급적이면 물건은 만지지 말고. 문은 조금만 열어 놔."

"이거…… 불법 침입인가요?"

무언가 이상한 느낌이 든 태준이 질문하자, 박 주임은 고개를 저었다.

"불법은 아니야. 조용히 하고 따라와."

원룸은 작았다. 박 주임은 현관에 신발을 벗고 바로 옆에 있는 문을 열었다. 안에는 화장실이 있었다.

"혹시 근처에 지나가는 사람이 있는지 보고 있어. 다른 방의 문이 열리거나 사람이 계단으로 올라오거나 하면 바로 문을 닫아."

이번에도 이상한 지시 사항이었다. 그러나 태준은 그냥 시키는 대로 하기로 했다. 어차피 물어본다고 설명해 줄 것 같지도 않았다. 한동안 정적이 흘렀다. 문을 열고 나오는 사람도 없었고, 계단으로 드나드는 사람도 없었다. 태준은 우두커니 서서 밖을 쳐다보다가, 문을 열어 둔 상태로 슬쩍 화장실 쪽으로 향했다. 박 주임은 화장실 안에 쪼그리고 앉아서 무언가를 바닥에 문지르고 있었다. 들고 있는 것이 보이지 않아 몸을 더 기울이자, 박 주임이 갑자기 고개를 돌려 태준을 쳐다봤다.

"뭐야?"

"아니…… 그냥 궁금해서요."

무언가 죄를 지은 듯한 기분이 든 태준은 곧바로 밖을 감시하러 현관으로 갔다. 여전히 아무도 지나가지 않았다. 곧 일을 끝마쳤는지 박 주임이 화장실에서 나왔다. 박 주임은 별말 없이 신발을 신으며 밖으로 향했다. 태준도 조용히 뒤를 따랐다.

그 뒤로도 도무지 이해할 수 없는 일들이 이어졌다. 태준이 하는 일은 거의 대부분 차를 운전해서 목적지에 도착하는 것이었다. 그 외에는 그냥 망을 보거나 물건을 찾는 정도였다. 그 탓에 태준은 도대체 박 주임이 정확히 무슨 일을 하는지 알 수가 없었다. 중간에 한번은 태준도 박 주임과 함께 짐을 옮기기도 했다. 둘은 어떤 회사의 지하 주차장으로 들어가, 거기 쌓여 있던 박스들을 전부 차량으로 옮겼다. 박스 안에는 서류들이 가득 들어 있었다. 그리고 그대로 도시 외곽의 한적한 공터로 이동해서, 그것들을 전부 불태웠다. 그러는 동안에도 박 주임은 아무런 설명도 하지 않았다. 그리고 그다음에도, 태준은 그냥 운전해서 목적지에 찾아갈 뿐이었다. 이번에는 아예 태준은 차에서 기다리고 있었다. 어느 공단 근처였는데, 박 주임은 태준에게 차에서 기다리라고 하고는 사라져 버렸다. 태준은 오랫동안 운전을 한 탓인지 피로감을 느끼고 있었다. 그때, 누군가 창문을 두드렸다. 창문을 내리자 박 주임이 있었다.

"바꾸자고. 운전 오래 했지?"

"아…… 감사합니다."

"밖에 내려서 스트레칭 좀 하고 차에 타. 내가 운전할 테니까."

피곤한 것은 사실이었기에, 태준은 밖으로 나와 기지개를 켰다. 약간 피곤한 것 말고는, 꽤나 쉬운 일이었다. 파견직으로 일하면 이것보다도 훨씬 고되고 짜증 나는 일을 할 때도 많았다. 엄청나게 무의미한 일을 반복하는 경우도 있었고, 관리자가 태준을 인간 이하로 취급하며 폭언을 퍼부을 때도 있었다. 물론 지금 태준은 시간여행을 한 상태였다. 그러나 그 정도는 다른 것에 비교하면 별로 위험 요소도 아니었다. 모든 측면을 감안해도, 이 '시간 보험사'는 꽤나 편한 일이었다.

"가자고, 이제."

차 안에서 박 주임이 말했다. 태준은 마지막으로 허리를 쭉 펴고, 조수석에 올라탔다.

정신을 차리자 박 주임이 태준을 툭툭 치고 있었다. 피곤했기 때문인지, 아니면 운전을 하지 않아 긴장이 풀려서인지 차 안에서 깜빡 잠이 든 모양이었다.

"내리자고. 일해야 하니까."

박 주임은 별로 싫은 기색을 보이지는 않았다. 태준은 재빨리 차 밖으로 내렸다. 차는 어떤 지하 주차장에 있었다. 태준이 밖으로 나오자, 박 주임은 박스 안에서 물건들을 꺼내 태준에게 건넸다. 주황색 형광 조끼와 안전모, 빨간 목장갑과 방진 마스크였다. 박 주임은 이미 그것들을 입은 상태였기에, 태준은 별말 없이 그것들을 착용하기 시작했다. 그런 태준을 보면서, 박 주임은 갑자기 이상한 말을 내뱉었다.

"이제 우리가 뭘 할 거냐면, 가서 사람을 하나 죽일 거다."

"네?"

태준은 자신이 방금 맞게 들었는지 의심스러웠다. 그러나 엄청 의아해하는 태준의 태도에도 불구하고, 박 주임은 담담한 표정이었다.

"자세한 건 보면 알아. 날 잘 따라오고 허튼짓은 하지 마. 그러라고 미리 말하는 거니까."

박 주임은 그 말을 끝으로 주차장 출입구로 향했다. 태준은 곧바로 그 뒤를 따랐다. 입구 근처에는 경비 초소가 있었다. 늙은 경비원은 초소 안에서 꾸벅꾸벅 졸고 있었다. 경비원은 박 주임과 태준이 움직이는 소리에 살짝 눈을 떴지만, 그들이 입고 있는 옷차림새를 보고는 안심했는지 다시 눈을 감았다. 둘의 모습은 흔히 볼 수 있는 기술자들이었다. 아마도 둘은 공장 안에 있는 것 같았다. 기계들이 움직이는 소음이 들렸고, 근처에는 작업복을 입은 사람들이 돌아다녔다. 박 주임은 서류를 들여다보며 어디론가 향했다. 가끔 공장에서 일하는 사람들의 바로 옆을 스쳐

지나가기도 했지만, 그들은 박 주임과 태준에게 눈길도 주지 않았다. 태준은 박 주임의 뒤에 따라붙으며 작은 목소리로 물었다.

"살인을 한다고요? 위법적인 일은 하지 않는다면서요?"

"이건 위법이 아니야. 엄밀히 말하면 살인도 아닐걸? 조용히 하고 따라와."

박 주임은 알 수 없는 대답을 한 뒤 성큼성큼 걸어갔다. 태준은 이해할 수 없었지만 일단 박 주임을 따라갔다.

"여기다."

그들이 도착한 곳은 화장실이었다. 박 주임은 잠시 화장실 안을 둘러보더니, 가장 끝의 변기 칸으로 들어갔다. 태준은 가만히 서서 그걸 보고 있었다. 도대체 무슨 일이 벌어지는지 알 수가 없었다. 지금까지와는 전혀 다른 무언가가 일어나고 있었다.

"뭐 해? 안으로 들어와."

그래서 박 주임이 태준을 변기 칸으로 불렀을 때도, 그렇게 놀라지 않았다. 이미 놀랄 만큼 놀라서 더는 '이건 좀 아닌 것 같다.'는 생각조차 들지 않았다. 변기 칸 안으로 들어가자, 박 주임은 변기 커버를 덮은 상태로 그 위에 쪼그려 앉아 있었다.

"문 닫아."

태준은 얌전히 문을 닫았다. 시간여행까지 했는데 고작 한다는 일이 화장실 변기 칸에서 시커멓게 수염이 난 남자랑 같이 있는 거라니 정말 우스웠다. 도대체 이게 무슨 일인지, 그리고 왜 이걸 고작 파견직에 불과한 자신이 하고 있는지 알 수가 없었다.

"지금 몇 시야?"

"네?"

"지금 몇 시냐고."

"지금 4시 25분쯤이에요."

"정확히 몇 분 몇 초인지를 말해."

박 주임의 목소리가 갑자기 거의 속삭이는 수준으로 바뀌었다. 태준은 영문도 모른 채 자신도 목소리를 죽여 대답했다.

"지금 4시 25분…… 19초 지났네요."

"좋아. 목표는 4시 26분 12초에 화장실에 들어올 거야. 들어오고 나면 이 칸에서 나가. 손은 씻지 말고 거울만 잠깐 보고 있어. 그러다가 목표가 소변기로 이동하면 크게 기침해."

"네?"

"이해 못 했어? 다시 말해 줘야 해?"

"아닙니다. 알겠습니다."

순식간에 카리스마 있는 상급자의 모습을 보이는 박 주임에게 태준은 압도당했다. 그러나 여전히 무엇을 의미하는지 알 수 없는 지시 사항들의 향연이었다. 목표는 누구지? 왜 여기서 기다리는 거지? 그런 생각을 하는 와중에 26분 12초가 다가왔다. 정확히 그 순간, 누군가가 화장실 문을 열고 들어오는 소리가 들렸다. 박 주임이 태준을 살짝 찔렀다. 태준은 심호흡을 한번 한 뒤, 변기 칸의 문을 열고 밖으로 나갔다.

밖에는 세면대에서 거울을 보고 있는 남자가 한 명 있었다. 그는 공장에서 입는 방진복과 마스크, 고글로 온몸을 감싼 상태였다. 그 탓에 얼굴에서 보이는 부분은 고글을 쓰고 있는 눈뿐이었다.

태준은 조용히 세면대로 다가갔다. 무의식적으로 물을 틀고 손을 씻으려다가, 손을 씻지 말라는 지시 사항이 떠올랐다. 그 탓에 태준은 그냥 멍청하게 물을 틀고 가만히 있었다. 다행히도 옆의 남자는 태준에게 별로 관심을 주지 않고, 방진복의 머리 부분을 벗어 열을 식히고는 소변기 쪽으로 이동했다. 태준은 누가 들어도 정말 수상한, 헛기침을 크게 두어 번 했다.

그 순간, 변기 칸 안에 있던 박 주임이 번개처럼 뛰쳐나왔다. 태준은 저 덩치에서 저런 속도가 나온다는 사실과 그다음에 박 주임이 한 행동에 소스라치게 놀랐다. 박 주임은 손에 들고 있는 끈 같은 것으로 남자의 목을 강하게 조르기 시작했다. 순식간에 일어난 사건에 태준은 당황해서 몸이 굳었다. 남자가 버둥댔지만, 박 주임은 아랑곳하지 않고 목을 조였다. 화장실 안은 남자가 껵껵대는 소리와 태준이 틀어 놓은 세면대의 물소리, 그리고 소변기 센서가 작동해 물 내려가는 소리만이 들렸다. 이내 소변기 센서가 작동을 멈추고, 남자도 껵껵대는 소리를 더는 내지 않게 되었다. 화장실 안은 세면대의 물소리로 가득 찼다.

"뭐 해. 와서 좀 거들어."

태준은 박 주임이 자신을 부르는 소리에 정신을 차렸다. 오늘 일어난 모든 일이 정말 놀라움과 황당함의 연속이었지만, 그중 지금이 가장 터무니없었다.

"지금…… 사람을 죽인 거예요?"

태준이 떨리는 소리로 질문하자, 박 주임은 한숨을 푹 내쉬었다.

"시간여행까지 해 놓고 그런 쓸데없는 질문 할 거야? 그냥 좀

와.”

“아니…… 아무리 그래도…….”

“너 지금 넉 달 뒤로 시간 도약을 했는데, 내가 너 여기다 버리고 갈까? 그럼 경찰이 잘도 네 진술 믿어 주겠다? 제가 넉 달 전에서 왔는데 저랑 같이 온 남자가 죽인 거예요, 전 안 죽였어요. 이렇게 말할 거야? 입 다물고 좀 오라고. 돈 필요해서 우리 회사에 온 거잖아. 돈 받기 싫어?”

박 주임은 거의 협박 수준의 말을 내뱉었다. 태준은 잠깐 망설이다가 박 주임 쪽으로 걸어갔다.

“다리 좀 들어. 변기 칸으로 옮길 거야.”

박 주임은 그렇게 말하며 쓰러진 남자의 어깨를 잡아 들어 올렸다. 곧 둘은 쓰러진 남자를 화장실 가운데 변기 칸에 놓을 수 있었다. 박 주임은 남자의 목을 조른 끈을 적당히 매듭짓고는, 반대쪽을 변기 칸 벽에 달린 옷걸이에 걸었다. 남자는 마치 화장실 옷걸이에 끈을 매달고 자살한 것 같은 모양이 되어 있었다. 박 주임은 품 안에서 종이 한 장을 꺼내 남자의 옆에 내려놓았다. 종이의 맨 위에는 ‘유서’라는 큰 글씨가 인쇄되어 있었다. 박 주임은 변기 칸 안으로 들어가 문을 잠근 뒤, 벽을 기어올라 밖으로 나왔다.

“가자. 아직 남았으니까.”

그 뒤 어떻게 공장을 나왔는지는 잘 기억나지 않았다. 박 주임이 앞서 걸었고, 태준은 그냥 박 주임의 뒤를 따라 걸었다. 어느새 정신을 차리고 보니 처음에 도착했던 주차장에 와 있었고, 박 주임은 안전모와 조끼 등을 벗어서 차 안에 있는 박스에 넣고 있었다.

"뭐 해? 장비 벗어. 다음 거 밀러 가야 하니까."

"아니…… 방금 사람을 죽였잖아요! 어떻게 그렇게 태연해요?"

태준은 박 주임의 태도에 울컥하여 언성을 높였다. 그 말에 박 주임은 피식하고 웃더니, 주머니에서 차 열쇠를 꺼내 운전석의 문을 열었다.

"내가 운전할 테니까 타라."

어차피 태준은 자신에게 선택권이 없다는 사실을 알고 있었다. 아까 화장실에서 박 주임이 말한 것처럼, 지금 당장 박 주임 혼자 돌아가 버린다면 태준이 이 모든 일의 범인으로 몰릴 것이다. 태준은 자신이 지금 어디 있는지도 몰랐다. 그냥 시키는 대로, 운전하고 움직이고 물건을 옮겼을 뿐이었다. 설령 경찰에 가서 오늘 겪은 모든 일을 말한다고 하더라도, 믿지 않을 것이 당연했다. 당장 태준 스스로만 해도 지금 자신에게 벌어지는 일이 사실인지 믿기 어려울 정도였는데, 남들은 오죽할까? 결국 태준은 얌전히 차의 조수석에 올라탔다. 박 주임은 태준이 차 문을 닫자 차를 출발시키며 입을 열었다.

"자, 일단 한 가지 알려 주자면, 시간여행을 해도 중요한 사실들은 안 바뀐다는 거야."

"뭐라고요?"

"나도 정확히는 몰라. 시키는 대로 할 뿐이야. 정확한 건 시간

공학자들이나 알겠지. 하지만 내가 죽이고 싶다고 사람을 죽일수 있는 게 아니거든. 사람이 죽는다는 사실, 아니면 공장에서 사고가 일어난다는 사실 같은 건 바꿀 수 없어."

태준은 박 주임을 쳐다봤다. 박 주임은 무표정한 얼굴로 차를 몰며 말을 이어 나갔다.

"방금 본 그 남자는, 어차피 오늘 사고로 죽을 예정이었어. 말하자면 오늘 그 공장에서는 사고가 1회 있고, 사망자 1인이 있을 예정이었지. 거기에 우리가 끼어들어서, 사고도 있고 사망도 있지만, 둘 사이에 관계는 없는 것으로 바꿔 주는 것뿐이야."

"왜요?"

"사고사로 죽으면 불편한 사람들이 있거든."

"그게 누군데요?"

"많지. 공장 주인들, 아니면 정치인들…… 이런 게 필요한 사람들은 항상 한 트럭 정도는 있지."

태준은 마치 망치로 머리를 맞은 것 같은 기분이었다.

"지금 그러니까, 공장에서 사고로 죽을 사람이었으니까 괜찮다는 거예요?"

"그래."

"그게 무슨…… 이건 엄연히……."

"엄연히 뭐?"

태준은 당혹감과 알 수 없는 분노 때문에 제대로 말을 잇지 못했다. 그러나 박 주임은 태준에게 눈길도 주지 않은 채 차분히 반문했다.

"이건 살인도 아니고 절도도 아니고 사기도 아니야. 어차피 죽을 사람의 사인을 바꾸는 게 뭐 어때서? 네가 방금 본 그 남자는 그냥 죽기 전 그림자 같은 것에 불과해. 우린 그냥 사실들을 약간 어루만져서 좀 더 좋게 만드는 것뿐이야."

"그 좋다는 건 누구 기준인데요?"

"돈 주는 사람들 기준이지."

태준은 완전히 폭발해 버렸다.

"말도 안 되는 개소리잖아요! 누구 마음대로 이런 짓을 해요?"

화를 참지 못한 태준이 소리를 지르자, 박 주임은 태준을 흘끗 쳐다보고는 차를 갓길 쪽으로 운전하여 잠시 멈췄다.

"돈 마음대로지. 그러는 너는 왜 지금 여기 있는데?"

"이런 일인 줄 알았으면 절대로……."

"알았으면 뭐? 돈 필요하잖아. 맞잖아? 돈 필요하니까 이런 데 파견 오는 거잖아."

박 주임은 무표정한 얼굴로 말을 이어 나갔다.

"우리가 이렇게 안 해도 어차피 결과는 똑같아. 공장에서 사람하나 죽는다고 뭐 엄청난 일이 있을 것 같아? 전혀 아니야. 어차피 그 공장에서 일하는 사람들 다 파견직이야. 죽어도 공장은 눈하나 깜짝 안 해. 책임 소재를 찾으려고 해도 우리 관할이 아니다, 파견직이다, 근로자가 안전 수칙을 지키지 않았다, 우리는 몰랐다……. 핑계는 차고 넘쳐. 오늘 우리가 그 남자를 안 죽였으면 뭔가 달라졌을 것 같아? 전혀 아니야. 어차피 사고로 죽고, 그 사고는 보상을 논의하다가 흐지부지 잊혀 갈 뿐이야. 우린 그냥 그

번거로움을 줄여 주는 것뿐이고."

태준은 말문이 막혔다. 분명히 무언가 잘못되었는데, 뭐라고 해야 할지 도저히 알 수가 없었다.

"그래도……."

"그래도 뭐? 너도 똑같으면서."

"뭐라고요?"

태준의 질문에 박 주임의 얼굴에 비웃음이 떠올랐다.

"너도 오늘 나를 아무 생각 없이 도왔잖아. 맨 처음에 주차장에서 네가 망볼 때? 나는 그 차의 타이어 휠의 너트를 전부 풀고 있었어. 그 덕에 그 차는 고속도로에서 타이어가 빠져서 사고가 났고 운전자는 죽었지. 원룸촌에서? 그 화장실 바닥에는 내가 비누칠을 해 뒀어. 집주인이 퇴근하고 들어와서 화장실에 가면 미끄러져서 뇌진탕으로 죽게 되어 있지."

"아니……."

"왜, 몰랐다고 이야기하게? 오늘 내가 죽이는 걸 안 봤으면 이 일을 계속했을 거잖아?"

태준은 몰랐다고 말하려다가 입을 다물었다.

"도덕적으로 고결한 척하지 마. 어차피 사회는 이렇게 굴러가고 인간은 다 똑같아. 우리는 그 안에서 살아가는 것뿐이야. 우리는 잘못 없어. 탓하려면 사회를 탓해. 그런다고 바뀌는 것도 없겠지만."

그 말을 끝으로 박 주임은 차에 시동을 걸었다. 태준은 무너지듯 차 시트에 몸을 기댔다. 참을 수 없는 무력감이 느껴졌다. 사람의 가치가 이면지보다도 못하다는 생각이 들었다. 적어도 이면지는 죽는 순간이 다른 사람들에게 문제가 돼서, 죽음이 위장되지는 않았으니까. 그 뒤에도 박 주임과 어딘가로 이동해서 무언가를 했지만, 하나도 기억나지 않았다. 태준은 넋이 나간 것처럼 그냥 있었다.

"뭐 해?"

박 주임의 말에 정신을 차리자 아침에 일을 시작했던 오피스텔의 사무실에 와 있었다. 태준에게서 서류를 받았던 남자와 박 주임이 태준을 쳐다보고 있었다.

"시계 반납하세요."

남자의 말에 태준은 문득 자신의 팔을 내려다보았다. 아직도 양팔에 시계가 하나씩 있었다. 태준은 왼쪽 손목의 시계를 풀어 남자에게 건네주고 방으로 들어갔다. 여전히 새하얀 방에는 아무것도 없었다. 곧이어 박 주임이 들어오고 키패드를 누르는 소리가 들렸다. 엘리베이터가 멈추는 것 같은 느낌과 함께, 태준은 위장의 안과 밖이 뒤집히는 것 같은 고통을 느꼈다. 그래도 이번에는 토하지 않았다. 박 주임이 먼저 나갔고, 태준은 뒤이어 나갔다. 이번에도 사무실에서 일하는 남자가 태준을 쳐다보고 있었다.

"시계 반납하세요."

태준은 오른 손목의 시계를 끊어 내듯이 풀어서 책상 위에 던졌다. 남자는 시계를 회수하더니, 태준의 핸드폰을 건네주었다. 태준은 그 휴대폰을 받자마자 도망치듯 밖으로 뛰쳐나갔다.

그날 이후 태준은 '시간 보험사'에 출근하지 않았다. 도저히 더는 일할 수 없었다. 파견회사에서 연락이 왔지만, 그냥 일할 마음이 없다고 말한 뒤 끊어 버렸다. 그러자 얼마 지나지 않아 복사된 서류가 몇 장 우편으로 날아왔다. 분명 처음 보는 서류였지만, 태준의 서명이 되어 있었다. 서류에서 태준은 '시간 보험사'에서 겪은 일에 대해 절대 외부에 발설하지 않겠다고 맹세하고 있었다. 태준은 이걸 입 다물고 있으라는 일종의 경고라고 받아들였다. 사실 어디 가서 말할 수 있는 내용도 아니었다. 아무도 믿지 않을 이야기이기도 하지만, 살인에 대한 이야기였기 때문이다. 태준은 애써 모든 것을 잊으려고 노력하면서, 다른 직업을 찾기 시작했다. 어쨌든 돈이 필요했다. 태준은 어느 기업의 TV 패널을 조립하는 공장에 비정규직으로 취직했다. 근무 여건이 좋지는 않았지만, 사람을 죽이는 일에 협조하는 것보다는 나았다. 그러나 여전히, '시간 보험사'에서의 경험은 태준을 계속 괴롭혔다.

* * *

일하다 잠시 화장실에 온 태준은 멍청히 거울을 쳐다봤다. 방진복을 입고 있었기에 얼굴 중에서 보이는 곳은 고글에 덮인 눈 부분밖에 없었지만, 그 눈에서 삶에 찌든 스스로의 모습을 볼 수 있었다. 죄책감인지, 아니면 삶에 대한 회의감인지 스스로도 알 수 없는 감정이 느껴졌다. 태준이 멍청히 서서 거울을 쳐다보고 있는 동안, 변기 칸에서 사람이 한 명 나왔다. 안전모에 형광 조끼를 입고, 방진 마스크와 장갑을 끼고 있는 것을 보아 기술자 같았다. 그는 세면대로 다가오더니, 세면대의 물을 틀었다. 그러나 마스크도, 장갑도 벗지 않고 그냥 가만히 서서 거울을 쳐다보고 있었다. 태준은 좀 덥다는 느낌을 받아 방진복의 머리 부분을 벗고 소변을 보고 나가기로 했다. 태준이 소변기로 다가가는데, 남자가 갑자기 매우 어색한 헛기침을 두 번 했다. 이상하게도 익숙한 느낌이 들었다. 그 순간, 뒤에서 누군가 변기 칸 문을 박차고 나오는 소리가 들렸다. 그제야 태준은 익숙한 느낌이 무엇인지 깨달았다.

세면대의 남자는 양팔에 시계를 차고 있었다.

꼬리가 없는
하얀 요호 妖狐
설화

제4회 타임리프 공모전 당선작

이경희

한국과학소설작가연대 소속 작가. 환상문학웹진 《거울》 필진. 「꼬리가 없는 하얀 요호
설화」가 황금가지 타임리프 공모전에 당선작으로 선정되어 데뷔했다. SF와 판타지 양쪽에서
활동 중이며, 주로 죽음과 외로움, 계급과 권력의 문제에 대한 이야기를 다룬다. 장편소설
『테세우스의 배』, 단편 「살아있는 조상님들의 밤」, 「다층구조로 감싸인 입체적 거래의
위험성에 대하여」 등을 발표했다.

내 천 년을 살며 아홉 꼬리를 얻고, 재물이 산천 가득 흘러넘쳐 살아 감에 조금도 아쉬움이 없었거늘. 아, 한탄하도다. 안개 자욱한 산자락을 거닐다 그대와 마주치지 않았더라면 내 꼴이 이 지경으로 우스워지게 되는 일도 없었을 것이다.

어이하여 그대는 내 눈앞에서 목을 매달려 하였단 말인가.

그래. 누구를 탓하겠느냐. 모두 내 선택이고 내 책임인 것을. 내가 밧줄을 끊어 그대의 목숨을 구했다. 연신 기침을 해 대는 그대가 안쓰러워 차가운 시냇물도 떠다 주었다. 금방까지 생을 끊으려 했던 그대는 우습게도 그 물을 단 꿀처럼 벌컥 들이켰었지. 아아, 기억이 한낮의 햇살처럼 쨍하여 만지면 손을 베일 듯하구나.

내 그대에게 묻기를,

"그대, 어찌 목숨을 놓으려 하는가?"

하자, 그대는 이리 답했었지.

"가문의 재화를 모두 잃고 벼슬길에 오르지도 못하여 부끄러워 그러오."

그대가 설명하기를, 집안의 독자로 태어난 그대는 아비를 일찍 여의고, 기울어 가는 가세를 일으키려 십수 년간 과거에 매진하였더랬다. 손위의 누이가 혼례도 미루고 그대의 급제를 위해 집안의 모든 재화를 쏟았으나, 안타깝게도 그대는 향촌의 작은 관직에조차 오르지 못하고 번번이 낙방하였다.

그대의 노력이 부족했던 것은 아니었다. 그저 사서삼경 어디에도 벼슬을 돈으로 사는 법이 쓰여 있지 않았던 탓이다. 지나친 순수함이 되레 짙게 눈을 가리고 있었으니, 동기들이 관직에 나아가는 동안에도 그대는 그 비결을 눈치채지 못했다. 한참 후에 그대를 딱히 여긴 자가 조용히 진실을 귀띔해 주었으나 때가 늦은 뒤였다. 재산이 이미 바닥을 드러내 감투 값을 치를 돈이 남아 있지 않았던 것이다.

사연을 들은 나는 기가 막혀 그대를 질타하였다.

"배부른 소리 말거라. 인간으로 태어나지 못해 부끄러운 짐승이 산천에 가득한데, 그깟 벼슬이 무어라고 귀중한 인간의 삶을 쉬이 내버린단 말인가. 광명한 햇살을 스스로 꺼뜨리는 어리석음을 범하지 말라."

허나 그대도 기세 좋게 맞섰지.

"인두겁을 뒤집어썼다 하여 모두 인간인 것은 아니오. 서른이 되도록 학업도 완수치 못하고 누이가 벌어다 준 밥만 축내는 자가 어찌 사람이겠소. 이대로 부끄러움을 잊은 짐승이 되어 버리는 게 아닐까 심히 두려워 그 전에 삶을 끊고자 했던 것이오."

측은한 일이다. 천 년을 산 나도 산천을 누비는 소소한 재미에 만족하며 살아왔거늘, 그대는 한갓 인간 주제에 어찌 그리 고고하게 군단 말인가. 무엇이 그대의 혼백을 옥죄어 두 눈을 청아한 부끄러움으로 가득 채웠단 말인가.

그대의 눈빛에 혹해 이 말을 하지 말았어야 했다.

"따라오너라. 나의 집에 초대하마."

산속 깊은 곳 커다란 솟을대문 앞까지 그대를 데려왔을 때, 쑥스럽지만 나는 조금 의기양양해 있었다. 한껏 휘둥그레진 그대의 눈을 잊을 수가 없구나.

"놀랐느냐?"

"한양에서도 이런 집은 보지 못했소."

"너희 임금이 산다는 궁궐도 아마 이보다는 작을 것이다."

그러자 그대는 분노했다.

"어찌 조선 하늘 아래서 임금보다 사치할 수 있단 말인가."

그대의 순진함에 나는 웃음을 터뜨렸다.

"우습구나. 태조가 나라를 세우는 데 쓰인 수만금의 재화가 모두 내 주머니에서 나온 것이거늘, 너희 사대부가 어찌 나를 비난한단 말인가."

"나라에는 정해진 법도가 있소. 한갓 금은보화로 하늘의 이치를 넘볼 수는 없는 법이오."

"땅을 기는 짐승에게 하늘의 이치 따위 알게 무어란 말이냐."

그제야 그대는 나의 정체를 꿰뚫어 보았다.

"지리산 깊은 곳에 매구가 한 마리 산다더니 그게 바로 너로구나."

흥이 깨진 나는 손을 휘저어 환상을 지워 버렸다. 대궐이며 비단이 모두 사라지고 어두운 굴만 남게 되니 그대는 더욱 확신하며 나를 몰아세웠다.

"역시 여우가 맞구나. 나를 여기로 데려온 저의가 무엇이냐?"

"너의 모습이 딱해 돈이나 좀 쥐여 줄까 했지."

"필요 없다."

수만 냥을 비단처럼 팔에 걸고 유혹해 보았으나 그대는 단호했었지. 그대의 눈빛을 보아 고고한 의지를 꺾을 수 없음은 이미 짐작하고 있었더랬다. 잠깐의 유흥으로 시험해 본 것뿐이었으니, 다만 잠시라도 그대가 죽음을 잊게 하고 싶었을 따름이었다.

내 너에게 이르기를,

"돌아가는 길을 알려 줄 터이니, 다시는 이 산에서 목숨을 끊어 그대의 피로 산천을 더럽힐 생각은 말지어다."

하자, 그대는 고개를 끄덕였다.

"약속은 반드시 지키겠소."

표정을 보아하니 당장 죽을상 같지는 않아 보였다. 나는 아랫마을로 돌아가는 가장 빠른 길을 그대에게 알려 주었다. 허나 신경 쓰이는 마음이 사라지지 않더구나.

"내 이 산을 두고 팔백 년 묵은 너구리와 다투는 도중이나, 그대를 차마 두고 볼 수가 없구나. 그대가 원한다면 산자락 아래까지 안내하도록 하마."

"그럴 필요 없소."

그날, 그대는 차가웠도다. 그렇게 우리의 야속한 연이 끝을 맺었다면 좋았을 것을. 어찌 어리석게도 늙은 너구리의 꼬임에 넘어갔단 말인가.

* * *

추후에 너구리가 전해 주기를, 그대는 하산 길에 늙은 승려와 마주쳤다더구나. 승려가 그대에게 친절히 길을 알려 주었다지.

"저쪽 기슭에는 산적들이 진을 치고 있으니, 멀리 돌아서 가심이 옳을 것이외다."

순진한 그대는 그 말을 철석같이 믿고 커다란 바위산을 둘러둘러 걷다가 외려 산속 깊은 곳까지 빠져들고 말았다. 숲의 주박(呪縛)에 사로잡혀 같은 자리를 빙빙 돌기를 수차례, 능선을 따라 어둠이 내려앉고 자욱한 잎사귀가 그믐달마저 가리게 되자 그대는 한 치 앞도 가늠치 못하고 자리에 주저앉을 따름이었다.

그대는 매서운 밤 추위를 피해 바위틈에 몸을 숨겼다. 허나 그곳은 독사가 득실거리는 뱀굴이었다. 독니가 그대의 발목을 깨물고 살을 찢자 그대는 놀라 굴 밖으로 뛰쳐나왔다. 피가 흐르는 다리를 질질 끌며 겨우 살아 나오기는 했으나, 독기가 점점 올라

발은 퉁퉁 붓고 어지럼에 전신의 힘이 풀리는 모습을 보니 과연 아침까지 버티기나 할까 걱정될 지경이더구나.

게다가, 신선한 피 냄새를 맡고 금세 표범 무리가 몰려들었으니, 그야말로 여우를 피하려다 범을 만난 격이 아니던가. 그대는 보이지도 않는 덤불길을 두 팔로 헤치며 달리고 또 달렸다. 허나 촌각도 버티지 못하고 숨이 목젖까지 차오르더니, 사슴처럼 가느다란 두 다리가 금세 고꾸라져 무릎이 꺾이고 말았다.

이내 쫓아온 범들이 둘씩 짝을 지어 다가와 그대를 둥그렇게 에워쌌다. 그러자 그대는 미련 없이 눈을 감았다. 대못 같은 이빨이 그대의 뒷목을 찍어 누를 찰나였으니, 마침 내가 그 자리에 나타나지 않았더라면 그대는 이미 송장이 되고도 남았을 것이다.

범들을 쫓아낸 나는 곧장 그대의 바짓단을 올려 입을 대고 발목에 깊게 빨았다.

"뭐 하는 짓이오!"

사정을 모르는 그대는 내게 소리 질렀다. 나는 그대의 입을 틀어막고 또 한 번 상처를 깊게 빨아당겼다. 검은 피를 입안 가득 머금어 양 손바닥에 뱉은 다음에야 그대는 상황을 이해하고 얌전해졌다. 나는 핏방울 하나 남지 않도록 정성스레 그대의 발목을 핥아 소독하고, 하얀 치맛자락을 찢어 상처에 감아 주었다.

이처럼 내가 연달아 세 번이나 그대를 구했음에도 그대는 뻔뻔하기 짝이 없었다. 오히려 내게 이렇게 따져 물었지.

"어찌하여 나를 구했소."

"산에서 죽지 않기로 약조하지 않았는가."

"스스로 목숨을 끊지 않기로 했지 범과 싸워 이겨 보겠다 하진 않았소."

"그래. 그렇지. 그래서 내가 너를 구하러 온 것이다."

그대는 말이 없었다.

"고마운 줄 알라. 내 너를 심려하여 뒤를 밟지 않았더라면 지금쯤 너는 싸늘히 식어 너구리의 배 속으로 들어가는 중일 터이니."

"너구리라니?"

"그대가 만난 승려는 너구리가 둔갑한 것이다. 이 산에 살면서 너구리를 섬기는 독뱀이며, 이빨 빠진 표범 무리나 보았지 산적 따위는 한 번도 본 적이 없다. 그대는 너구리의 간계에 빠져 깊은 산속으로 들어선 것이야. 도대체가 십수 년 글을 배웠다는 자가 아는 것이라고는 없으니, 앞날이 걱정이구나."

그리 말하자, 그대는 울음을 터뜨렸다.

"나도 이리 나약한 내가 정말 싫소."

그날 그대는 밤을 새워 꼬박 흐느껴 울었도다. 잠시 울음이 잦아들 때면 그대는 나를 거칠게 노려보곤 하였다. 내가 무슨 말을 하여도 그 눈빛을 꺾진 못하리라. 그대의 심성은 나약한 것이냐, 아니면 강직한 것이냐. 나는 지금도 가늠할 수가 없구나.

날이 밝기도 전에 그대는 떠났다. 산 아래에 무사히 도착할 때까지 몰래 뒤를 밟아 가며 온갖 짐승들을 쫓아야 했으니, 예나 지금이나 그대는 참으로 손이 많이 가는 인간이로구나.

* * *

그 후로도 나는 이따금 아랫마을에 들러 그대를 지켜보곤 했었다.

과연 다 쓰러져 간다던 그대의 집안은 몇 년째 흉작이 들어 곳간마저 텅텅 비었더구나. 먹을 것이 떨어질 때마다 노비를 하나둘 팔아 쌀과 바꾸어 먹으니, 그 많던 노비도 삽시간에 사라지고, 그대는 결국 밥 지어 줄 솔거마저 떠나보내고 말았다.

본디 양반이란 작자들은 거드름에 자빠져 쌀알 한 톨 주울 줄 모르는 자가 태반이나, 그대의 심성은 조금 남달랐다. 어머니를 봉양하기 위해 그대는 부끄러움을 어깨 가득 짊어졌다. 낮에는 직접 드넓은 논이며 밭을 갈고, 밤에는 땔나무를 베어 팔았다. 때로 누이가 투정을 부릴라치면 그대는 부엌 문간도 서슴지 않고 들락거렸다.

그런 그대를 보는 것이 편치 않았다. 그대와 같이 올곧은 자가 고통받고, 너구리처럼 약삭빠른 자들이 금은보화를 꿰차는 것이 이 나라의 실상이라면, 태조를 도와 나라를 세운 내게도 그 책임이 있는 것이 아니겠는가. 그대가 겪는 고통 하나하나가 모두 내 탓으로 생각되기 시작하니 도저히 그대를 돕지 않을 수가 없더구나.

그래서 나는 가끔 남정네 모습으로 둔갑하여 장사꾼들을 찾아가,

"저어기 최씨 댁이 쌀을 팔면 넉넉히 쳐 주시게."

라며, 몰래 두어 냥씩 찔러 주곤 했다. 아쉽게도 내가 해 줄 수 있는 일은 겨우 그 정도뿐이었다. 달리 내가 도움을 주었다 한들 그대는 어차피 거절했을 것이 분명했으므로.

나는 점점 자주 아랫마을을 찾게 되었다. 낙엽이 지고 새롭게 잎이 자라기를 수차례 반복하였으나 그대의 삶은 언제나 제자리였다. 그저 굶지 않음을 다행으로 여기며 겨우 연명할 뿐이니, 짐승보다 나은 점을 찾기가 어려울 지경이었다. 딱 하나 다행인 점은 그대의 청아한 두 눈 또한 그대로였다는 점일 테지. 나는 그대의 눈을 보는 것이 좋았다.

그러던 어느 여름에 돌림병이 돌았다. 그대의 마을에도 삽시간에 병마가 번져 셀 수 없이 많은 인간들이 목숨을 잃었다. 하루가 멀다 하고 시체를 태우는 통에 시커먼 연기가 산을 가득 뒤덮어 굴속에 틀어박힌 내 코가 매울 지경이었다.

그대의 집안에도 여지없이 화가 들이닥쳤다. 다행히도 그대는 멀쩡했으나, 대신 누이의 가슴에 열이 올랐다. 이마에선 땀이 비처럼 쏟아지고 뱉는 숨은 불길처럼 뜨거웠다. 민들레 같은 누이의 손끝은 파르르 떨려 수저조차 쥐지 못했다. 참다못한 그대는 마지막 남은 옥구슬이며 가락지를 모두 꺼내 들었다. 누이의 혼사를 치르기 위해 아껴 둔 보물이었을 텐데. 그것을 억지로 내다 파는 그대의 마음이 어떠했을지 생각하면 지금도 내 가슴이 저릿하구나.

온갖 귀하다는 약재를 달여 먹여도 누이의 열병은 가라앉지 않았다. 결국 보름을 넘기지 못하고 누이가 눈을 감았다. 상실감을 이기지 못한 어머님께서도 거짓말처럼 딸의 뒤를 따라 영면하셨다. 마을 사람들이 볏짚으로 시신을 태우는 동안, 총명했던 그대의 눈에도 탁한 연기가 가득 차올랐다.

그 모습을 보고 있자니 내 더는 참을 수가 없더구나. 결국 나는 그대 앞에 나서고 말았다.

늦은 밤 나는 그대의 침소에 몰래 숨어들었다. 그저 툭 하니 엽전 팔백 냥을 머리맡에 내려놓고 나올 셈이었다. 허나 내 어찌 알 수 있었겠는가. 그대가 뜬눈으로 밤을 지새우고 있었을 줄은.

"받을 수 없으니 도로 가져가시오."

예상대로 그대는 거절했으나, 이번엔 나도 물러서지 않을 셈이었다.

"이 많은 초상을 혼자 치를 셈인가?"

"남은 것이 나 혼자뿐이니 별수 없지 않소."

"내일부터 손들이 찾아오실 터인데 쌀밥에 고깃국 올릴 돈도 없지 않은가. 장지까지 관을 짊어 줄 장정이 열둘이나 필요한데 이는 또 어찌 마련하려는가?"

나는 그대에게 다시 한번 돈뭉치를 내밀었다.

"대체 내게 왜 이리 잘 대해 주는 것이오?"

그대는 내게 이유가 무엇이냐 물었었지. 이에 대해서는 지금도 잘 설명하지 못하겠구나. 그대의 순결한 눈동자에 현혹되어 그런 것인지. 천 년 동안 짊어진 외로움이 무거워 그랬던 것인지. 혹은 그대를 살려내어 다시 삶 속에 처넣은 책임을 다하기 위해서였는지…… 그날도 결국 나는 답을 주지 못했다. 대신 이렇게 그대를 채근할 뿐이었지.

"어쩌겠느냐? 나는 그대가 마지막으로 자식 된 도리를 할 기회를 주는 것이다."

"당신이 무슨 자격으로 나를 돕는단 말입니까. 또한, 무슨 명분으로 내가 그 돈을 받는단 말입니까."

그대가 한사코 내 재물을 거부하기에 그만,

"내 그대의 처가 되어 주면 될 것 아닌가."

하고, 나는 또 한 번 또다시 후회할 말을 내뱉고야 말았느니라.

그날 밤 우리는 집사도 없이 부부의 연을 맺고 초야를 치렀으니, 천 년을 넘게 살아온 내게도 이는 처음 있는 일이라 문득 설레기도 하고 많이 두렵기도 하여, 마치 모든 털을 잃어버리기라도 한 듯 온몸이 떨리었다. 내 오직 의지할 데라곤 너의 깊은 눈동자뿐이었다. 너의 눈빛은 결코 흔들리는 법이 없었다.

그렇게 우리는 가족들의 상을 함께 치르고, 유난히 길고 추웠던 겨울을 무사히 버티어 냈다. 봄과 함께 새로운 얼굴들이 마을에 모여들기 시작하면서 우리는 그들 사이에서 자연스레 부부로 자리 잡았다. 나는 멀리 강원도에서 내려온 양갓집 자녀로 둔갑하여 그대의 안주인이 되었다. 정체를 속이고 사람 행세를 하는 것은 너무나도 쉬운 일이었다. 역병으로 팔 할이 죽거나 떠나 버린 마을엔 이야기를 꾸며 속일 사람도 얼마 되지 않았다.

그대는 누구보다 성실하고 올곧았으므로, 금세 가문의 영광은 되돌아왔다. 우리는 가난으로 오갈 데 없는 이들을 모두 받아들였다.

어느새 집 안은 사람들로 북적이기 시작했다. 그렇게 봄기운을 따라 한 해 농사가 시작되었다. 여름 내내 나는 입속에 머금은 보주(寶珠)를 굴려 한가득 풍요를 불러 모았다. 단비가 대지에 촉촉이 스며들었고, 포근한 바람이 그 위를 부드럽게 감쌌다. 뜨거운 햇살 아래서 그대는 연일 땀을 쏟으며 이 땅끝에서 저 땅끝까지 거름을 내리고 잡초를 뽑느라 허리 한번 펴 본 적이 없었다. 모진 노력의 결과 그해 가을에는 처음으로 지평선 끝까지 가문의 드넓은 논이 모두 황금빛으로 물들었다. 그대는 아이처럼 기뻐했다.

기억하는가? 우리가 함께 언덕 위에 올라, 해가 떨어질 때까지 질리도록 논을 바라보았던 날을. 그대는 처음으로 내 손을 꼬옥 붙잡아 주었다. 그대의 손은 마르고 거칠었으나, 세상 무엇보다 아찔하게 뜨거웠었다. 그대는 내 눈을 또렷이 바라보며 이렇게 이야기했다.

"부인. 처음에는 부인의 마음을 의심했었소. 진실하지 못한 혼례라 생각하며 후회한 적도 많았소. 하지만 지금 이렇게 돌이켜 보니 참된 짝을 만났다는 것을 알겠소. 한참 부족한 내가 부인과 같은 이와 연을 맺은 것은 실로 하늘에 감사히 여길 행운이오."

이러한 말을 처음 들어 본 나는, 무슨 대답을 해야 할지 몰라 그저 말없이 그대를 품에 끌어안았다. 이토록 기분 좋은 말을 듣고서 한가득 눈물이 차오르는 것은 어째서일까. 산중의 짐승으로 사는 동안엔 기쁘면 기뻐하고 화가 나면 화를 내면 될 뿐이었는데. 사람 사이에 오가는 감정이란 어찌나 복잡한 것인지. 나는 여전히 감정이란 것이 어렵구나.

수확을 마친 그대는 곳간 가득한 쌀가마니를 마을 모두와 나누었으니, 이 또한 세간의 존경을 받을 만한 일이다. 관직에 오른 이들이 모두 그대와 같다면 이 나라가 그리 혼란스러워질 일도 없었으리라. 그해 겨울은 모두에게 따뜻한 계절이었다.

한 날은 그대가 나를 불러다 놓고 실없는 소리를 했던 기억이 난다.

"부인. 내 그대의 낭군이 된 지도 꽤 지났으니, 이제 존칭을 쓰셔야 하지 않겠소?"

나는 한껏 눈가를 찡그렸다.

"싫다. 내 너의 부인이 되어 주었으니, 네가 나를 하대하면 되지 않느냐."

"법도에 어긋나오."

"낭군아. 그대가 말하는 법도라는 것은 고작 백 년 전에 생겨난 것이다. 낭군에겐 이러한 규칙들이 영원한 하늘의 이치처럼 보일지 모르나 내게는 잠시 스쳐 갈 아집으로밖에 느껴지지 않는구나."

한참을 싸우겠구나 생각했건만. 웬일로 그대는 더 고집 피우지 않았다. 그 대신,

"'낭군아'라고 불러 주니 듣기 좋소."

라며 나를 부끄럽게 하지 않았던가.

또 한 날은 그대가 서책을 읽다 말고 빤히 나를 바라보고 있

기에,

"어찌 그런 표정으로 나를 보느냐."

하고 물었더니, 그대는

"부인 얼굴이 하도 고아하여 잠시 글을 잊은 것이 아니겠소."

라며 말도 안 되는 핑계를 대기도 하였었다.

우리의 혼례일이 돌아올 때마다 그대가 선물해 주는 가락지를 받아 들고 면밀히 살펴보며 쓰다듬는 일도 내게는 큰 기쁨이었다. 그대는 잘 감추었다고 생각했겠지만, 그대가 죽은 누이를 생각하며 내게 가락지를 주었다는 것을 안다. 나를 보는 표정 또한 마치 죽은 누이를 바라보듯 하였다는 것도. 허나 나는 그것이 싫지 않았다. 낭군의 빈 마음을 메우는 것 또한 부인의 몫이 아니겠는가. 그대 또한 내 천 년의 공허함을 채워 주었으니.

그대가 이처럼 나를 어여삐 여기고 아껴 주니, 열 개가 넘는 가락지가 쌓이도록 부족함을 느낄 일이 없었다.

* * *

이렇게 소소하고 지루한 나날이 계속되었다면 좋았을 것을.

그러나 기쁨은 오래가지 않는 법이더구나. 결국 전란이 이 땅을 휩쓸고 지나가니, 왜구가 바다를 건너 동래를 뭉개고, 쏜살같이 한양으로 향했다는 소식이 들려왔다. 왕의 목숨이 흔들리는 촛불과 같고, 백성의 삶이 한갓 구더기보다 처참히 짓밟힐 처지에 놓였다는 것이 아니겠는가.

경상우도 각지에 초유사(招諭使) 김성일이라는 자가 휘갈긴 초유문(招諭文)*이 나부꼈으니, 어찌 그대가 나서지 않을 수 있었겠는가. 어쩌면 본디부터 이리 정해진 운명이었던 것인지도 모르겠구나.

그대가 반쯤 찢긴 초유문을 내밀며 내게 고하기를,

"국운이 기울어 온 나라가 바람결에 쓰러지려 하니, 나 또한 사대부의 후예 된 자로 임금의 명을 받들어 창의거병(倡義擧兵)함이 옳소."

라고 하였다. 나는 기가 막히어,

"거병하여 무엇을 하시겠다는 것인가."

하고 물으니, 그대는 이리 답했다.

"진주성이 함락의 위기에 처했다 하니 구원을 나서야 하지 않겠소."

"그깟 돌무더기가 뭣이 중요하다고 그러는가."

"성이 무너지면 왜구가 서쪽의 논과 밭으로 쏟아 들어올 것이오. 나라의 곡창을 지키는 마지막 보루란 말이오."

나는 이대로 질 수 없어 거칠게 맞섰더랬다. 허나 너의 의지를 꺾을 수 없으리란 것은 이미 알고 있었지.

"내 동쪽에서 날아온 새들에게 전해 듣기로 왜놈들은 사람을 창칼로 찔러 죽이고 아녀자 겁간하기를 세끼 밥 먹듯이 하는 자

---

* 백성들의 의병 활동을 장려하는 격문.

들로 전쟁에 이골이 난 미친 망령이라 하더구나. 반면에 낭군은 어디 칼이나 한번 휘둘러 본 적 있는가? 붓밖에 잡아 본 적 없는 자가 어찌 전장에 나선다는 것인가."

"집집마다 사람이 일시에 같이 일어나 싸우면 군세가 크게 떨쳐 창칼보다 날카로운 무기가 될 것이니, 승세란 모르는 것이오. 동지들과 충의로 결속하고 성을 쌓아 지킨다면 하늘 아래 떳떳하니 무엇이 두렵겠소. 일이 이루어지면 나라의 치욕을 씻을 것이오, 이루지 못한다 해도 의로운 귀신이 될 것이니."

"낭군아. 그것은 너의 말이 아니다. 김성일이란 자가 쓴 격문을 그대로 읊어 대고 있는 것이 아니냐. 남들이 이러쿵저러쿵하는 말을 듣고 짐짓 아는 체만 하지 말고 낭군의 생각을 말해 보라. 그대의 진심을 말하란 말이다."

그날 그대의 눈동자는 분명 떨고 있었느니라. 아니, 어쩌면 그대의 눈동자에 갇힌 내 혼이 떨고 있었는지도. 그대는 내게서 핵 고개를 돌리며 이리도 차갑게 말하지 않았더냐.

"주종의 관계는 부부의 연보다 천 배는 중한 것이오. 이는 하늘의 이치란 말이오."

"낭군아. 그대가 세상의 이치라 하는 말들은 삼백 년 전엔 흔적조차 없던 것이다. 내 겪어 보기를 그대의 조상들은 훨씬 지혜로웠다. 힘겹게 고통받고 멸시받을지언정, 짐승의 시체를 빌어먹을지언정, 이처럼 가족을 저버리지는 않았더랬다. 그것이 진정한 사람의 법도가 아니더냐. 충절이며 순국이 다 무어란 말이냐. 어찌 한갓 말장난에 인연도 가족도 모두 버린단 말인가."

허나 그대는 완강했다. 내가 그대의 바짓자락에 매달려,

"꼭 이래야 하겠느냐! 가지 마라! 가지 마라!"

이렇게 자존심도 긍지도 내려놓고 빌었는데, 너는 나를 어찌 대했느냐. 법도를 모르는 짐승이라며, 차마 입에 담지도 못할 패악한 말들로 나를 멸시하지 않았느냐.

그럼에도 꾹 참고 그대를 붙잡았어야 했는데. 결국 그대를 떠나보내고야 말았구나.

얼마 뒤 첫 번째 전투가 치러졌다는 소식이 들려왔다. 소식꾼은 그대가 고작 삼백의 병사를 이끌고 일만의 군세와 맞서는 것을 보았다고 했다. 모인 병졸의 수가 너무 적어 모두가 그대를 말렸으나 그대는 듣지 않았다고 했다.

하긴, 설사 천 명, 이천 명이 그대의 편에 있었다 한들 어찌 그대가 살아남을 수 있었겠는가. 그대라고 그것을 몰랐겠는가. 묵묵히 법도에 따랐을 뿐이었겠지. 대체 그대는 나약한 것이냐, 강직한 것이냐. 나는 여전히 가늠할 도리가 없구나. 둘이 머리가 세도록 살다 함께 죽자 하더니, 어찌 나를 두고 그리 쉽게 먼저 간단 말인가.

그 후로 내 꼬박 반년을 기다렸으나 한 조각의 갑옷조차 집으로 돌아오지 않았다.

* * *

낭군아. 그대가 없었음에도 성은 굳건히 함락되지 않았더렸다.

커다란 철포가 천지를 휩쓸고, 진주성 높은 담이 그들을 비호하니, 삼천의 병사가 능히 삼만 왜군을 당해 내었도다.

꼬박 엿새의 싸움으로 모두가 지쳐 있었으나 그들은 동지의 죽음을 잊지 않았다. 그리하여 남은 이들이 모두 모여 먼저 떠난 자들을 기리기로 약조하니, 커다란 하천에 하얀 종이배를 띄워 등불을 이루기로 하였다. 나 또한 그대의 수급을 찾을 길이 없던 차에 천 길을 한걸음에 달려와 그들과 함께 함께 등불을 올리려는데, 어디선가 입에 서책을 문 검은 여우가 나타나 배시시 웃는 것이 아니겠는가.

검은 여우가 내게 이르기를,

"아이야. 연모하는 이를 잃고 어찌 이제사 후회하는고."

라고 하였다.

"검은 요호께서는 어찌 저의 이야기를 아시는가?"

하고 물으니, 검은 여우는

"내 나이가 삼천 년을 훌쩍 뛰어넘어 도술에도 통달하였는데, 그런 작은 일을 알아내는 것은 푹 젖은 다람쥐를 잡는 일만큼이나 쉬운 것이다." 하고 말하며, "삼천 년을 산 나조차도 인간들과 엮이기를 두려워 이 산 저 산으로 은거하며 살아가고 있거늘, 자네는 어찌 천 년을 겨우 채운 주제에 그리도 깊숙이 얽매이고 말았는고."

라고도 하였다.

"내 자네를 딱히 여겨 딱 한 번 기회를 주려 하네."

그가 그리 말하며 음흉한 미소를 짓기에, 나는 기가 막혀 되물었다.

"이미 모든 것을 잃었거늘 요호께서 무슨 기회를 줄 수 있단 말인가."

그가 허공에 매달린 동아줄을 내게 내밀더구나.

"이는 시간을 되돌리는 동아줄이네. 세 번 절하고 일곱 번 당기면 자네가 원하는 과거로 되돌아갈 것이야. 그 대신."

그리고 앞발을 들어 이렇게 제안하더구나.

"대가로 그대의 꼬리를 하나 내어 주셔야겠네."

* * *

낭군아. 나는 꼬리를 하나 바칠 수밖에 없었느니라.

꼬리를 건네고 동아줄을 당기니 과연 신묘한 기운에 감싸여 나는 시간을 거슬러 아래로 아래로 추락했도다. 정신을 차리니 그대가 다시 나의 앞에 서서 반쯤 찢긴 초유문을 내미는 것이 아니겠는가. 나는 너무 놀라 그대를 으스러지도록 끌어안고 말았다. 부끄러움도 잊고 생전 처음으로 비 오듯 눈물을 쏟아내고 말았으니, 그대는 이승과 저승 어디에서도 결코 나의 울음을 알리지 말지어다.

그대는 또 한 번 내게 주장하였다.

"국운이 기울어 온 나라가 바람결에 쓰러지려 하니, 나 또한 사대부의 후예 된 자로 임금의 명을 받들어 창의거병함이 옳소."

이번엔 나는 그대를 말리지 않기로 하였다. 대신 산에서 가져온 남은 재화를 싹싹 긁어 건네었으니, 이는 능히 병사 삼백을 철갑으로 무장하고도 남을 재화였다.

"그리하시게."

"정……정말이오?"

"어찌 그리 놀라는가."

"부인이 반대할 줄 알았소."

"그대를 말릴 수 없음을 익히 알고 있으니, 대신 이를 받으시게."

내 그대를 붙잡아 입에 처음으로 입술을 맞추었느니. 아아, 다시없을 어여쁜 감촉이여. 그대의 애정은 달콤하고 또 달콤하였도다. 천 년을 들여 일구어 낸 보옥이 미끈한 혀와 혀를 타고 그대의 목구멍 속으로 아찔하게 쑥 빠져들었으니, 그대는 이제 나의 모든 것을 빼앗아 가졌음이라.

나는 옷자락을 추스르며 그대의 눈을 가리고 이렇게 이야기하였다.

"이 구슬을 삼킨 자는 처음 마주 보는 존재의 이치에 눈을 뜨게 되니, 처음 눈을 뜨고 하늘을 본다면 하늘의 이치를, 땅을 본다면 땅의 이치를 깨닫게 될지어다."

하늘도 땅도 아닌, 나를 바라보아 주었다면 얼마나 좋았겠는가. 허나 그대는 하늘을 택하였었지.

과연 하늘의 이치를 깨달은 그대는 승승장구하였다. 진주성에 이르기까지 모든 왜군을 능히 무찌르니, 금세 또 한 번 삼만의 왜군이 성을 침공하는 날이 되었다. 그대가 최후의 전투를 준비하는 동안, 나는 산세를 뛰어다니며 여기저기 여우불을 일으켰다. 환상에 미혹된 왜놈들은 산중 곳곳에 의병이 진을 친 것으로 오인하여 서둘러 성을 두드리다 되레 큰 해를 입고 말았다.

왜군이 진주를 포기하고 물러나니 드디어 사는가 싶더구나. 잠 한번 청하지 않고 꼬박 보름을 달린 탓에 나는 그대로 깊은 잠에 빠져들고 말았다.

* * *

눈을 떠 보니 시간이 반년이나 흘러 있어 나는 깜짝 놀라고 말 았다.

끝난 줄 알았던 전쟁은 지리하게 계속되고 있더구나. 이미 명 (明)에 패하여 그 끝이 보이는 전쟁인데도, 반심을 품은 왜군이 한갓 자존심을 보전하려 진주성 앞에 모여들고 있었다. 높은 산 위에서 굽어살피니 모여든 왜놈의 수가 십만을 훌쩍 넘어 이루 헤아릴 수 없을 지경이더구나.

나는 그대를 찾아 성내를 수소문했다. 꼬박 반나절을 돌아다니 고서야 성곽 그늘에 활을 안고 마른 볏짚처럼 늘어진 그대를 찾 을 수 있었다. 오랜 싸움으로 지쳤는지 전혀 다른 얼굴이 되어 있더구나. 연모하던 청아한 눈동자도 피에 젖어 탁해진 지 오래 라, 다시는 본래의 색을 찾을 수가 없겠더라.

다시 만난 반가움에 그대를 품에 안으려 했건만, 그대는 차갑 게도 고개를 돌려 내게서 거리를 두었다. 왜 그랬느냐. 나를 위함 이었다 변명하지 마라. 내 그대의 불안을 모르고 상처를 모르겠는가. 그렇다 해도 어찌 나를 멀리할 수 있단 말이냐.

나는 아픔을 잊으려 그대에게 말을 걸었다.

"낭군아. 왜구가 다시 몰려온다는 소식을 들었다."

"그렇소."

"이번엔 오합지졸이 아니라 고니시니 가토니 하는 명장들도 온다고 하더구나."

"그렇다고 들었소."

"겁을 집어먹고 떠난 이가 수만에 이르더구나. 그 대단한 곽가도 떠나지 않았더냐."

"맞소."

"어찌하여 그대는 떠나지 않는 것인가. 하늘의 이치를 꿰뚫어 보았으니, 결말이 어찌 될지도 알고 있을 터인데. 그대의 운명이 어디로 흘러갈 것인지 이미 알지 않는가."

그대는 한참 동안 대답이 없었다.

"부인. 성안에는 아직도 오만이 넘는 백성들이 남아 있소. 내 어찌 죽음이 두려워 이들을 버릴 수 있단 말인가."

그대는 이번에도 역시 흔들리지 않았도다. 나는 그대로 바닥에 무릎을 꿇고 앉았다.

"좋다. 정 여기서 끝을 보겠다면, 나도 그대와 함께하겠다."

그때 처음으로 그대가 흔들리는 모습을 보았다. 그대는 떨리는 목소리로 내게 이리 말했었지.

"아내 된 자를 전장에 내미는 지아비가 어디에 있단 말인가. 어서 떠나시오, 부인. 조상들께서 이를 아시면 저승에서 깊이 노하실 거요."

"그대의 조상들에 대해서는 내가 더 잘 안다. 그러니 닥치거라."

그대는 야속하게도 입을 다물었다. 그래서 나도 더는 아무 말
도 하지 않았다. 한바탕 욕이라도 퍼부었더라면 그나마 속이라도
시원했을 것을.

* * *

목사(牧使)*도 죽었건만, 왜놈들은 어찌 그리도 집요하게 진주
를 무너뜨리려 한단 말인가.

때는 유월에 이르러, 종일 비가 쏟아졌다. 활줄이 녹고 화약이
젖으니 그 대단한 궁술과 철포도 모두 무용지물이라, 병사들은
어찌할 방도도 없이 혼돈에 빠지고 말았다. 게다가 빗물을 머금
은 대지가 황토처럼 질척이니, 여기저기 성벽마저 가라앉고 무너
지기 시작하였다.

이런 때에 멀리서 왜군이 진격하는 나팔 소리가 들렸다. 벼랑
에서 구르기 시작한 돌을 어찌 멈춰 세울까. 왜놈들의 미친 물결
이 백성의 핏물과 뒤섞여 남강을 붉게 적시니, 하늘의 이치를 깨
우친 그대조차도 터진 둑을 막을 방도가 없었다. 그대가 비탄에
찬 눈으로 강물에 뛰어들어 자결할 때, 내 마음은 또 한 번 무너

---

* 도(道) 아래 행정 단위인 목(牧)을 다스리는 관직을 의미한다. 조선 시대에는 진주, 광주, 전주,
나주, 청주 등 20여 개의 목이 존재했다. 여기에서는 진주목사 김시민을 지칭한다. 김시민이 사
망한 후에는 서예원이 진주목사가 된다.

져내리고 말았구나.

낭군아. 너는 틀렸다. 왜군은 성을 함락했으나, 그저 돌무더기를 부서뜨릴 뿐, 나라의 곡창에는 손도 대지 않았다. 너는 아무런 가치도 없는 일에 목숨을 던졌을 뿐이었다.

너희 남자들은 언제나 그랬다. 백 년 전에도, 천 년 전에도, 하늘이 새로 열리고 새로운 법도가 십수 번 새로 쓰였어도 너희들은 달라지는 법이 없었느니라. 손 안의 보석은 모두 내다 버리고, 덧없는 존심에 부나방처럼 생명을 던지는 일만을 반복하니, 어리석고 또 어리석도다. 어찌 천 년이 지나도록 나아지는 일이 없단 말이더냐.

나는 물속에 뛰어들어 그대의 시신을 건져 올렸다. 젖은 몸으로 힘겹게 허덕이는 내게 검은 여우가 다가와 또 한 번 속삭이더구나.

"다시 해 보겠느냐."

나는 그릇됨을 알면서도 이를 받아들일 수밖에 없었느니라.

"다시 시간을 돌려주시게."

그러자 검은 여우는 또 한 번 앞발을 내밀었다.

"이번엔 꼬리 세 개요."

"이전엔 하나였는데 어찌 이번엔 세 개나 요구한단 말인가."

그러자 그가 혀를 끌끌 차며 내게 이리 말하더구나.

"어찌 그리 가볍게 생각하는가. 시간을 두 번 되감는 일이 한 번보다 어려운 것은 당연하거늘. 만물의 연기(緣起)를 뒤집는 일이 어디 그리 쉬운 일인 줄 아는가."

낭군아. 내 달리 무슨 선택을 할 수 있었겠느냐. 나는 꼬리를 바칠 수밖에 없었느니라.

* * *

나는 그대의 갑주를 벗기고 간을 씹어 삼켰다. 그대의 혼을 으깨어 보옥을 되찾기 위함이었다. 그런 다음 검은 여우가 내미는 동아줄을 당겼다. 정신을 차리니 전투가 시작되기 전날이었다.

나는 그대를 설득하기를 포기하였다. 나의 부족한 언변으로는 결코 그대의 눈빛을 꺾지 못할 것이었다. 대신 나는 여우의 모습으로 왜군의 진영에 숨어들었다. 10만의 병사 중 가장 야심이 가득하고 눈에 마가 서린 자를 찾아내고서, 그자의 앞에 모습을 드러내어 이렇게 유혹하였다.

"네 비록 이름 없는 병졸이다만, 야심만은 능히 삼황오제를 넘을 만하구나."

내 그자에게 제안하기를,

"천하를 움켜쥘 구슬을 그대에게 주마. 이것을 삼키면 땅의 이치를 모조리 깨우치게 되니, 그 도요토미란 작자의 위엄도 능히 뛰어넘어 정명가도를 이룸에 부족함이 없을 것이다. 다만."

치욕스럽고 또 치욕스럽도다. 그대를 살리기 위해 그대가 지극히도 혐오할 제안을 하고 말았으니, 이 일로 그대의 미움을 얻게 되더라도 어쩔 수가 없구나.

"그 대가로 진주성 하나만 눈감고 넘어가 주시게."

그래. 내 그자에게 구슬을 건네었다. 그자는 땅을 보았고, 하계의 모든 법도를 깨달았도다. 하룻밤 사이에 일곱 왜장의 목을 치고 십만 병단을 통합하였으니, 누구도 그를 막지 못할 것처럼 기세등등하였다.

허나 그자는 나와의 약속을 지키지 않았다. 땅의 이치를 삼킨 그 왜놈은 다음 날 새벽 일찍부터 무참히 진주성을 짓밟기 시작했다. 마수와 같은 파도 앞에서 그대들은 너무나도 무력했다. 성을 책임져야 할 목사는 그대의 눈앞에서 미쳐 실성했고, 용맹한 장정들도 하나둘 총칼에 스러졌다. 지쳐 쓰러진 그대 또한 왜놈들의 손에 붙잡혀 코를 잘리고 귀를 뽑히는 능욕을 당해야 했다. 나는 또 한 번 그대의 시신을 안고 통곡하고 말았다.

* * *

천 년의 지혜를 쌓은 내가 어찌하여 이리도 바보천치가 되었단 말인가.

뿌리 깊은 나무 아래 그대를 묻은 나는 검은 여우를 찾아 이 산 저 산을 헤맸다. 모든 것을 바쳐서라도 다시 한번 시간을 되돌리고 싶었다.

그대가 보고 싶었다. 이번엔 그대의 팔다리를 꽁꽁 싸매서라도 데려 나올 작정이었다. 그대가 거부한다면 그대의 뒷덜미를 물어서라도 성 밖으로 끌고 나오려 했다. 다시는 누구도 믿지 않을 것이다. 다시는 후회를 남기지 않을 것이다. 누구도 침범할 수 없는

깊디깊은 산속에 그대와 단둘이 숨어, 그대의 살결과 내 살결을 합치고 입술로 입술을 맛보며 하염없이 서로의 두 눈만을 바라보며 살아가리라. 그리 다짐하며 나는 온갖 산천을 내달려 댔다.

몇 날 며칠을 수소문한 끝에야 나는 검은 여우의 뒤를 잡았다.

"이제 먼 길을 떠나려는데 어찌 본인을 붙잡으러 왔는가."

그가 말했다.

"한 번만 더 돌려주시게. 딱 한 번만."

"알고 있는가? 이번엔⋯⋯."

"다섯 개를 드려야겠지."

검은 여우는 한숨을 쉬었다.

"천 년을 넘긴 여우가 꼬리를 모두 잃으면 한갓 인간이 되어버린다는 것을, 자네는 알고 있는가?

"내 설마 그걸 모르고 이러겠소."

내가 답하자 그가 탄식하며 내게 말하기를,

"속세의 연에 눈이 단단히도 멀었도다. 자네는 어찌 이다지도 어리석은 선택을 반복한단 말인가."

라고 하더구나.

"부탁하네. 마지막으로 한 번만 돌려주시게."

나는 네 발과 배를 모두 바닥에 대고 간절히 절을 올렸다. 내가 남은 꼬리를 모조리 입으로 물어뜯어 바치니, 그는 새하얀 털 뭉치를 배 속으로 집어넣으며 흡족한 웃음을 지었다.

그제야 검은 여우가 본색을 드러냈으니, 그가 둔갑을 풀며 팔백 년 묵은 너구리가 눈앞에 나타나는 것이 아니겠는가. 아찔하

기 짝이 없는 일이도다. 너구리가 비웃음 잔뜩 머금은 목소리로 내게 말하기를,

"얘 여우야. 너는 천 년을 살았다는 것이 어떻게 그리 우둔한 생각을 하였니. 만물이 자연의 이치대로 흐르는 법인데, 물줄기 같은 시간을 어찌 거슬러 산중으로 향하도록 한단 말이니. 너의 꼬리는 잘 받았어. 어리석은 인간이 되어 한번 잘살아 보렴. 이제 나는 떠날 테니."

하고는, 숲속으로 사라져 버리고 말았다. 아아, 너를 구하기 위해 되돌린 모든 시간은 너구리의 덧없는 환술에 지나지 않았더구나. 이제 인간의 몸이 되어 버린 나는 너구리를 쫓을 힘도 없이, 그저 그대를 떠올리며 서러운 눈물을 자아낼 뿐이니. 그저 통곡하고 또 통곡할 뿐이도다.

* * *

눈을 뜨나 눈을 감으나 그대의 미소가 선연히 떠오르니, 내 이승에 숨 붙이고 사는 한 그대 향한 마음을 잊을 길이 없다. 꿈에라도 나타나 어여삐 웃어 주면 좋으련만, 보름 밤낮 잠을 청해도 그대는 한 번을 찾아오지 않는구나. 그대 이미 영영 멀리 떠났는가 싶어 서글프구나.

이름 모를 산자락에 파묻혀 있을 나의 낭군아. 이제 너를 떠나보내련다. 마지막으로 그대 얼굴 떠올려 어루만지고 나면, 이제는 정녕 강 아래 다 묻어 버리고 떠나려 한다. 너는 썩은 흙으로

돌아가 뿌리가 되고 나무가 되거라. 억만 겁이 지나 환생을 이루더라도 다시는 인간의 삶 따위 꿈꾸지 말고 자연에 머물다 가거라. 그것이 그대와 어울리는 삶일지니.

낙하하는 노을이 강을 적시니, 이에 비쳐 떨리는 내 모습이 마치 치솟는 불길과 같구나. 진주성 누각 아래, 위암(危巖)에 올라서서 그대에게 뜨거운 춤을 지어 올리리다. 애틋한 맘 춤사위에 가득 실어 온 하늘에 새처럼 띄워 볼까 하노라.

이리 춤추며 일각이 넘도록 저자를 노려보고 있으니, 이제 그 또한 나를 눈치채고 아래로 내려오는구나.

그자가 묻는구나.

"너는 기생이냐?"

참았던 웃음이 터지고 말았다.

"이 땅에 하얀 옷을 입는 기생이 있겠느냐. 너희 품에 안기면 온몸에 검붉은 피가 배어들진대."

그자가 한 걸음 가까이 다가와 다시 한번 나를 살피는구나.

"오호라! 알겠구나. 너는 그때 내게 구슬을 준 요괴로구나."

"이제야 알았는가."

그가 "이제 와 무슨 볼일인가." 하고 뻔뻔하게 묻기에, 나는 자연스레 그자의 코앞까지 다가서서 이렇게 고하노라.

"너는 비록 땅의 이치는 깨우쳤으나, 사람의 이치는 조금도 깨우치지 못하였구나. 사람의 감정에 깊은 골을 새길수록 더 큰 배신의 대가를 치러야 하는 법인 것을."

그자가 무어라 입을 열려 하기에, 손에 쥐고 있던 뾰족한 나뭇

가지를 그의 목에 쑤셔 박았다. 더는 아무 말도 지껄이지 못하는 구나. 속이 시원하다. 비틀거리는 그자의 뒤로 돌아가 허리에 팔을 둘러 본다. 본래 천것 출신이던 그자의 삐쩍 마른 허리는 두툼한 갑주 위로도 충분히 두 팔에 감기는구나.

"내 너를 죽이는 것은 나라를 위함도, 충절을 위함도 아니니, 그저 상실한 자의 분풀이임을 알라."

그자가 저항을 시작하나 이미 한참 늦었다. 열 손가락 가득한 가락지가 교접하듯 맞물려 마치 우리의 인연처럼 질기게 버티어 내는구나. 맞잡은 두 손은 이제 결코 풀리는 일이 없으리라.

가여운 나의 낭군아.
이제 저 강 깊이 잠기련다.
이 몸이 새하얀 배가 되어 등불처럼 그대의 혼을 연모하나니.
먼 후일, 흘러흘러 바다에 닿거든,
나 바다와 한 몸 되고,
그대 산과 한 몸 되어,
어여쁜 파도를 주고받으며,
못다 이룬 합일은 그때에나 이루어 보자꾸나.

쿠소게
마니아

특별 초청작

위래

단편 「미궁에는 괴물이」가 2010년 10월 네이버 '오늘의 문학' 란에 게재되어 첫 고료를
받았다. 이후 판타지와 SF, 미스터리 그리고 호러로 분류되는 장르 단편들을 여러 매체에
실었고, 2019년 1월에 장편 연재소설 『마왕이 너무 많다』를 11권으로 문피아에서 완결했다.
동년 2월 앤솔러지 『곧 죽어도 등교』에 단편 「우리」를 수록했다.

비행기 소리가 시끄러웠다.

시간은 한 시 이십삼 분 사십오 초였다. 선생은 목소리를 키우며 비행기 소리와 씨름했지만 이내 분필을 놓았다. 비행기 소리가 점점 커져 갔다. 아이들은 칠판에서 눈을 떼고 각자의 문제로 시선을 돌렸다. 소년은 비행기를 찾기 위해 고개를 들었다. 창밖으로는 비행기가 보이지 않았다. 복도 쪽 창으로 고개를 향했지만 불투명했다. 이제 창문은 진동 때문에 가늘게 떨리고 있었다. 비행기 소리가 점점 커져 갔다. 이렇게 시끄러운데도 더 커질 여지가 있다는 것에 소년은 불안을 느꼈다. 반 아이들은 인상을 쓰고 귀를 막으며 소음이 지나가길 기다렸다. 소년은 바닥을 굴러와 발치에 멈춘 주황색 물체를 보았다. 교실 안에서 어울리지 못하는 색감을 가진 이어플러그 케이스였다. 케이스를 열자 한 쌍의 이어플러그가 보였다. 소년은 주인을 찾기 위해 두리번거리다 소녀와 눈이 마주쳤다. 소년은 소녀에게 말을 걸어 본 적이 없었다. 소녀는 소수의 친한 아이들과 이야기를 나눌 뿐이고 그나마도 남자아이들과는 이야기하지 않았다. 소녀는 어떤 제스처도 보이지 않았지만, 소년은 그 이어플러그가 소녀의 것이란 사실을 알았다. 이 수업이 끝나면 돌려줘야지. 소년은 소녀의 뒷모습을 보며 이어플러그를 주머니에 넣었다. 비행기 소리가 점점 커져 갔다. 시간은 한 시 이십사 분 이 초였다. 이제는 잦아들 거라 생각되는 폭음의 최고조에서, 순간 비행기 소리가 끝났다. 교실이 내려앉았다. 책상과 걸상, 그 위에 올려진 문제지와 교과서, 아이들, 필기구, 휴대폰이 규칙 없이 떠올랐다. 교실은 전방에 생긴 균열을 향해 기울었다. 교탁과 선생이 이미 그 균열 아래로 사라지고 없었다. 균열은 점점 커져 갔다. 퉁겨져 올라갔던 교실의 구성품들이 제자리를 찾자마자 바닥을 기면서 균열로 굴러갔다. 소년은 바닥에 바퀴처럼 몸을 바짝 붙이며 위에서 굴러오는 사물함을 피했다. 소년은 한 아이의 몸을 밀어 차며 반발력을 얻었다. 교실 뒷문의 턱이 잡혔다. 아래를 내려다보자 교실은 이미 수직에 가깝게 누워 붉은 혓바닥을 보이며 시커먼 연기를 뿜고 있었다. 소년은 아직 경사가 완만한 복도를 기어 올라갔다. 복도의 기울기를 의식하지 못한 옆 반 아이가 복도로 뛰쳐나오다 넘어져 소년과 뒤엉켰다. 소년이 겨우 창문틀을 잡자 뒷반 아이가 다리 한쪽에 매달렸다. 소년은 반대 발로 뒷반 아이의 얼굴을 걷어차다 창문틀을 놓쳤다. 소년은 발목을 움켜쥐는 강한 힘을 느꼈다.

시간은

한 시 이십삼 분 사십오 초였다. 소년은 소스라치게 놀라며 자리에서 일어났다. 비행기 소리는 점점 커져 갔다. 선생과 반 아이들 몇몇이 소년을 보았다. 선생은 "무슨 일이야?" 하고 입을 열었지만 비행기 소리에 잠겨 들리지 않았다. 소년은 식은땀을 흘렸다. 꿈인가. 시계를 바라보았다. 한 시 이십삼 분 오십일 초였다. 아직도 잡혔던 발목이 서늘했다. 발바닥엔 매달린 아이의 얼굴을 뭉개던 느낌이 남아 있었다. 탁한 연기에 숨이 가빠지던 순간도 기억났다. 비행기 소리가 점점 커져 갔다. 소년은 주저하다가 교실을 박차고 나갔다. 의아한 듯 바라보는 아이들이 있었지만 아무도 소년을 뒤쫓지 않았다. 선생이 아연하게 손가락으로 소년을 가리켰다. 소년은 복도를 달려 세 개의 교실을 지난 뒤 속도를 서서히 늦추다 화장실 앞에 서서야 무안하고 당황스러운 느낌을 받았다. 현실의 감각이 소년을 붙잡았다. 이럴 수가. 고작 악몽 때문에 교실을 뛰쳐나오다니. 소년이 아이들의 비웃음을 각오하고 돌아서자, 어두운 그림자가 복도를 덮었다. 창문이 일제히 깨지며 소년이 굉음에 주저앉았다. 그림자의 주인은 여객기였다. 소년은 하늘색 등을 보인 여객기가 빨려 들어가듯 학교 아래로 사라지는 광경을 보았다. 소년은 몸을 일으켰다. 학교는 이미 비행기 동체가 꿰뚫은 중앙을 기준으로 내려앉고 있었다. 소년은 현재 학교의 서쪽 끝에 있었다. 서편 계단으로 내려가면 학교 본관 밖으로 나가는 출구가 있다. 소년은 지체 없이 계단을 내려갔다. 하지만 소년의 교실은 오 층에 있었고, 시간은 한 시 이십사 분 사 초였다. 소년이 계단을 여섯 칸 내려올 때마다 초침이 한 번 움직였다. 폭발한 비행기 동체 파편이 학교 본관에 부속된 식당 건물에 처박혔다. 항공 가솔린이 옮겨붙은 쇳덩어리들이 식당을 불태우기 시작했고, 보다 작은 파편들이 식당 건물 깊은 곳까지 틀어박히며 가스관을 찢었다. 누출된 가스가 식당 화재와 접촉한 것은 소년이 삼 층과 이 층 사이의 층계참에 있을 때였다. 가스관 폭발이 규정 이상으로 비치된 가스통을 도미노처럼 연쇄 폭발시켰다. 그것은 일시에 식당 건물과 학교 서편을 붕괴시켰고 충격으로 튕겨 나오는 유리 파편과 돌조각이 소년의 내장을 가로질렀다. 교실에 걸린 시계가 가리키는 시간은

한 시 이십삼 분 사십오 초였다. 아직 교실의 책상은 열과 오를 맞춰 질서적이었다. 소년은 그 모습이 소름 끼쳐 자리에서 일어났다. 그러고는 망설임 없이 교실 앞문을 열고 복도를 내달렸다. 그저 연달아 꾼 악몽에 불과하단 생각이 들었지만, 비행기 소리는 점점 커져 갔다. 소년은 서편이 아닌 동편 계단으로 향했다. 소년으로선 일련의 폭발 과정을 알 수는 없었지만, 폭발의 근원지가 학교 본관 서쪽에 있는 식당 건물이라 짐작했다. 그렇다면 아무리 빨리 서편 계단을 내려가도 식당 건물의 폭발을 피할 수 없다. 소년의 교실에서 가장 가까운 계단은 중앙 계단이었지만 여객기가 학교의 가운데를 들이박은 것을 생각하면, 계단을 모두 내려가더라도 여객기 폭발이 유발하는 화마를 피하기 어려웠다. 소년은 중앙 계단과 네 개의 교실을 지나쳐 화장실 옆의 동편 계단으로 내려갔다. 소년이 시계를 보며 시간이 충분하다고 생각

한 순간, 세계가 크게 흔들렸다. 시간은 한 시 이십사 분 이 초였다. 식당 폭발이 있기까지 십칠 초의 시간이 있었다. 몸을 낮추고 충격을 인내한 소년은 계속 계단을 내려갔다. 여객기 추락 지점이 가까웠기에 대기의 온도가 계단을 한 칸 내려설 때마다 달라졌다. 소년은 숨을 참고 동복을 벗어 뒤집어썼다. 천장을 타고 흘러 올라오는 연기가 점점 많아지고 있었다. 소년은 이 층과 일 층 사이의 층계참에서 멈춰 섰다. 소년과 동편 출입구 사이에는 열여섯 칸의 계단뿐이었다. 하지만 여객기 폭발로부터 번진 불길이 이미 일 층을 가득 채워, 소년은 단 한 칸도 내려갈 수 없었다. 소년은 머뭇거리면서 오 초의 시간을 낭비했다. 어쩔 수 없다고 판단한 소년이 계단을 올라가자 식당 건물이 폭발하면서 떠오른 소년의 몸이 콘크리트 바닥에 내동댕이쳐졌다. 소년은 광대뼈가 함몰되고 왼쪽 쇄골과 늑골 세 개가 부러졌다. 엎드린 소년은 몸을 일으켰다. 부러진 늑골 하나가 거칠게 폐부를 찔렀다. 의도치 않은 들숨이 유독가스를 삼켰고 소년은 의식을 잃었다 소년이 깨어났을 때 시간은

한 시 이십삼 분 사십오 초였다. 시침은 오른쪽 상단, 분침은 오른쪽 하단, 초침은 왼쪽 가운데를 가리키며 원을 삼분했다. 초침의 끝은 화살촉을 닮아 금방이라도 쏘아져 나갈 듯했으나 이십육 초로 자리를 옮길 뿐이었다. 소년은 자리에서 일어났다. 서편과 동편 계단이 불가능하다면 중앙 계단뿐이었다. 중앙 계단은 교실 바로 앞에 위치했기 때문에 시간 낭비가 없었다. 이번에야말로. 소년은 일 층에 다다르기 직전까지는 성공할 수 있다

고 느꼈다. 일 층 중앙 현관은 출입구가 전면과 후면의 쪽문까지 둘이나 있었다. 두 번은 시도할 수 있었다. 처음 일 층에 다다랐을 때 후면의 쪽문이 잠겨 있었기에 잠긴 문을 두드리던 소년은 죽고, 교실로 되돌아가게 되었다. 이번에 소년은 다시 중앙 현관의 전면에 위치한 입구로 내달렸으나, 현관을 나서는 순간 의식을 잃고 교실로 되돌아갔다. 아슬아슬했다. 소년은 두 번 더 같은 시도를 했지만 모두 실패했다. 소년은 전면 입구로의 탈출 시도를 포기했다. 현관을 빠져나가기엔 동선이 길었다. 학교에 내리꽂힌 여객기가 학교를 꿰뚫고 소년의 몸을 짓뭉개는 속도는 소년의 생각보다 빨랐다. 학교로 빠져나갈 세 입구가 틀어막혔지만 소년이 탈출을 포기한 것은 아니었다. 조금 더 빨리 달린다면 운좋게 살아남을지도 몰랐다. 소년은 기대를 가지고 지금껏 탈출에 실패한 서편과 동쪽 갈래들을 다시 달렸다. 하지만 거듭된 달리기에도 소년의 몸은 더 빨라지지도, 더 느려지지도 않았다. 모든 것이

한 시 이십삼 분 사십오 초로 되돌아왔다. 되돌아가지 않고 계속 남아 있는 것은 소년의 의식과 기억뿐이었다. 소년은 뒤늦게 학교가 미로가 되었음을 깨달았다. 그것은 소년이 한 걸음 물러서서 더 큰 그림을 보게 되는 일이었다. 소년은 책상에서 일어나 교실 창문을 열었다. 온풍기로 데워진 공기가 싸늘하게 식자 교실 아이들 대부분이 소년을 향해 고개를 틀었다. 소년은 운동장을 내려다보며 계산을 했다. 오 층은 너무 높았다. 소년은 중앙 계단을 통해 삼 층까지 내려갔다. 더 내려가고 싶었지만 이 층과

일 층에는 철망이 설치되어 창밖으로 나갈 수 없었다. 학교의 둘레에는 본관 지하의 채광을 위해 해자가 파여 위험하다는 게 그이유였다. 학교의 전면에는 화단이 가꾸어져 있지만 충격을 줄일큰 나무는 없었고, 학교 후면은 주차장으로 쓰이고 있었다. 소년은 삼 층에 위치한 초록색 우레탄으로 포장된 발코니를 가로질러 주차된 승용차의 보닛 위로 뛰어내렸다. 소년이 발목 통증을느끼며 보닛 위에서 미끄러져 떨어지자 여객기가 학교에 처박혔다. 폭발과 함께 주차된 자동차들이 나뒹굴었다. 위협을 느낀 소년이 절뚝거리며 학교를 둘러가자 연료가 샌 차량의 엔진이 뒤늦게 폭발했다. 파편 중 일부가 불길하게 소년의 머리통을 스쳐지나갔다. 소년은 속도를 올려 운동장을 가로지르다 식당 건물의 가스 폭발 충격에 의식을 잃었다. 콘크리트 파편을 포함한 후폭풍을 완충재 없이 감당할 수는 없었다. 소년은 네 번 더 같은시도를 했다. 모두 실패였다. 하지만 소년이 탈출을 포기한 것은아니었다. 소년은 보다 창의적인 방법들을 생각해 내기 시작했다. 무조건 빨리 움직이는 것이 나가기 위한 방법은 아니었다. 소년은 여객기 폭발과 가스 폭발을 삼 층 구석의 빈 교실에서 견뎌냈다. 소년이 이명을 느끼며 귀에서 흐르는 피를 닦아 냈을 때,교실은 난장판이었다. 교실의 절반은 천장이 무너져 각종 배관이 드러나고, 그마저도 검은 연기에 언뜻 드러날 뿐이었다. 소년은 연기를 더 들이마시기 전에 밖으로 뛰어내렸다. 흙바닥일지라도 다리가 저려 곧장 달릴 수는 없었고, 소년은 이미 허물어지고있던 학교 본관의 잔해에서 벗어날 수 없었다. 기술이라면 요령이 늘어날지 모르지만, 뛰어내리는 일은 그보다 체력이 더 바탕이 되는 일이었다.

한 시 이십삼 분 사십오 초. 소년은 복도로 걸어 나가, 창틀에 기대 하늘을 바라보았다. 이미 새끼손톱만 한 크기의 여객기는 한쪽 날개에서 연기를 내고 있었고, 학교를 향해 오면서 그 크기를 키워 가고 있었다. 소년은 여객기 기장의 선택을 이해할 수 있었다. 아파트가 많아 인구 밀도가 높은 지역이었다. 여객기를 추락시켜 피해를 최소한으로 줄이려면 텅 비어 있는 운동장이 적격이었을 것이다. 하지만 그 의도는 실패했다. 소년은 여러 각도에서 여객기가 내려와 매번 똑같은 위치에 내리꽂히는 광경을 보았다. 소년은 이렇게 긴 시간 동안 어떻게 기장이 단 한 번도 다른 선택을 하지 않는 것인지 의아해졌다. 한 번 정도는 조종을 제대로 해 볼 수도 있지 않을까. 한 번 정도는 학교 운동장보다 공원이나 야산에 추락하는 게 더 낫다고 생각해 볼 수 있지 않을까. 소년은 매번 똑같은 순간으로 되돌아온다면 어째서 모두가 똑같은 선택을 하게 되는지 의아해졌다. 의아해지다가, 화가 났다. 소년은 매번 여객기가 내리꽂히던 3층 발코니의 정중앙에서 점점 다가오는 여객기를 노려보았다. 멀리서 자신을 보고 조금이라도 그 방향을 틀기를 바라는 마음도 없지 않았다. 하지만 여객기는 소년이 눈을 감고도 그릴 수 있는 그 각도와 그 궤도로, 그 궤적을 그리며 다가왔다. 소년은 팔짱을 끼고 수백 톤의 쇳덩어리를 맞이했다. 문득 소년은 동복 윗주머니에서 이물감을 느꼈다. 여간해서는 동복 주머니에 물건을 넣어 두는 일이 없던 소년은 주머니에 손을 넣었다. 교실이었다. 소년이 주머니에서 발견한 것은 주황색 이어플러그 케이스였다. 케이스를 열자 한 쌍의 이어플러그가 들어 있었다. 소년은 이어플러그를 사용해 본 경험이 한 번도 없었다. 작게 구겨 귀에 넣으면 저절로 부풀어 소음을 막는다는 것은 알고 있었지만, 그건 소년의 것이 아니었다. 소년은 이어플러그의 주인이 누구인지 알기 위해 먼 기억을 되짚어야 했다. 비행기 소리가 점점 커져 갔다. 수 초가 지난 뒤에야 소년은 이어플러그가 겨우 소녀의 것이라는 것을 알았다. 소년은 꽤 오래전에 자신의 발치로 굴러온 그것을 수업이 끝나면 돌려주겠다고 마음먹었었다. 그것은

한 시 이십삼 분 사십오 초 이후의 일이었다. 소년은 교실 가장 앞자리에 앉은 소녀에게 다가갔다. 소년은 소녀에게 이어플러그를 들이밀면서 소리를 질렀다. 하지만 그것은 비행기 소리에 잠겨 들리지 않았다. 소녀가 겁을 먹고 몸을 웅크리자 주변 아이들이 소년을 붙잡고 말리기 시작했다. 소년은 다른 아이들을 밀치다가 순간 몸을 낮췄다. 시간은 한 시 이십사 분 이 초였다. 교실의 모든 것들이 순간 붕 떠올랐다. 소년은 균형을 유지하면서 소녀의 손을 붙잡고, 창틀로 잡아당겼다. 소녀는 안간힘을 다해 매끄러운 바닥을 기어서 소년의 옷에 매달렸다. 소년은 이어플러그가 무엇인지, 왜 자기에게 이어플러그를 준 것인지, 이 반복을 끝내려면 어떻게 해야 하는지 소리쳐 물었다. 하지만 그 모든 말은 반 아이들이 지르는 비명에 묻혔고, 소녀는 듣지도 못했으면서 눈을 감고 고개를 가로저었다. 소년은 소녀가 아무것도 모른다는

것을 알았다. 소녀는 단지 소년에게 한 쌍의 이어플러그를 주었을 뿐이었다. 물론 그것이 중대한 의미를 지닐지도 몰랐다. 소년이 이 모든 일을 관두기 위해서는 이어플러그를 다른 누군가에게 넘겨주면 되는지도 몰랐다. 이어플러그는 그렇게 해서 소년의 반을, 어쩌면 소년의 학교를 계속 맴돌고 있었던 걸지도 몰랐다. 소년은 이어플러그를 적당한 사람에게 넘겨주면 이 지긋지긋한 일들이 끝나리라 직감했다. 하지만 소년은 그 사실을 깨닫자 도리어 이어플러그를 다시 주머니에 넣어 두었다. 언제든지 그만둘 수 있다면 더 시도를 해 볼 수도 있었다. 소년은 새삼스럽게 아직 시도하지 않은 탈출 방법들을 떠올리기 시작했다. 수위를 찾고, 중앙 현관의 잠긴 쪽문 키를 받아 내는 일은 가능할 것 같았다. 언제나 똑같은 자리에서 똑같은 폭발이 일어난다면, 똑같이 튕겨 나올 그 잔해를 비켜 낼 자리도 존재할 것이다. 창의적으로 생각한다면 낙하의 충격을 완화시킬 방법은 주변에 얼마든지 있다. 소년은 학교에서 빠져나가기 위해선 주변의 사물을 더 이상 일상적인 용도에 한정해서는 안 된다는 걸 알았다. 이것은 게임이었다.

* * *

한 시 이십삼 분 사십오 초, 시간이 되자 소년은 자리에서 일어났다. 소년은 뒷문으로 향하면서 제 물건인 양 뒷자리에 앉은 아이의 필통을 몰래 집어 들었다. 문제에 열중하고 있던 아이는 비행기 소리의 소란스러움에 자신의 필통이 사라지는 것도 몰랐다. 소년은 교실을 나가 필통을 까뒤집어 커터칼을 쥐고 나머지는 복도에 버렸다. 불필요한 동작은 하지 않는다. 소년은 계단을 내려가면서 중얼거리듯 초를 세었다. 손목시계를 빌린 적도 있지만 언젠가부터 필요가 없어졌었다. 소년은 삼 층의 전산실로 들어갔다. 전산실에는 수위가 앉아 기보책을 보며 혼자 바둑을 두고 있었다. 소년은 흰 바둑알을 집어 기보에 나오지 않는 수를 두었다. 소년의 등장에 깜짝 놀랐던 수위는 그 수를 보자 고개를 기울였고, 소년은 수위가 들고 있던 원형의 열쇠 꾸러미를 집어 들었다. 소년은 동편 계단으로 달리다 소화전을 눌렀다. 원래라면 여객기 폭발의 여파로 파손되었을 소화 시스템이 불을 번쩍이기 시작했다. 소년은 다시 계단을 올라가다 삼 층과 사 층 사이의 층계참에서 몸을 숙이며 여객기 폭발의 진동을 느꼈다. 시간은 한 시 이십사 분 이 초였다. 낡은 스프링클러들이 뒤늦게 일하기 시작하고, 소년은 오 층을 지나 옥상으로 향했다. 이름표도 붙지 않은 열쇠 꾸러미에서 열쇠를 찾아 옥상으로 올라간 소년은 온갖 잡동사니와 마주했다. 코팅이 벗겨지고 가장자리가 뜯겨 나간 낡은 책걸상이 이 층으로 쌓여 있고, 구석에는 빗물이 찬 바구니와 목장갑, 밧줄 꾸러미가 방치되어 있었다. 소년은 밧줄을 어깨에 메고 목장갑을 낀 뒤 물을 뒤집어썼다. 소년은 무너져 내리고 있는 학교의 가운데로 걸어갔다. 부서진 콘크리트와 속으로 드러난 철골 아래로, 비행기였다기엔 이제 너무 작아진 여객기 동체가 보였다. 옥상의 균열은 아직 직접적인 타격을 받은 부분보다는 덜한 데다 그 거리가 그리 멀지 않았다. 소년은 젖은 동복과 밧줄을 반대편으로 집어 던지고 몸을 날렸다. 소년은 별 탈 없이 반대편에 도착해 동복을 걸치고 밧줄을 주워들었다. 소년은 녹이 슬어 잘 열리지 않는 문틈 사이에 커터칼의 대를 끼워 넣고 걷어 찼다. 소년은 문을 닫고 동복을 뒤집어쓰며 귀를 막았다. 폭발은 소년의 몸뚱이를 쥐고 흔들었다. 폭음의 잔향이 귀를 간지럽혔지 만 소년은 개의치 않고 밧줄을 열쇠 꾸러미에 묶으며 계단을 내 려갔다. 이제 시간이 거의 없었다. 소년은 폭발로 어그러진 계단 난간에 열쇠 꾸러미를 걸고 오 층의 복도 끝 창문으로 밧줄을 집 어 던졌다. 소년은 밧줄을 쥐고 두 발로 벽을 박차면서 줄을 풀 어서 하강했다. 누구도 가르쳐 주지 못하기 때문에 소년은 이 구 간을 몇십 번이나 반복해야만 했다. 하지만 이번만큼은 완벽했 다. 소년이 착지하자 학교가 무너지기 시작했다. 소년은 전력을 다해 운동장을 가로질렀고, 수십 미터로 솟아오른 흙먼지가 소년 을 쫓았다. 흙먼지가 가실 즈음에 소년은 정문을 나설 수 있었다. 소년은 중얼거렸다.

한 시간 이십사 분 사십이 초. 소년은 생각한 것보다 대단히 기 쁘지는 않았다. 아직 끝난 것이 아니기 때문이다. 소년은 다소 생 경하게 주변을 둘러보았다. 학교 밖의 풍경은 소년이 겪은 일과 너무 달라서 소년은 몇 번이나 무너져 내린 학교와 차가 달리는 도로, 신호등에 들어오는 불을 번갈아 보았다. 도로 반대편에서 누군가 소년을 빤히 바라보자 소년은 문득 옷에 묻은 흙먼지를 털어내기 시작했다. 그러다 상의 주머니에서 이물감을 느꼈다.

그것은 주황색 이어플러그 케이스였다. 그 안에는 한 쌍의 이어플러그가 들어 있었다. 소녀의 것이었다. 소년은 아직 소녀가 왜 자신에게 이어플러그를 주었는지 알지 못했다. 하지만 그것은 영원히 알 수 없는 일이 아니었다. 혼자서 나올 수 있다면, 둘이서도 나올 수 있다. 더 어렵고, 더 긴 시간이 걸리겠지만 소년이 소녀와 함께 정문을 나선다면 이 주황색 이어플러그를 누구에게서 받은 건지, 그리고 왜 자신에게 준 것인지 물어볼 수 있었다. 다시 돌아가기만 한다면.

소년은 달려오는 트럭 앞으로 발을 내디뎠다.

뒤로 가는
사람들

남유하

SF와 동화, 로맨스, 호러 등 다양한 장르의 글을 쓰고 있으며 『궤도 채광선 게딱지』,
『여성작가 SF 단편 모음집』 등의 앤솔러지에 작품을 실었다. 2018년 제5회 과학 소재
장르문학 단편소설 공모전에서 「미래의 여자」로 우수상을, 「푸른 머리카락」으로 5회
한낙원과학소설상을 받았다. 단편 「국립존엄보장센터」가 미국 SF 잡지 클라크스월드에 번역,
소개되었다.

무작정 집을 뛰쳐나왔다. 누군가 내 귓구멍에 젓가락을 넣어 뇌를 휘저어 대는 기분이었다. 미지근한 밤공기가 몸을 조여 왔다. 멈춰 서면 토할 것 같았다. 그래서 달렸다. 빨간불을 무시하고 횡단보도를 건너자 차들이 급정거하며 경적을 울려 댔다. 나는 양재천으로 내려갔다. 한밤처럼 어두웠지만 산책하는 사람들이 많이 있었다. 시계를 봤다. 8시 20분이었다. 사람들과 자전거를 피해 달렸다. 숨이 차올랐다. 목구멍 안쪽에서 녹슨 못을 씹는 맛이 났다. 폐가 폭발할 것 같았다. 그래도 달려야 했다. 그렇지 않으면 미쳐 버릴 테니까.

　뭔가 이상했다. 나는 속도를 늦췄다. 사람들이 뒤로 걷고 있었다. 처음에는 그저 아주머니들의 운동법이겠거니 했다. 그런데 아주머니들만이 아니었다. 젊은 커플도, 아저씨도, 할아버지도,

하나같이 뒤로 걷고 있었다. 뒤로 걷기 행사라도 하나? 그러기엔 너무 늦은 시간이었지만, 슬쩍 길옆으로 비켜서 걸었다.

땀이 배어난 목덜미를 쌀쌀한 바람이 훑고 지나가자 등줄기에 소름이 돋았다. 한순간 현기증이 일어 몸이 앞으로 기울었다. 그때 내 옆으로 자전거가 지나갔다. 거의 나를 칠 뻔한 빨간 자전거는, 뒤로 달리고 있었다. 나도 모르게 헉, 소리가 나왔다. 고개를 돌려 자전거를 쳐다봤다. 열심히 페달을 거꾸로 돌리고 있는 남자의 얼굴은 고글과 마스크로 가려져 있었다. 잠깐, 페달을 뒤로 돌린다고 자전거가 뒤로 가나? 다른 때 같으면 신기한 구경을 했다며 웃고 말았을 테지만, 오늘은 신경이 곤두서서 그럴 기분이 아니었다. 어찌 됐든 더 달릴 기운도 없어 멍하니 남자의 자전거를 쳐다보고 있는데, 뒤로 가던 자전거가 갑자기 정상적인 방향으로 달려왔다. 순식간에 나와 거리를 좁히는 자전거를 피해 옆으로 물러났고, 자전거는 아까와 정확히 같은 속도로 나를 지나쳐 갔다.

나는 눈을 질끈 감았다가 떴다. 아주머니들도, 산책하는 사람들도, 뒤로 걷는 마법이 풀린 것처럼 앞으로 걷고 있었다. 시간에 대해 약간의 강박을 가진 나는 습관처럼 시계를 봤다. 8시 25분이었다.

머리가 어떻게 되어 버린 걸까. 잠시 눈을 뜬 채 꿈을 꾼 건지도 모르겠다. 극도의 스트레스 상황에서는 뇌가 정상적으로 작동하지 않는 경우도 있으니까. 그래. 피한다고 해결될 일이 아니다. 집에 들어가자.

＊ ＊ ＊

"어머, 이 시간에 집에 웬일이에요?"

엘리베이터가 없는 5층 빌라를 힘겹게 올라가 현관문을 열자, 소파에 앉아 드라마를 보고 있던 아내가 나를 돌아보며 말했다. 온몸의 피가 순식간에 빠져나가는 느낌. 아내는 분명 죽었는데, 내가 이 두 손으로 목 졸라 죽였는데. 저건 도대체······.

"여보, 뭐해요? 얼른 들어와요. 시원한 거라도 줄까요?"

아내가 자리에서 일어나 내게 다가왔다. 아무리 봐도 귀신이나 유령으로 보이지는 않았다. 그렇다면 내가 착각했다는 얘기다. 저 엉큼한 여자라면 죽은 척했을 수도 있다. 그런데 무슨 꿍꿍이로 이렇게 태연하게 있는 거야?

"여보, 괜찮아요?"

아내의 손이 내 어깨에 닿았다.

정신을 차리고 보니 손이 피범벅이었다. 바닥에는 피 묻은 식칼이 보였다. 이제 정말 끝이다. 긴 한숨이 나왔다. 젠장, 아까 목 졸라 죽였을 때 한 번에 죽었으면 좋잖아. 끝까지 골치 아프게 하는 여자다. 계획적인 살인은 아니었지만, 아까 이미 죽였다고 생각해서 그런지 놀라울 만큼 차분한 심정이었다. 시체를 끌고 욕실로 향했다. 믿을 수 없을 정도로 무거웠다. 일부러 온몸에 힘을 주고 버티는 것 같았다. 입에서 욕이 절로 터져 나왔다. 간신히 끌고 가 욕실 문을 열고 욕조 안에 억지로 밀어 넣었다. 제대로 하려면 토막 내서 처리해야 할 것 같은데 지금은 엄두가 나지 않았다. 급한 대로 선풍기를 싸 놨던 비닐을 벗겨 시체 위에 씌웠다. 아내의 체구가 작긴 했지만 선풍기 비닐로는 허리께까지밖에 덮이지 않았다. 가만, 지금 비닐 쪼가리가 문제가 아니지. 거실로 나와 바닥에 흥건한 피를 닦아 냈다.

아내가 실종됐을 때 의심할 사람이 누가 있을까. 아내의 아버지는 집을 나간 지 20년이 넘었다고 했으니 지금 와서 딸을 찾아올 확률은 무시해도 될 수준이었다. 아내의 어머니는 우리 결혼식을 3개월 앞둔 날 밤, 교통사고로 사망했다. 하나밖에 없는 남동생은 몇 푼 안 되는 유산과 보험금을 차지하려고 이모들과 작당해 자기 누나의 머리끄덩이를 잡았다. 그 후 아내는 남동생을 만난 적이 없다. 약간의 우울증과 내향적인 성격 탓에 이렇다 할 친구도 없었다. 아이도 없는 아내에게는 내가 전부였다.

결혼 초기에는 좋았다. 한 사람의 에너지가 온전히 내게 집중될 때의 포만감이란. 그러나 포만감은 조금만 지나쳐도 불쾌감으로 바뀐다. 결혼 1주년 기념 여행. 시원한 바닷바람이 부는 제주도에서 내 팔짱을 꼭 낀 아내의 웃는 얼굴을 보던 나는 가슴이 턱 막혀 오는 걸 느꼈다. 그제야 나는 깨달았다. 나에 대한 아내의 사랑은 사랑이라기보다 집착에 가까운, 아니 집착이라기보다 개미지옥 같은 함정이라는 표현이 더 어울린다는 것을. 아내는 나를 위한 개미지옥을 파 놓고, 독으로 마취시켜 서서히 나를 파먹어 들어가고 있었다.

대충 집 안을 청소하고 나니 밤 11시가 넘었다. 침실에 딸린

작은 욕실에서 간단히 샤워를 했다. 침대에 누웠지만 집 안에 시체가 있다고 생각하니 쉽게 잠이 오지 않았다. 완벽한 시체 처리를 위해서는 최대한 조심해야 한다. 실수는 용납되지 않는다. 토막 낸 시체를 깊은 산속에 가져다 버리고 실종 신고를 한 다음 슬픔에 빠진 남편 역할만 잘 해내면 딱히 의심받을 일은 없을 것이다. 내일은 출근을 하고 금요일인 모레, 휴가를…… 아니지. 그냥 주말에 처리하는 게 좋겠다.

오전 8시 40분. 출근해 보니 책상 위에 커피가 놓여 있었다. 금방 올려다 놓은 듯 종이컵이 뜨거웠다.

"어, 커피 누구야? 고마워. 잘 마실게."

희수를 향해 눈을 한번 찡긋하고 일부러 모르는 척 시치미를 뗐다. 그러자 희수가 웃으면서 다가와 내 책상에서 커피를 가져가며 무언가 중얼거렸다.

"뭐? 지금 뭐라고 한 거야?"

목소리를 잔뜩 낮춰 물었지만, 희수는 대답도 하지 않고 뒷걸음질로 사무실을 나갔다. 아침부터 회사에서 무슨 장난질이야. 남들이 눈치채면 어쩌려고. 당장 불러 따지고 싶었지만 담배나 한 대 피우며 참기로 했다.

"나 담배 피우러 갈 건데, 윤 대리도 같이 갈래?"

나는 윤 대리의 자리 뒤로 가며 물었다. 윤 대리는 보고서를 작성하느라 열심이었다. 무슨 보고서를 쓰나 그의 모니터를 들여다본 순간 내 눈을 의심해야 했다. 손가락은 바삐 자판을 두드리는

데 문서는 점점 지워지고 있었다. 마치 영화를 보다가 뒤로 감기를 눌렀을 때처럼. 모니터에 시선을 고정시킨 채 몇 번이나 눈을 깜박였지만 소용없었다. 머릿속에서 어제저녁에 본, 뒤로 가던 사람들의 영상이 겹쳐졌다. 목덜미 아래로 벌레가 기어가는 것처럼 굼실거리는 느낌이 들었다. 윤 대리에게 괜찮으냐고 묻고 싶었지만 입 밖으로 말이 새어 나오지 않았다. 간신히 고개를 들어 사무실을 둘러봤다. 사람들의 행동이 어딘가 부자연스러워 보였다. 새어 나오려는 신음을, 어금니를 꽉 깨물며 참았다.

"어, 과장님 무슨 일 있어요?"

다음 순간 윤 대리의 목소리가 들렸고, 사람들이 자연스럽게 움직였다. 디지털 벽시계의 빨간 숫자는 08:44. 일단 사무실을 벗어나고 싶었다.

"아, 아니, 담배나 한 대 피우자고."

나는 윤 대리와 함께 옥상으로 올라왔다. 아무렇지도 않은 얼굴을 하려 애썼지만, 의지와 상관없이 입가가 씰룩거렸다. 아래를 내려다보며 연기를 뱉어 내다 별일 아닌 듯 물었다.

"윤 대리, 좀 아까 뭐 이상한 점 없었어?"

"언제요?"

"내가 담배 피우러 가자고 했을 때."

"아뇨. 왜요?"

"아니, 내 말은…… 그러니까, 뭔가 뒤로 돌아가는 거 같았다거나……."

"뒤로 돌아요? 무슨 말씀인지 잘 모르겠는데요."

윤 대리는 아무것도 느끼지 못한 눈치였다. 자세히 설명했다가 나만 미친 사람 취급을 당할 수도 있을 것 같아 입을 다물었다.

"과장님, 뭐 안 좋은 일 있어요? 얼굴색 완전 별론데."

"그냥, 좀 피곤해서."

"에이, 어제 또 사모님하고 뜨거운 밤……."

"쓸데없는 소리 하지 말고 들어가자."

자리로 돌아와 팀장이 지시한 자료를 만들며 인터넷으로 김장 비닐과 대형 캐리어를 검색해 봤다. 내구성으로 따지면 하드 타입이 좋을 텐데. 아무리 찾아봐도 사람이 들어가기엔 어림없는 크기였다. 이민 가방은 크기는 넉넉해 보였지만 천으로 되어 있는 게 단점이었다. 생각 같아선 몇 개 한꺼번에 주문해 비교해 보고 싶었지만 그랬다간 의심받기 딱 좋을 것이다.

다시 사람들이 뒤로 가는 게 아닐까, 신경이 곤두섰다. 하지만 점심을 먹고 나서 오후가 될 때까지 아무 일도 일어나지 않았다. 지나치게 예민해진 탓에 환각을 본 건지도 모른다. 차라리 환각을 보는 편이 나았다. 잠깐이라도 숨을 돌릴라치면 시뻘겋게 부릅뜬 아내의 눈이 아른거려 숨이 막혔으니까.

도무지 일에 집중할 수가 없었다. 조퇴라도 하고 싶었지만, 참아야 했다. 평상시와 다른 모습을 보이면 안 된다. 그때 문자 메시지가 왔다.

과장님, 지금 시간 있어요?

희수였다.

그래. 지하 1층 매점으로 와.

지하 1층 매점으로 내려가 병 커피를 두 개 샀다. 밖으로 나오
는데 마침 희수가 엘리베이터에서 내리는 게 보였다. 나는 그녀
와 눈이 마주치길 기다렸다가 눈짓으로 주차장을 가리켰다. 희
수가 일정한 거리를 두고 나를 따라왔다. 주변에 사람이 없는 걸
확인하고 차에 탔다. 잠시 후 희수가 문을 열고 조수석에 앉았다.
나는 그녀에게 커피를 내밀었다.
"마실래?"
"네."
딱, 커피 뚜껑이 열리며 경쾌한 소리가 났다. 그녀가 커피를 한
모금 입에 물더니 내게 입술을 겹쳐 왔다. 달콤쌉싸름한 커피가
입안으로 흘러들어 왔다. 습관처럼 그녀의 가슴에 손을 올리다
가 흠칫 놀라 몸을 떼었다. 그 바람에 혀를 내밀던 희수가 민망
한 듯 윗입술을 핥았다. 이런 시기에 다른 여자랑 있는 걸 들키
면 최악이다. 부적절한 행동은 삼가야 한다. 아니, 차 안에 둘이
있다는 것만으로도 충분히 의심을 살 만하다. 나는 마음이 급해
졌다.
"왜 보자고 했어? 무슨 할 말 있어?"
"과장님, 혹시 제가 말씀드린 거, 언제쯤……."
"그게 좀 시간이 걸릴 거 같은데."

"어떻게, 빨리 좀 안 될까요?"

"기다려 봐. 이천만 원이 나 같은 월급쟁이한테 껌 값은 아니잖아?"

"요즘 돈 갚으란 핑계로 그놈이 매일 전화한단 말이에요."

"받지 말라니까."

"안 받으면 돈 떼먹을 거냐고, 당장 집으로 찾아온다고 협박하고 난리도 아니에요."

"그러게 왜 그딴 놈 돈을 빌렸어."

"그래도 그땐 남자친구였으니까…… 과장님 때문에 헤어진 거니까 과장님 책임도 있다고요."

희수가 입술을 뾰족이 내밀며 말했다. 반들거리는 빨간 입술이 섹시했다. 마른침을 삼키며 차창 밖을 둘러봤다. 아무도 없는 것 같았다. 에라, 모르겠다. 나는 그녀의 입술 사이로 혀를 밀어 넣었다. 내 손은 그녀의 허벅지를 더듬고 있었다. 그녀가 연극적으로 가쁜 숨을 내뱉었다.

"이 정도 가지고, 너무 좋아하는 거 아니야?"

"과장님이 좋으니까 그렇죠."

콧소리를 내는 그녀의 앞머리를 쓸어 넘겨주다가, 문득 아침에 있었던 일이 생각났다.

"참, 아침에 뭐야?"

"네?"

"커피, 췄다 뺏어갔잖아. 나중에 보니 내 책상 위에 다시 올려 있긴 했지만. 사람들이 눈치채면 어쩌려고 그런 장난을 해?"

"무슨 소리예요? 내가 언제 줬다 뺏었어요?"

희수가 정말 모르겠다는 표정으로 눈을 둥그렇게 뜨며 물었다. 미니시리즈 주인공은 어렵겠지만 일일 드라마 엑스트라쯤은 해도 될 수준의 연기였다. 더 이상 말해 봐야 내 입만 아프지.

"아, 관두자. 그 얘긴."

오후 4시. 회의가 시작됐다. 시작한 지 30분 정도 지나자 슬슬 눈이 감겨 왔다. 어젯밤에 잠을 못 잔 탓도 있고, 나와 직접 연관된 프로젝트가 아니다 보니 긴장이 풀어졌던 것 같다. 고개가 뒤로 넘어가는 바람에 깜짝 놀라며 눈을 떴다. 사람들이 한창 토론에 열을 올리고 있었지만 하나도 알아들을 수가 없었다. 마치 외계어를 하는 것 같았다. 잠이 덜 깼나. 슬쩍 손등을 꼬집으려는데 권 부장이 뭔가를 힘주어 말했다. 나는 온 신경을 집중해 들었지만 역시 알아들을 수가 없었다. 권 부장은 몸을 틀어 매직펜을 화이트보드에 갖다 댔다. 검정 펜으로 키워드를 적고, 빨간색, 파란색으로 동그라미를 휘갈겨 대는 게 권 부장의 특기였다. 이미 칠판에는 동그라미들이 소용돌이처럼 군데군데 그려져 있었다. 이번에는 또 몇 개나 그리려나 지켜보는데 화이트보드의 글씨가 지워지기 시작했다. 바이오인증, 바이오인, 바이오, 바이. 앗, 또 시작된 건가. 집중해서 보드를 지켜보는데 권 부장의 손이 고장난 계기판처럼 멈칫거리더니 다시 제대로 된 단어가 완성됐다. 바이오, 바이오인증. 이쯤 되면 이건 분명 내 착각이 아니다. 리와인드 버튼을 누른 것처럼 시간이 되감기고 있었다. 리와인드.

나는 이 현상을 '리와인드'라고 부르기로 했다.

"차장님, 아까 회의 시간에 이상한 거 없었어요?"

회의가 끝난 후, 화장실에서 만난 정 차장을 은근슬쩍 떠봤다. 리와인드에 대해 다른 사람도 느끼는지 확인하고 싶었다.

"새삼스럽게 뭘. 권 부장 스타일 원래 그렇잖아."

"아니, 그런 말이 아니라, 뭔가 좀 이상한……."

나는 입을 다물었다. 오전에 윤 대리도 그랬지만 다른 사람은 느끼지 못하는 것 같았다. 아니면 호들갑스러운 정 차장이 모르는 척 넘어갈 리가 없었다.

"응? 뭔 소리를 하다 말아?"

"아닙니다. 그냥 피곤해서 그런가 봐요."

"마흔도 안 된 놈이 피곤하단 소릴 달고 살아요."

정 차장이 손도 씻지 않고 화장실을 나갔다.

저녁 6시 반. 회사를 나와 가까운 마트에 갔다. 공구 코너로 가서 톱을 살 생각이었는데, 마트 곳곳에 설치된 CCTV를 보고 바로 포기했다. 그냥 나오려다 라면과 콜라를 사서 나왔다. 이럴 줄 알았으면 집에 기본 공구 정도는 갖춰 놓고 살았어야 하는 건데. 하긴 공구가 있다고 해결되는 건 아니었다. 시체를 썰어야 한다는 생각만으로도 구역질이 났다. 운전대를 잡고서도 시체를 어떻게 처리해야 할지 조바심을 내다 빨간 신호를 두 번이나 그냥 지나쳤다. 어쩔 수 없다. 자동차 트렁크에 싣고 인적이 드문 산속에 갖다 파묻어 버리자. 위험부담이 크긴 하겠지만, 그 정도가 내가 할 수 있는 최대치였다.

집에 도착해 현관 비밀번호를 누르는데 손바닥에 진땀이 배어 나왔다. 시체 썩는 냄새가 코를 찌르진 않을까. 마음을 간신히 진정시키며 문을 열었다. 스팸 냄새가 확 났다. 주방 테이블에 아내가 앉아 있었다. 밥을 잔뜩 입에 넣고 우물우물 씹고 있던 아내는 놀란 눈으로 나를 바라봤다.

"당신 이 시간에 웬일이에요? 조퇴했어요? 어디 아파요?"

내 시선이 거실에 걸린 커다란 벽시계에 꽂혔다. 1시 15분이었다. 주머니에서 핸드폰을 꺼내 시간을 확인했다. 오후 7시 15분. 순간 어떤 가정이 머릿속을 스쳤다.

"여, 여보. 오늘 며칠이지?"

"오늘? 5일이잖아요. 왜요?"

아내가 주방 벽에 걸린 달력을 확인하며 대답했다. 오늘은 6일이다. 9월 6일. 나는 재빨리 현관문을 열고 계단을 한달음에 내려와 집 앞 편의점에 들어갔다.

"디스 하나 주세요."

아르바이트생이 계산대 뒤에 있는 담배 진열장에서 디스를 꺼내 내밀었다.

"저 혹시 오늘이 며칠인가요?"

아르바이트생은 뭐 그런 걸 묻느냐는 표정으로 내 얼굴을 훑어보더니 "9월 6일이요."라고 심드렁하게 말했다. 나는 문을 열고 나와 편의점 앞 플라스틱 의자에 앉았다. 머리가 복잡했다. 어제 양재천으로 뛰어갔다가 뒤로 가는 사람들을 보고 나서 집에 돌아왔을 때도 아내는 분명 '이 시간'에 웬일이냐고 했다. 그러고 보니 목이 졸린 흔적 같은 것도 없었다. 벽시계, 벽시계를 기억해 보자. 나는 뇌 주름 사이에서 사진을 꺼내듯 현관문에 들어설 때의 장면을 되새겼다. 그래, 3시를 조금 넘긴 시간이었다. 내가 어제 아내를 죽이고 집에서 나온 시간이 8시 20분. 리와인드 시간이 5분 남짓. 집에 돌아오니 세 시 몇 분. 아내가 죽은 시간에서 다섯 시간 정도 뒤로 돌아갔다는 의미다.

오늘 회사에서는 어땠나? 아침에 희수가 커피를 도로 가져가고 윤 대리의 문서가 지워지던 시간이 4분. 회의실에서 졸았던 시간이 3분 내외라고 치면 7분 정도의 리와인드가 일어났다고 추정할 수 있다. 조금 전 집에 들어갔을 때, 아내는 밥을 먹고 있었고, 벽시계는 1시 15분을 가리켰다. 7분의 리와인드와 9월 5일이라는 날짜. 사건 발생 7시간 전으로 돌아간 것이다. 무작위로 던져진 퍼즐 조각의 의미가 흐릿하게나마 실체를 드러냈다. 나는 핸드폰 메모장을 열었다.

1. 리와인드(뒤로 가는 사람들)와 시간 왜곡(역행?) 현상은 어떤 관련이 있다.

2. 리와인드로 영향을 받는 건 한정된 공간(우리 집)과 한정된 사람(아내)이다.

3. 5분=5시간, 7분=7시간. 리와인드 1분당 한 시간씩 과거로 돌아간다.

* * *

　내가 세운 세 가지 가설이 참이라고 가정할 때, 리와인드가 일어나지 않은 상태에서 집으로 가면 어떻게 될까? 현재 시각인 9월 6일 저녁 8시의 상태로 아내는 욕조에 죽어 있을까? 확인하기 위해 서둘러 집에 들어가려는데 골목에서 갑자기 나타난 차가 후진으로 내게 돌진했다. 나는 재빨리 몸을 피했다. 그건 후진이 아니었다. 다시 리와인드가 시작된 것이다. 차가 뒤로 갔고, 편의점 앞을 지나가던 젊은 여자가 뒤로 걸었다. 나는 핸드폰을 꺼내 스톱워치를 작동시키고 편의점 의자에 앉아 지나가는 사람들을 쳐다봤다. 사람들이 아무렇지도 않게 뒤로 걸어가는 모습은 우습다기보다 기괴해 보였다. 다시 정상적인 상황으로 돌아왔을 때 스톱워치를 멈췄다. 1분 50초. 만약 내 가설이 맞는다면, 사건 발생 시간인 8시 20분에서 1시간 50분 거슬러 올라갔을 테니 우리 집의 시간은 9월 5일 6시 30분이어야 한다. 물론 아내는 살아 있을 것이다. 나는 현관문을 열자마자 시계를 봤다. 6시 30분. 빙고.

　"어, 당신 일찍 왔네요."

　아내가 나를 반기는 표정으로 말했다.

　"업체 미팅 갔다가 바로 퇴근했어. 오늘 며칠이지?"

　"오늘? 9월 5일이잖아요."

　가설은 참이다. 나는 서재로 들어가 메모장을 열어 아까 미처 적지 못한 항목을 추가했다.

4. 한번 밖에 나갈 때마다 9월 5일 8시 20분(사건 발생 시간)을 기준
   으로 리셋된다.

"여보, 저녁 준비하고 있었는데, 같이 식사할래요?"

방문 밖에서 아내의 목소리가 들렸다. 지금, 밥이 문제가 아니
었다.

"생각 없어. 나중에 먹을게."

긴 한숨을 내쉬며 두 손으로 얼굴을 훑어 내렸다. 어제 아내
를 죽인 건 충동적인 일이었다. 겁을 주려고 했을 뿐, 죽일 생각
은 아니었다. 그러고 보니 들키면 끝장난다는 생각 때문에 후회
할 시간도 죄책감을 느낄 시간도 없었다. 그런데 리와인드로 인
해 아내가 살아났다. 아니, 아내가 죽기 전 과거로 돌아왔다. 이
제 굳이 아내를 죽일 필요가 없어졌다. 이건 내가 살인자가 되지
않게 해 주려는 하늘의 뜻인지도 모른다. 그렇게 생각하니 지금
까지 신경을 바짝 조이고 있던 나사가 느슨하게 풀어졌다. 의자
에 머리를 기대자 눈이 감겼다.

여보, 여보. 아내가 속삭이는 소리에 눈을 떴다. 잠깐 잠이 들
었었나 보다.

"몇 시야?"

"7시 좀 넘었어요. 밥 먹고 침실에서 편히 자라고."

"어."

건성으로 대답하고 기지개를 켜는데 목에서 뜨끔, 근육이 끊어
지는 듯한 통증이 느껴졌다. 나는 목덜미를 움켜쥐고 신음했다.

목이 한쪽으로 꺾인 채 잠이 들었었나 보다.

"아파요?"

아내가 내 목을 정성껏 주물러 주었다. 주무르는 손끝에서 나에 대한 애정이 느껴졌다. 손이 참 따뜻했다. 갑자기 코끝이 시큰해졌다. 사실 아내는 한결같았다. 문제는 변덕스러운 내 마음이었다. 미친놈, 도대체 무슨 짓을 했던 거야. 다행이다. 살아나서. 정말 다행이다. 나는 목을 주무르는 아내의 손을 잡았다.

"경진아, 사랑해."

"여보, 나도."

사랑한다는 말을 한 건 정말 오랜만이었다. 아내의 눈가가 금세 촉촉해졌다. 나는 아내에게 입을 맞췄다. 우리는 자연스럽게 서로의 옷을 벗기며 침실로 향했다. 아내는 뜨겁게 내게 안겨 왔다. 우리는 서두르지 않고 천천히 사랑을 나눴다.

"밥 먹어야죠. 우리 남편 배고프겠다."

내 가슴팍에 기대어 있던 아내가 고개를 들며 말했다.

"그러게. 땀이 많이 나서. 샤워하고 먹지 뭐."

욕실로 들어가 샤워 꼭지를 당겼다. 따뜻한 물이 머리 위로 쏟아졌다. 따지고 보면 그동안 너무 복에 겨웠는지도 모른다. 나만 바라보고 나를 위해서라면 뭐든지 하는 천사 같은 아내, 다른 사람은 꿈도 못 꾸는 완벽한 아내를 두고 배부른 투정을 해 왔던 것이다. 이번 기회에 아이도 만들고. 희수는 아직 쓸 만하니까 조금만 더 데리고 놀다가 슬슬 정리하면 되겠고. 이천만 원 같은 소리 하고 있네. 수건으로 머리를 털며 욕실을 나왔다. 주방에서 요리를 하고 있을 줄 알았던 아내는 거실 소파에 웅크리고 앉아 있었다.

"여보? 밥 먹자더니."

아내의 어깨에 손을 올리자 아내가 내 손을 쳐 내고는 나를 올려다봤다. 새빨간 두 눈에서 흘러나온 눈물이 볼을 타고 뾰족한 턱으로 흘러내렸다. 바들바들 떨리는 아랫입술. 어디서 봤던 장면인데.

"여보, 왜 울어?"

아내가 손에 쥐고 있던 핸드폰을 벽으로 집어 던졌다. 핸드폰이 둔탁한 소리를 내며 벽에 부딪히고는 바닥으로 떨어졌다. 그제야 내 핸드폰이라는 걸 알아차렸다.

"무슨 짓이야. 당신 미쳤어?"

나는 수건을 허리에 두르고 소파에 앉았다. 아내가 다리 사이에 고개를 묻고 오열했다.

"갑자기 왜 그러는데."

화가 났지만 어제의 실수를 반복하고 싶지 않아 최대한 분노를 가라앉히며 물었다.

"조희수가 누구야?"

아내가 잔뜩 가라앉은 목소리로 물었다.

"뭐?"

"문자 메시지 다 봤으니까 모르는 척하지 마."

젠장. 어제와 같다. 어제도 아내는 내가 밥 먹기 전 담배 피우러 간 사이 핸드폰을 보고는 다그쳤었다. 핸드폰에 비밀번호를 걸어 놨어야 하는 건데. 하지만 내게는 아직 선택지가 남아 있다. 어제의 사건을 반복하지 않으려면 할 수 있는 한 아내를 진정시켜야 한다.

"여보, 오해야. 내가 다 설명해 줄게."

가스레인지 위에서 콩나물국이 끓고 있었다. 아내는 주방으로 가서 가스 불을 껐다. 나는 아내의 뒤로 다가가 허리를 끌어안으며 말했다.

"당신이 걱정할 그런 일 아니니까……."

"내 몸에 손대지 마!"

콩나물국 냄비를 들던 아내가 소리치며 몸을 틀었다. 그 바람에 펄펄 끓는 국물이 내 허벅지 위로 쏟아졌다. 짧은 비명을 지르며 그대로 주방 바닥에 주저앉았다. 허벅지에 심지를 잔뜩 꽂아 불을 붙인 것처럼 살이 타들어 가는 고통에 몸부림쳤다.

"어떡해, 어떡해요, 여보. 119, 119에 전화해야지."

덩달아 주저앉은 아내는 바닥을 기어 핸드폰을 가지러 가고 있었다. 벌벌거리는 꼴을 보니 참았던 화가 한순간에 폭발했다. 아내의 발목을 움켜쥐고, 있는 힘껏 잡아당겼다. 그녀가 힘없는 개구리처럼 바닥에 엎어졌다.

자리에서 일어선 나는 멀쩡한 오른쪽 다리를 쳐들어 엎어진 아내의 뒷목을 밟았다. 우두둑, 둔탁한 소리와 함께 목뼈가 부러지는 느낌이 났다. 아내의 목이 뒤틀린 각도로 꺾였다. 벽시계를 봤다. 8시 20분이었다. 결국, 이렇게 될 운명이었나.

아내의 죽음을 실감할 틈도 없이 허벅지를 태워 버릴 것 같은 고통이 계속됐다. 리셋. 그래, 집 밖으로 나가서 리와인드를 경험한다면 화상 입은 부위도 원상복귀되겠지. 그렇게 되면 아내도 살아날 텐데. 까짓거 또 죽이지 뭐. 일단 반바지와 티셔츠를 걸쳐입고 집 밖으로 나왔다.

밖으로 나오면 화상이 없어질 수도 있을 거라 기대했다. 바깥세상은 우리 집과 다른 차원의 시공간이니까. 그러나 절뚝거리며 계단을 내려와 밖으로 나와도 상처는 사라지지 않았다. 오히려 급속도로 악화돼 진물이 뚝뚝 떨어지고 욱신욱신 쑤시기까지 했다.

나는 다시 집에 들어갔다. 목이 꺾인 채 죽어 있는 아내의 얼굴은 창백하다 못해 푸르뎅뎅했다. 저건 아무리 봐도 몇 분 전에 죽은 사람의 얼굴이 아니었다. 시계를 봤다. 9시였다. 역시 그런 건가. 텔레비전을 틀었다. 9월 6일 9시 뉴스를 시작합니다. 아나운서의 멘트가 나왔다. 다시 메모장을 열고 항목을 추가했다.

5. 집 밖으로 나갔을 때 리와인드가 일어나지 않으면 우리 집의 시간과 외부의 시간은 동일해진다.

남은 평생을 병신 꼴로 살 수는 없는 일이다. 지금부터 밖으로 나가 언제 일어날지 모를 리와인드를 기다려야 한다. 나는 아내의 서랍장에서 구급상자를 꺼냈다. 붕대와 반창고를 찾아 상처에 칭칭 감았다. 그리고 긴 팔 티셔츠에 헐렁한 트레이닝 바지를 꺼내 입었다. 그냥 나가려다 후드 티 하나를 더 걸쳤다. 새벽에는 꽤 쌀쌀해질 테니까.

다리를 질질 끌며 계단을 내려왔다. 그리고 편의점에 들어가 캔 맥주를 샀다. 편의점 앞 의자에 앉아 맥주 한 캔을 천천히 비울 때까지도 리와인드는 일어나지 않았다. 초조했다. 오늘 밤 안으로 리와인드가 일어나지 않는다면 당장 내일 출근도 문제였다. 이 꼴로 회사에 갈 수는 없다.

10시 12분. 맥주 한 캔을 더 마시려다 만약의 사태, 리와인드가 일어나지 않을 때를 대비해 지갑과 핸드폰, 양복 등을 챙겨 나오기로 했다. 한 계단 한 계단 오를 때마다 비명이 터져 나오려는 걸 억누르며 올라갔다. 등은 악몽을 꾸고 난 것처럼 축축하게 젖었다. 나는 숨을 크게 들이쉬고 현관을 열었다.

"여보, 아침부터 어딜 나갔다 온 거예요?"

막 잠에서 깬 듯 얼굴이 통통 부은 아내가 머리를 틀어 올려 묶으며 물었다. 창밖으로 아침 햇살이 비추고 있었다. 거짓말. 나는 다리를 만져 봤다. 멀쩡했다. 벽시계를 보니 7시 20분. 무려 13분의 리와인드가 일어났다는 의미다. 나는 핸드폰을 확인했다. 9월 6일 오후 10시 15분. 메모 추가.

6. 리와인드는 내가 인지하지 못할 때도 일어날 수 있다.
7. 내 핸드폰은 우리 집 안에서 유일하게 리와인드의 영향을 받지 않는 물건이다.

"여보, 대답 안 해요?"

"어, 담배 좀 피우고 왔어."

"당신 담배 좀 줄여요. 사과 좀 갈아 줄까요?"

"아니, 괜찮아."

우리 집, 실내는 9월 5일 아침이지만, 바깥은 9월 6일 밤이다. 나는 출근 준비를 하는 척 양치질과 가벼운 샤워를 하고, 상처 하나 없이 매끈해진 다리에 감탄하며 집을 나섰다.

"잘 다녀와요."

아내가 현관문 앞에서 손을 흔들었다. 잠깐, 아내가 집 밖으로 나오면 어떻게 되는 거지? 외부의 시간은 정상적으로 흐르고, 그 시간을 기준으로 할 때 아내는 이미 죽은 사람인데…… 밖으로 나오는 순간 먼지처럼 사라져 버릴까? 아님, 살아 있는 시체가 되어 거리를 헤매고 다닐까? 머릿속이 혼란스러웠다. 현관문이 닫히자 계단참이 완전히 어두워졌다. 집 안으로 들어오던 햇빛은 거짓말처럼 사라지고, 안팎의 시차 때문인지 극심한 피로감이 몰려왔다. 아내 문제는 나중에 생각해 봐야겠다.

밤 11시. 나는 지나가던 택시를 잡아탔다.

"판교역이요."

이렇게 된 김에 오늘은 희수의 오피스텔에서 하룻밤 자고 출근해야겠다고 생각했다. 깜짝 놀래 주려고 미리 연락도 하지 않았다. 희수는 항상 일찍 자는 편이니까 조용히 들어가 옷을 벗고 침대로 다이빙. 상상만으로도 아랫도리에 피가 몰렸다. 긴 복도를 지나자 익숙한 608호가 나를 반겼다. 조심스레 비밀번호를 눌렀다. 문이 열렸고 희수와 정면으로 눈이 마주쳤다. 희수가 짧은 비명을 질렀다. 하지만 비명을 지르고 싶은 건 내 쪽이었다. 침대에 있는 희수는 벌거벗은 남자와 함께였다.

"야, 조희수, 저 새끼 뭐냐?"

알몸인 남자가 옷을 입을 생각도 하지 않고 보란 듯이 당당하게 서서 물었다. 오른쪽 팔과 가슴을 뒤덮은 시퍼런 용이 눈을 부릅뜨고 나를 노려봤다.

"사, 사촌오빠야."

희수가 나를 사촌오빠라고 부르며 눈짓을 했다. 지금 뭐 하자는 건가 싶었지만 남자의 덩치에 기가 눌려 고개를 끄덕이고 말았다.

"야, 넌 사촌오빠한테 오피스텔 비밀번호까지 알려 주냐?"

"어, 어. 그럴 수도 있지 뭐."

벌거벗은 남자는 희수에게 눈을 부라리더니 내 앞으로 성큼 다가왔다.

"당신이 희수 사촌오빠라고?"

"네."

꽉 쥐어진 주먹이 부들부들 떨렸지만, 나보다 훨씬 젊어 보이는 남자에게 존대하며 고개를 숙였다.

"지랄하네. 누굴 개 호구로 알고."

남자가 손을 올려 나를 치는 시늉을 했다. 나는 반사적으로 고개를 움찔했다. 쪽팔렸다.

"오빠! 하지 마."

"걸레 같은 년아. 넌 닥치고 있어."

남자가 침대로 가 희수의 뺨을 후려치자 희수가 힘없이 침대 밑으로 나동그라졌다. 나는 장식장 위에 있던 크리스털 감사패—희수가 대학교 방송반 기자 활동을 하고 받은 감사패라며 자랑스럽게 말했던—를 집어 재빨리 등 뒤로 숨겼다.

"어디 사촌오빠께서 이 밤에 왜 행차하셨는지 직접 설명해 보시지."

남자가 건들거리며 내 어깨를 손가락으로 툭툭 밀었다. 나도 더 이상 참는 건 무리였다.

"야, 조희수, 너 이 남자랑 헤어진 거 아니었어?"

볼이 벌겋게 부은 희수는 갑작스러운 내 물음에 놀랐는지 입을 벌린 채 쉬어 빠진 신음만 내고 있었다. 순간 남자의 얼굴이 야차처럼 일그러졌다.

"뭐? 너 이 새끼한테 나랑 헤어졌다고 했어?"

"아니야, 오빠. 저 남자, 사촌오빠가 거짓말하는 거야."

"거짓말 같은 소리 하고 있네. 너 저 양아치한테 이천만 원 빌리고 헤어졌다며. 그래서 나한테 갚아 달라며."

"이천만 원? 이천만 원은 또 뭔 소리냐?"

흥분한 남자가 희수에게 다가가 그녀의 머리채를 휘어잡았다. 예상대로였다. 나는 그 틈을 타 남자의 뒤통수에 감사패를 내리쳤다. 퍽, 타조 알 깨지는 소리가 났다. 남자가 앞으로 고꾸라졌다. 희수가 비명을 지르기 시작했다. 희수의 입을 손으로 틀어막았다.

"진정해. 희수야, 진정하라고."

희수가 읍읍거리며 내 손을 떼어 내려 몸부림쳤다.

"소리 지르지 않기로 약속하면 손 뗄게."

희수가 고개를 끄덕였다. 나는 조심스럽게 손을 뗐다.

"죽었나 봐. 어떡해요."

"아니, 죽진 않았을 거야. 일단 난 밖으로 나갈 테니 네가 119에 신고 좀 해."

"나보고 신고하라고요? 그러다 정신 들면, 날 죽이려고 할 텐데?"

"그럼 밖에 나가서 신고하든가. 암튼 난 간다."

서둘러 현관을 나서려는데 뒤통수에 강한 충격이 전해졌다. 나는 바닥으로 고꾸라졌다. 병든 개처럼 입에서 침이 질질 흘러나왔다. 씨발, 한 주먹거리도 안 되는 새끼가. 남자가 갈라진 목소리로 욕을 하며 내 뒤통수에서 떼어 낸 살점과 뼛조각을 바닥에 툭 던졌다. 내 앞으로 떨어진 살점에는 피와 머리카락이 잔뜩 엉겨 붙어 있었다. 뜨거운 액체가 바닥으로 번져 나갔다. 바닥에 흥건하게 고인 붉은 피에 내 얼굴이 비쳐 보였다. 그리고 사방이 점점 어두워졌다. 암전.

* * *

여긴 어디지. 병원인가. 머리, 머리에 아무 느낌도 없다. 죽은 건가. 나는 조심스럽게 눈을 떴다. 익숙한 천장. 익숙한 풍경.

"여보, 일어나야죠."

익숙한 목소리. 협탁 위에 있는 핸드폰에 손을 뻗었다. 9월 7일 오전 1시 29분. 기억났다. 나는 희수의 오피스텔에서 죽었다. 조희수. 뻔뻔하게 날 속이고 양다리로도 부족해 사기를 쳐? 하긴 그렇게 좋아 죽는 시늉을 할 때 알아챘어야 하는 건데. 내 이년을 가만두나 봐라.

"여보, 오늘 며칠이야?"

물어보나 마나 한 질문이겠지만 그래도 확인할 필요가 있었다.

"9월 5일."

아내가 무뚝뚝하게 대답했다. 나는 벽시계를 봤다. 7시 40분. 아침이었다. 내가 인지하지 못하는 사이 리와인드가 일어났고, 외부에 있던 내가 9월 5일의 우리 집으로 돌아왔다. 나는 메모장을 열었다.

1. 리와인드(뒤로 가는 사람들)와 시간 왜곡(역행?) 현상은 어떤 관련
   이 있다.
2. 리와인드로 영향을 받는 건 한정된 공간(우리 집)과 한정된 사람
   (아내)이다.
3. 5분=5시간, 7분=7시간. 리와인드 1분당 한 시간씩 과거로 돌아간다.
4. 한번 밖에 나갈 때마다 9월 5일 8시 20분(사건 발생 시간)을 기준
   으로 리셋된다.
5. 집 밖으로 나갔을 때 리와인드가 일어나지 않으면 우리 집의 시간
   과 외부의 시간은 동일해진다.
6. 리와인드는 내가 인지하지 못할 때도 일어날 수 있다.
7. 내 핸드폰은 우리 집 안에서 유일하게 리와인드의 영향을 받지 않

는 물건이다.

2번 항목을 다음과 같이 수정했다.

2. 나와 아내의 죽음은 리와인드의 영향을 받는다.(우리 집과의 연관
  성?)

어떻게 희수의 집에서 죽은 내가 우리 집으로 오게 되었는지는
아직 알 수가 없었다.
"빨리 일어나요. 지각하겠다."
아내가 방문 앞에 서서 재촉했다. 아내 입장에서야 당연한 말
이겠지만 사실상 출근까지는 아직 5시간이나 남았다.
"오늘 오전에 반차 냈어."
"갑자기 왜요? 무슨 일 있어요?"
"당신하고 있고 싶어서."
나는 마음에도 없는 소리를 했다. 속고, 속이고, 죽이고, 죽
고…… 이만하면 충분하다고 생각했다. 모든 악몽은 아내가 죽은
시점부터 시작됐다. 아내가 죽지 않으면 리와인드가 일어나지 않
을지도 모른다.
"농담하지 말아요."
아내의 목소리가 유난히 차갑게 들리는 건 기분 탓일까?
"농담 아닌데."
나는 손짓으로 아내를 불렀다. 아내가 내 옆으로 오더니 침대

에 걸터앉았다.

"내가 요즘 당신한테 너무 소홀했잖아. 당신의 사랑, 너무 당연하게 생각했었나 봐. 과분한 줄도 모르고. 미안해."

아내는 미동도 하지 않고 내 눈을 바라봤다. 그 와중에 동공만이 무언가를 쫓는 사람처럼 바삐 흔들리고 있었다. 나는 아내에게 입을 맞췄다. 망설이는 듯 잠시 주춤거리던 아내는 내가 집요하게 파고들자 받아 주었다. 사랑해, 경진아. 아내의 입술 위에서 속삭였다. 하아. 아내가 한숨처럼 뜨거운 입김을 내뱉었다.

오전 8시. 엘리베이터 앞에서 희수와 마주쳤다. 사실은 일찍부터 나와서 그녀를 기다리고 있던 참이었다. 그녀의 얼굴이 유령이라도 본 사람처럼 창백해졌다.

"과, 과, 과장님, 괜찮으세요?"

희수를 끌고 엘리베이터를 탔다. 그리고 재빨리 2층을 눌렀다. 2층은 아직 회사가 입주하지 않아 사람의 왕래가 적었다. 엘리베이터가 금세 멈췄고 나는 그녀의 손목을 잡아 끌어내렸다. 그리고 꽉 잡은 손목을 풀지 않은 채 남자 화장실로 끌고 들어갔다.

"어제 있었던 일, 설명해 봐."

"죄, 죄송해요. 과장님. 전 과장님이 죽은 줄 알고……."

희수의 가는 어깨가 부서질 듯 떨리고 있었다.

"자세히, 그 새끼랑 둘이 나한테 어떻게 했는지 하나도 빠짐없이 말하라고!"

나는 희수의 머리채를 움켜쥐며 말했다. 그 바람에 그녀의 허리가 앞으로 꺾였다.

"버, 버렸어요."

"어디에!"

"공터요. 건물을 짓다가 공사가 중단된……."

"안내해."

"지금요? 회, 회사는 어떡하고……."

"나쁜 년. 지금 사람 죽여 놓고, 회사 타령이야?"

나는 희수를 끌고 비상계단으로 주차장까지 내려갔다.

"저기예요."

희수가 손을 뻗어 가리킨 곳에는 흉물스럽게 골조가 드러난 건물이 있었다. 건물 앞에 차를 세우자, 희수가 내리려 했다.

"잠깐, 내가 문 열어 줄 때까지 가만히 있어."

운전석에서 내려 근처에 떨어져 있던 깨진 벽돌을 집어 들었다. 그리고 조수석의 희수를 끌어내렸다.

"앞장서."

"과, 과장님. 그건 왜……."

희수가 벽돌을 보며 눈을 허옇게 떴다.

"잔말 말고 넌 빨리 안내나 해."

희수는 쓰러질 듯 휘청거리며 지하로 내려갔다. 공사가 중단된 후 오랜 기간 방치되어 있었던 듯 지하 3층부터는 바닥에 썩은 빗물이 고여 있었다. 그리고 거기에 회색 양복을 입은 남자의 시체가 둥둥 떠 있었다. 계단을 내려가던 희수는 날카로운 비명을 지르며 주저앉았다.

"말도 안 돼. 어떻게 이런 일이······."

희수가 시체와 나를 번갈아 보며 머리를 쥐어뜯었다. 물 위에 떠 있는 시체는 치아가 다 뽑히고 얼굴이 못 알아볼 정도로 뭉개져 있었지만 분명 나였다. 손끝을 보니 지문도 다 잘라 낸 상태였다.

"이것들이 아주 작당을 하고······."

"미, 미안해요. 과장님, 나도 무서워서 시키는 대로······."

더 들을 것도 없었다. 나는 입구에서 주워온 벽돌로 그녀의 얼굴을 내리쳤다. 도도한 콧날이 함몰되어 입이 얼굴을 집어삼킨 것처럼 흉측한 모양이 되었다. 미모는 원래 피부 한 꺼풀이라지. 계단 위에서 희수의 시체를 밀었다. 물에 빠진 그녀의 시체가 바닥으로 가라앉았다가 곧 내 시체 옆으로 떠올랐다.

나는 조희수를 죽였다. 그녀는 아마도 아내처럼 다시 살아나지는 않을 것이다. 나는 살인자다. 그런데 나는 이미 죽었는데, 죽어서 더러운 물 위에 떠 있는데, 조희수를 죽인 나는 누구란 말인가. 지금 숨 쉬고 있는 나는, 핸들을 잡고 운전하고 있는 나는 어떤 존재인 걸까. 몸속이 텅 빈 고무 인형이 되어 버린 느낌이었다. 트럭이 앞으로 갑작스레 끼어드는 바람에 사고가 날 뻔했다. 몇 번이나 다른 차와 부딪힐 뻔했지만 그다지 겁이 나진 않았다. 어차피 죽더라도 나는 살아날 것이다. 아내처럼, 몇 번이고. 아니다. 리와인드가 일어나지 않으면 죽어 버릴 수도 있다. 생각이 거기에 미치자 등줄기에서 서늘한 땀이 배어 나왔다.

지금은 운전에만 집중하자. 회사고 뭐고 다 때려치우고 무사히 집으로 가서 아내와 함께 행복하게 살자. 그것이 내 운명이고, 리와인드가 일어난 이유일 것이다. 결과적으로 다 잘된 일이다. 그런데도 사라지지 않는 찜찜한 기분의 정체는 뭘까? 조희수를 죽였기 때문일까? 비슷하게 생겼지만 맞지 않는 퍼즐 조각을, 억지로 끼워 맞췄다는 느낌을 지울 수가 없었다.

"여보, 나 왔어."

"이 시간에 웬일이에요?"

시계를 봤다. 11시 30분이었다. 핸드폰을 꺼냈다. 9월 7일 오전 11시 30분. 리와인드가 일어나지 않았다는 의미다.

"여보, 오늘 며칠이지?"

"9월 7일이잖아요. 근데 회사는 어떻게 하고? 무슨 일 있었어요? 옷차림도 흐트러지고."

"어, 나중에. 얘기하자면 길어."

"무슨 일인데요?"

"걱정 마. 다 해결됐으니까. 우리 일단 밥 먹자. 배고프다."

"알았어요. 잠깐만 기다려요."

아내는 능숙한 솜씨로 김치찌개와 연어구이를 해 주었다. 얼큰한 찌개 국물을 입에 떠 넣자 목에 걸려 있던 불안이 어느 정도 쓸려 내려가는 것 같았다. 역시 아내의 요리 솜씨는 훌륭하다.

"여보, 당신은 안 먹어?"

밥을 반 공기 정도 욱여넣고 나서야, 나 혼자만 먹고 있다는 걸 깨달았다.

"응. 난 좀 이따 먹으려고요."

아내가 입꼬리를 올리며 대답했다. 어, 왜. 같이 먹지. 근데 테이블이 빙빙 돌아가네. 왜 이리 어지러운 거야. 탁, 나는 테이블에 코를 박았다.

"정신이 들어요?"

아내가 건조한 목소리로 물었다. 머리가 도끼로 내리찍는 것처럼 아팠다. 손으로 이마를 짚으려다 두 손이 등 뒤로 단단히 묶여 있다는 걸 알았다. 발도 묶여 있긴 마찬가지였다.

"여보. 이, 이게 무슨 짓이야!"

"당신은 항상 혼자만 특별하다고 생각하죠. 사람들이 바보가 아닌데 말이에요. 그래서 너무 당연한 건데도 간과할 때가 많더라고요."

아내가 내 주변을 천천히 돌며 조곤조곤 말했다. 거실에서는 장마철에 방치해 둔 음식물 쓰레기처럼 역겨운 냄새가 풍기고 있었다. 악취는 내 옆에 뭔가를 덮어 둔 하얀 시트 밑에서 올라오는 것 같았다. 나는 헛구역질을 삼키며 말했다.

"여보, 얘기하고 싶으면 이거 풀고 하자."

"풀어 달라고요? 풀어 주면, 또 죽이려고요?"

아내가 하얀 시트를 걷어 냈다. 거기에, 아내의 시체 세 구가 놓여 있었다. 그제야 나는 내가 느꼈던 개운치 못한 기분의 정체를 알 수 있었다. 시체. 내 시체가 남아 있는데 아내의 시체가 없다는 건 모순이다. 아내의 시체가 있다는 건, 아내도 나처럼 모든 걸 기억하고 있다는 뜻이다.

"처음 정신이 돌아왔을 때는 정말 놀랐어요. 소파에 내 시체가 있었으니까. 당신이 날 목 졸라 죽인 거, 꿈인 줄 알았거든요."

"근데, 왜, 왜 아무 일도 없었던 것처럼……."

"내가 어리석었기 때문이겠죠. 실수라고 생각했어요. 당신이 나를 죽인 거. 그래서 시체도 김장 비닐에 넣어 세탁실에 숨겨 놨어요. 거기라면 당신이 알아차리지 못할 테니까요. 난 정말, 정말 없었던 일로 하고 싶었거든요. 근데 웬걸, 두 번째는 더 잔인하게 죽이던데요."

나는 아랫입술을 잘근잘근 씹었다. 이건 변명의 여지가 없었다.

"그렇게 또 살아나고 나니까 오기가 생겼어요. 어디 몇 번이나 죽이나 보자 싶었어요."

"그래서, 핸드폰 봤다고 하면서 일부러 도발한 거야?"

"맞아요. 확인할 필요가 있었거든요. 당신이 날 안았을 때 난 다시 흔들렸으니까. 그런데 당신은 변하지 않더군요. 변하길 바란 내 잘못이죠."

아내가 자조적인 톤으로 말했다.

"덕분에 난 세 번째 죽음을 맞았고 이젠 돌이킬 수 없어요."

"아니야, 경진아. 우리 다시 시작할 수 있어. 정말 다 정리했어."

"정리? 무슨 정리요?"

"그년, 조희수, 내가 죽였어."

"그 여자를 죽였다고요? 왜요? 나를 세 번이나 죽여 보니까 사람 죽이는 건 아무것도 아닌가 보죠?"

"그, 그런 게 아니야. 이제 당신하고 행복하게 잘 살려고……."

"잘 살아? 우리가 어떻게 잘 살아!"

아내가 목소리를 높이자 목에 핏대가 섰다. 아내의 얼굴이, 모공에서 피가 뿜어져 나올 것처럼 붉어졌다.

"경진아, 내가 잘못했어. 어쨌든 우리한테 이렇게 다시 기회가 주어진 거잖아. 그, 그래. 이건 하늘의 뜻이라고."

"하늘의 뜻? 그렇겠죠. 당신이 얼마나 쓰레기인지 똑바로 보라는 하늘의 뜻."

"경진아, 이러지 말자. 네가 날 죽여도 어차피 리와인드되면 우리 서로 더 나쁜 기억만 쌓이는 거잖아."

"맞아요. 그래서 다 날려 버리려고요. 당신, 나, 그리고 이 저주받은 집까지."

아내의 손에 라이터가 들려 있었다. 그제야 나는 집에서 진동하는 악취의 원인을 알아챘다. 시체 썩는 냄새라고만 생각했는데 가스 밸브가 열려 있었다. 젠장, 가스 냄새다. 아까부터 느꼈던 심한 두통.

아내가 허탈한 웃음을 짓더니 틱, 라이터를 켰다.

꼬리가 없는 하얀 요호 설화

제3·4회 타임리프 공모전 작품집

1판 1쇄 찍음 2020년 3월 12일
1판 1쇄 펴냄 2020년 3월 19일

지은이 | 해도연, 자우, 이나경, 정재환, 유버들, 이경희, 위래, 남유하
발행인 | 박근섭
편집인 | 김준혁
책임 편집 | 장은진
펴낸곳 | 황금가지

출판등록 | 2009. 10. 8 (제2009-000273호)
주소 | 06027 서울 강남구 도산대로 1길 62 강남출판문화센터 5층
전화 | 영업부 515-2000 편집부 3446-8774 팩시밀리 515-2007
홈페이지 | www.goldenbough.co.kr

도서 파본 등의 이유로 반송이 필요할 경우에는 구매처에서 교환하시고
출판사 교환이 필요할 경우에는 아래 주소로 반송 사유를 적어 도서와 함께 보내주세요.
06027 서울 강남구 도산대로 1길 62 강남출판문화센터 6층 민음인 마케팅부

ISBN 979-11-5888-639-4 03810

㈜민음인은 민음사 출판 그룹의 자회사입니다.
황금가지는 ㈜민음인의 픽션 전문 출간 브랜드입니다.